SHERLOCK HOLMES

福爾摩斯全集

VII

亞瑟·柯南·道爾爵士 (Sir Arthur Conan Doyle 1859–1930)，英國小說家，因塑造歇洛克·福爾摩斯而成為偵探小說歷史上最重要的作家。《福爾摩斯全集》被譽為偵探小說中的聖經，除此之外他還寫過多部其他類型的作品，如科幻、歷史小說、愛情小說、戲劇、詩歌等。柯南·道爾1930 年 7 月 7 日去世，其墓誌銘為「真實如鋼，耿直如劍」(Steel True, Blade Straight)。

柯南·道爾一共寫了 60 個關於福爾摩斯的故事，56 個短篇和四個中篇小說。在 40 年間陸續發表的這些故事，主要發生在 1878 到 1907 年間，最後的一個故事是以 1914 年為背景。這些故事中，有兩個是以福爾摩斯第一人稱口吻寫成，還有兩個以第三人稱寫成，其餘都是華生 (John H. Watson MD) 的敍述。

譯者李家真，1972 年生，曾任《中國文學》雜誌執行主編、《英語學習》雜誌副主編、外研社綜合英語事業部總經理及編委會主任，現居北京。譯者自敍：「生長巴蜀，羈旅幽燕，少慕藝文，遂好龍不倦。轉徙經年，行路何止萬里；耽書卅載，所學終慚一粟。著譯若為簡冊，或可等身；諷詠倘刊金石，只足汗顏。語云：非曰能之，願學焉。用是自勵，故常汲汲於文字，冀有所得於萬一耳。」

亞瑟·柯南·道爾

福爾摩斯全集
VII

李家真譯注

THE OXFORD SHERLOCK HOLMES
ARTHUR CONAN DOYLE

OXFORD
UNIVERSITY PRESS

OXFORD

UNIVERSITY PRESS

Oxford University Press is a department of the University of Oxford.
It furthers the University's objective of excellence in research, scholarship,
and education by publishing worldwide. Oxford is a registered trade mark of
Oxford University Press in the UK and in certain other countries

Published in Hong Kong by
Oxford University Press (China) Limited
18th Floor, Warwick House East, Taikoo Place, 979 King's Road, Quarry Bay,
Hong Kong

1 3 5 7 9 10 8 6 4 2

福爾摩斯全集
VII

亞瑟·柯南·道爾著

李家真譯注

ISBN: 978-0-19-399549-9

全集 ISBN: 978-0-19-943184-7

Title page illustration: Mark F. Severin

THE OXFORD SHERLOCK HOLMES
ARTHUR CONAN DOYLE

目　錄

福爾摩斯舊案鈔
The Case-Book of Sherlock Holmes

The Case-Book of Sherlock Holmes

福爾摩斯舊案鈔

前言

　　我總是擔心，歇洛克·福爾摩斯先生會染上某些流行男高音歌手的毛病，明明已經過了盛年，但卻還是禁不起誘惑，硬要在溺愛自己的觀眾面前一再謝幕、不肯下台。這樣的狀況必須終結，而他也必須退場，跟所有的現實或虛構人物一樣。人們喜歡假想，想像力的產物可以停留在某種妙不可言的中間狀態，棲身於某個稀奇古怪的烏有之鄉。在那個地方，菲爾丁筆下的多情男子仍然在向理查德森筆下的美麗女子求愛，司各特筆下的眾位英雄仍然在高視闊步，狄更斯筆下那些討喜的倫敦佬仍然在插科打諢，薩克雷筆下的凡夫俗子也仍然在繼續那些可鄙的追求 *。興許，歇洛克和他的華生可以到這樣的一座英烈祠 † 當中去尋找一個暫且棲身的卑微角落，把舞台讓給某個更加精明的偵探和某個更加遲鈍的搭檔。

---

* 這篇序言最初發表於 1927 年 3 月的《斯特蘭雜誌》(*The Strand Magazine*)，本來用於號召讀者參加「歇洛克·福爾摩斯競賽」(Sherlock Holmes Competition, 競賽內容為評選十二篇最佳福爾摩斯故事)，用作《福爾摩斯舊案鈔》序言之時略有改動；菲爾丁 (Henry Fielding, 1707–1754)、理查德森 (Samuel Richardson, 1689–1761)、司各特 (Walter Scott, 1771–1832)、狄更斯 (Charles Dickens, 1812–1870) 和薩克雷 (William Thackeray, 1811–1863) 都是英國作家，這裏提到的是他們各自作品當中的典型人物。

† 「英烈祠」原文為「Valhalla」，是北歐神話當中主神奧丁 (Odin) 接納陣亡者靈魂的殿堂。

他的職業生涯可謂相當漫長——即便如此，還是會有人把這件事情說得更加誇張。一些風燭殘年的老先生跑來找我，宣稱他們從孩提時代就開始閱讀他的探案故事。他們似乎意在恭維，我卻不覺得這樣的話非常中聽。跟自己密切相關的日子，誰也不樂意讓人胡亂編排。確鑿無疑的事實是，福爾摩斯是在《暗紅習作》和《四簽名》當中初次登場的，這兩本小冊子面世的時間是一八八七至一八八九年。一八九一年，《波希米亞醜聞》出現在了《斯特蘭雜誌》上，由諸多短篇故事組成的一個漫長系列從此發端。當時的公眾似乎對這個故事青眼有加，希望看到更多的篇目，這樣一來，從三十九年之前的那個日子開始，福爾摩斯的短篇探案故事形成了一個斷斷續續的系列，如今已經有了整整五十六篇。這些故事還曾經以書籍的形式再版，也就是《福爾摩斯冒險史》、《福爾摩斯回憶錄》、《福爾摩斯歸來記》和《福爾摩斯謝幕演出》。前幾年面世的十二篇故事未曾結集，眼下就歸入這本名為《福爾摩斯舊案鈔》的集子。他的冒險生涯始於維多利亞時代晚期中葉，貫穿了其年不永的愛德華時代，即便在狂亂不堪的當今時代 *，他仍然守住了他那塊小小的陣地。據此看來，在青年時代成為福爾摩斯首批讀者的那些人，現在確實可以看到自己的成年子女追看同一本雜誌上的同一個系列故

---

* 維多利亞時代指英國維多利亞女王 (Queen Victoria, 1819–1901) 執政的時代，即 1837 至 1901 年；愛德華時代指愛德華七世 (Edward VII, 1841–1910) 執政的時代，即 1901 至 1910 年；愛德華七世之後的英國君主是喬治五世 (George V, 1865–1936)，1910 至 1936 年在位。

事。此等情形實在是一個驚人的範例，充分說明了英國公眾的耐性與忠誠。

遠在即將寫完《福爾摩斯回憶錄》的時候，我已經下定決心，必須讓福爾摩斯到此為止，因為我覺得，我不應該讓自己的文思過多地流入同一條渠道。這個臉色蒼白、輪廓分明、身手矯健的傢伙大量佔用我的想像力，份額超過了應有的限度。於是我痛下殺手，幸運的是，當時並沒有哪個驗屍官替他驗明正身，這樣一來，經過一段漫長的間隔之後，我還可以輕而易舉地順應讀者諸君的抬愛，把當初的草率之舉敷衍過去。我從來不曾為續寫的決定感到後悔，因為從實際情況來看，寫作這些相對輕鬆的小文並沒有妨礙我在史傳、詩歌、歷史小說、心理學、戲劇等諸多創作領域探索並發現自己的局限。就算福爾摩斯從來不曾來到世間，我也不會有更多的成就，話又說回來，興許他終歸還是有點兒礙事，會掩蓋我那些更加嚴肅的文學作品。

好了，讀者諸君，跟歇洛克·福爾摩斯道個別吧！多謝你們始終不變的支持，只希望你們的支持已經換來了只有在傳奇故事的奇妙國度裏才能找到的回報，讓你們可以暫時忘卻生活的煩惱，得到一些振奮精神的思維調劑。

亞瑟·柯南·道爾

顯赫的主顧

「現在應該不妨事啦，」歇洛克·福爾摩斯先生說道。當我在十年當中第十次請求他准許我發表以下故事的時候，這便是他的答覆。如是這般，我終於得到許可，可以把我朋友的一段經歷公之於眾。從某種意義上說，這是他偵探生涯當中至關重要的一段經歷。

我和福爾摩斯都對土耳其浴＊情有獨鍾，而我已經發現，當我倆一起在氣氛慵懶愜意的休息室裏抽煙的時候，他總是比其他任何時候都更加健談、更有人情味。諾森伯蘭大街那家土耳其浴室的頂樓有一個單獨隔開的角落，裏面並排擺着兩張躺椅。故事正是始於我倆躺在這兩張椅子上的時候，日期則是一九零二年九月三日。我問他手頭有沒有甚麼案子，他便把瘦長有力的胳膊從包裹全身的浴巾下面伸了出來，夠到掛在旁邊的外衣，從內袋裏掏出了一個信封。

「這可能只是某個自以為了不起的傻瓜在那裏大驚小怪，也可能是一件生死攸關的事情，」他一邊說，一邊把

＊　這篇故事首次發表於 1925 年 2 月及 3 月的《斯特蘭雜誌》(The Strand Magazine)，分兩部分連載，本書其餘故事亦首見於此雜誌，以下只注時間（本書注釋中的首次發表時間都是就英國而言）；在《弗朗西絲·卡法克斯夫人失蹤事件》的開頭，福爾摩斯對華生洗土耳其浴的事情嘖有煩言，應該只是開玩笑。

信封裏的短箋遞給了我。「我了解的情況都在信裏，別的我也不知道啦。」

信是頭天晚上從卡爾頓俱樂部*發來的，內容如下：

詹姆斯·戴姆雷爵士謹祝歇洛克·福爾摩斯先生萬安，並擬於明日午後四時半登門拜訪。詹姆斯爵士在此冒昧聲明，所詢之事極其微妙、至關緊要，切盼福爾摩斯先生撥冗賜見，並請致電卡爾頓俱樂部確認會面事宜。

「不消說，我已經確認了這次會面，華生，」我把短箋遞回去的時候，福爾摩斯說道。「你對戴姆雷這個傢伙有甚麼了解嗎？」

「只知道他在社交圈裏是個無人不曉的人物。」

「呃，我知道的情況要比你稍微多一點兒。他可是名聲在外，專門處理那些不能見報的微妙問題。你興許還記得，他曾經為哈默福德遺囑案跟喬治·劉易斯爵士†討價還價。他這個人深通世故，還擁有天生的外交手腕。由此看來，我只能認為這一次的事情並不是空穴來風，他確實需要咱們的幫助。」

「咱們？」

「呃，如果你樂意幫忙的話，華生。」

「榮幸之至。」

---

* 卡爾頓俱樂部 (Carlton Club) 是當時倫敦一家著名的俱樂部，歷來是英國保守黨的聚會地點，自 1835 年迄今一直位於樸爾莫爾大街。

† 這個「喬治·劉易斯爵士」可能是指當時英國的著名律師喬治·劉易斯 (Sir George Henry Lewis, 1833–1911)。

「那好，時間你已經知道了——四點半。眼下咱們用不着去想這件事情，到時候再説吧。」

當時我住在安妮女王街，於是就在約定的時間之前趕到了貝克街。下午四點半，擁有爵士頭銜的詹姆斯·戴姆雷上校準時到達。我用不着贅述他的外表，許多人都記得這個咋咋呼呼、坦率誠懇的大塊頭，記得他那張刮得乾乾淨淨的寬闊臉龐，更記得他那種渾厚悦耳的嗓音。他那雙愛爾蘭人的灰色眼睛閃着直率的光芒，笑意盈盈的靈動嘴巴則訴説着他的好脾氣。他戴着一頂光閃閃的高頂禮帽，穿着一件深色的禮服外套。事實上，從別在黑緞領巾上的珍珠領針，到罩在上光皮鞋上的淺紫色鞋套*，所有的細節都可以説明，他對於衣着的挑剔品味確實是名不虛傳。進屋之後，這名身材魁梧、氣宇軒昂的貴族儼然變成了這個小小房間的主人。

「當然嘍，我早就知道華生醫生也會來，」他彬彬有禮地欠了欠身，開口説道。「這一次，他的幫助多半是必不可少，福爾摩斯先生，因為我們的對頭把暴力當作家常便飯，實實在在是個無所顧忌的傢伙。這麼説吧，他算得上是全歐洲最危險的人物。」

「我以前的幾個對頭也曾經享有這樣的盛譽，」福爾摩斯笑着説道。「您抽煙嗎？那就請您多多包涵，我要把我的煙斗點上啦。要是您的對頭比已故的莫里亞蒂教授和

---

* 鞋套是主要流行於十九世紀晚期及二十世紀早期的一種遮蓋腳背及腳踝部位的布製或皮製飾品。

健在的塞巴斯蒂安‧莫蘭上校還要危險的話，那我倒真想會會他哩。我可以問問他的名字嗎？」

「您聽說過格朗納男爵嗎？」

「您說的是那個奧地利兇手嗎？」

戴姆雷上校猛然舉起他那雙戴着羔皮手套的手，笑了起來。「您可真是無所不知，福爾摩斯先生！了不起！這麼說，您已經把他歸入兇手之列嘍？」

「關注歐洲大陸的罪案細節正是我的本行。只要讀過布拉格那件案子的報道*，誰還會對這個傢伙的罪行有半點疑問！僅僅是因為一個純技術層面的法律問題，再加上一名證人不明不白地送了命，才讓他逃脫了懲罰！他的妻子死在了斯普魯根山口，原因是所謂的『事故』，可我敢肯定是他殺了她，就跟我親眼看見了一樣。除此之外，我知道他已經來了英格蘭，還預感到他遲早會給我找點兒事幹。好啦，格朗納男爵幹了些甚麼呢？要我說，該不會是過去的那場悲劇再一次上演了吧？」

「不是，這一次的事情更加要緊。懲治罪行固然重要，更重要的事情卻是防患於未然。福爾摩斯先生，假使你遇上了一件可怕的事情、一種糟糕透頂的局面，你眼睜睜地看着它愈演愈烈，對它的後果也是一清二楚，但卻完全想不出阻止的辦法，這樣的一種處境，實在是苦不堪言。世上還有比這更讓人難過的處境嗎？」

---

* 布拉格今天是捷克的首都，捷克當時是奧匈帝國的一部分；後文中的斯普魯根山口 (Splugen Pass) 位於今天的瑞士和意大利交界處。山口的意大利一側當時也屬於奧匈帝國。

「興許沒有。」

「既然如此，您應該明白我那個委託人是甚麼心情了吧。」

「真沒想到，您居然只是一個中間人。您的委託人又是誰呢？」

「福爾摩斯先生，我懇求您不要追問他的身份。我必須跟您把話說死，絕不能把他尊貴的姓名扯進這件事情。他這麼做是出於極度高尚、極度俠義的動機，可他不想出頭露面。不用說，您完全不需要擔心費用的問題，完全可以自行其是。對您來說，主顧的真名實姓也算不上甚麼要緊事情，對吧？」

「對不起，」福爾摩斯說道。「辦案的時候，我已經習慣了有一頭是個謎的局面，可是，兩頭都是謎的局面實在讓人犯難。詹姆斯爵士，恐怕我只能拒絕您的委託了。」

我們的客人一下子方寸大亂，激動和失望的陰雲罩住了他那張表情豐富的寬闊臉龐。

「您肯定沒意識到，您的舉動造成了甚麼樣的後果，福爾摩斯先生，」他說道。「您讓我為難到了極點，因為我完全肯定，如果我可以說出實情的話，您保準會滿心自豪地接下這件案子，與此同時，我已經答應過別人，不能把實情和盤托出。這樣吧，您至少聽我把可以說的部分說完，行嗎？」

「沒問題，前提是您得明白，我甚麼也沒答應。」

「我明白。首先我想問一問，您肯定聽說過德‧默維列將軍吧？」

「在開伯爾山口＊成名的德‧默維列嗎？是的，我聽說過他。」

「他有個女兒，名叫維奧萊特‧德‧默維列。這位小姐年少多金、美貌多才，從各方面說都配得上絕代佳人的稱號。我們正在竭力打救的正是將軍的女兒、正是這個惹人憐愛的天真姑娘，因為她掉進了一個惡魔的手心。」

「照您這麼說，她受到了格朗納男爵的控制，對嗎？」

「她受到的是對女人來說最要命的控制——愛情的控制。您興許有所耳聞，這傢伙長相格外英俊、風度格外迷人、嗓音十分溫柔，身上還散發着一種又浪漫又神秘的氣息，特別討女人的喜歡。傳言說他能夠讓任何女人俯首帖耳，還利用這種本事撈了不計其數的好處。」

「可是，他這種人怎麼能有機會認識維奧萊特‧德‧默維列這樣的千金小姐呢？」

「他倆是在地中海上的一次遊艇航行當中認識的。參加航行的人雖說有資格的限制，船票卻都是自個兒買的。舉辦這次活動的人肯定是不知道男爵的底細，知道的時候也已經來不及了。這個惡棍纏上了這位小姐，最後就徹徹底底地俘虜了她的心。『愛』這個字眼兒壓根就形容不了她對他的感情，她溺愛他，被他迷住了心竅。她眼裏除了他沒有別的，聽不得別人說他一句壞話。為了治好她這種

＊　開伯爾山口 (Khyber Pass) 是今天的巴基斯坦（當時是英屬印度的一部分）和阿富汗之間的一個山口，在阿富汗戰爭期間，英軍曾多次取道此山口入侵阿富汗。

瘋病，我們想盡了所有的辦法，結果是無濟於事。總而言之，她打算下個月就跟他結婚。她已經到了歲數，而且是鐵了心要這麼幹，我們真不知道怎樣才能阻止她。」

「她知道奧地利的那一段嗎？」

「這個狡詐的惡魔把自己鬧出的所有公開醜聞都講給她聽了，講的時候還總是把自己打扮成一個受了冤屈的無辜者。姑娘對他的說法深信不疑，其他的說法她聽都不願意聽。」

「我的天！還有啊，您已經不小心說漏了您那個委託人的名字，對吧？毫無疑問，您的委託人就是德‧默維列將軍。」

椅子上的客人不安地扭動起來。

「我完全可以順水推舟地瞞過您，福爾摩斯先生，可這並不是事實。德‧默維列已經不中用啦，這一次的事情徹底打垮了這位剛毅的軍人。他從來不曾在戰場上表露怯意，這一次卻一蹶不振，變成了一個衰朽無能的老糊塗，根本對付不了這個奧地利人，對付不了這種精明強幹的無賴。還好，我那個委託人是他們家的老朋友，跟將軍本人知交多年，從這位姑娘的孩提時代就對她產生了一種慈父一般的關愛。他不能眼睜睜地看着這齣悲劇演到最後，怎麼也得盡盡人事，設法加以阻止。蘇格蘭場* 對這樣的事情無能為力，找您幫忙正是他本人的主意。不過，剛才我

---

* 蘇格蘭場 (Scotland Yard) 是倫敦警察廳的代稱，按照蘇格蘭場官網的說法，這是因為它原來的辦公地點有一道開在「大蘇格蘭場街」(Great Scotland Yard Street) 的後門。

已經說了，他說得非常明白，絕不能把他本人牽扯進來。您這麼神通廣大，福爾摩斯先生，我知道您一定能輕而易舉地通過我查出我那個委託人的身份，可我必須要求您以自己的名譽作保，保證不去追查這件事情，不去揭開他隱姓埋名的面紗。」

福爾摩斯莫名其妙地笑了笑。

「依我看，這一點我完全可以保證，」他說道。「除此之外，我覺得您的案子很有意思，樂意幫您進行調查。我怎麼跟您聯繫呢？」

「我通常都在卡爾頓俱樂部。事情緊急的話，您還可以打我的私人電話，號碼是『XX.31』。」

福爾摩斯把號碼寫了下來，繼續笑吟吟地坐在那裏，記事本依然攤在膝頭。

「請問，男爵目前的住址是——？」

「金斯頓* 附近的弗儂別墅，房子非常大。他通過一些不清不楚的投機生意發了財，身家相當富厚，當然嘍，這就讓他變成了一個更加可怕的對頭。」

「眼下他在家嗎？」

「是的。」

「關於他這個人，您還能提供別的甚麼情況嗎？」

「他生活奢侈，是個馬迷，曾經在倫敦的赫靈厄姆俱樂部打過馬球，只不過沒打多久，原因是布拉格的那件

---

* 　金斯頓 (Kingston) 即「泰晤士河畔的金斯頓」(Kingston upon Thames)，當時是薩里郡的一個區，位於倫敦西南，1965 年併入大倫敦地區。

事情不脛而走，他不得不離開那裏。他喜歡收藏書籍和繪畫，頗有藝術眼光。據我所知，他是公認的中國陶瓷鑑賞權威，還寫過一本這方面的專著。」

「好一顆複雜的頭腦，」福爾摩斯說道。「了不起的罪犯都有這個特點。我的老相識查理‧皮斯是個小提琴大師，懷恩萊特的藝術造詣也是非比等閒＊，像他們這樣的傢伙，我還可以數出一長串呢。好了，詹姆斯爵士，麻煩您轉告您的委託人，我已經盯上了格朗納男爵。眼下我只能說到這裏。我自個兒也有一些情報來源，這麼說吧，咱們肯定能想出打破僵局的辦法。」

客人離去之後，福爾摩斯坐在那裏久久沉思，以致我覺得他已經忘記了我的存在。不過，他最終還是興致勃勃地回到了現實世界。

「呃，華生，你有甚麼高見？」他問道。

「我覺得你應該去見見這位小姐。」

「親愛的華生啊，她那個傷心欲絕的老父親都不能改變她的心意，我這個陌生人又能管甚麼用呢？話又說回來，如果其他辦法都行不通的話，你這個辦法倒也值得一試。不過，剛開始的時候，我覺得咱們必須從其他的角度下手。依我看，欣維爾‧約翰遜興許能幫上咱們的忙。」

在此之前，欣維爾‧約翰遜這個人從來沒有在我撰

＊　查理‧皮斯 (Charles Peace, 1832–1879) 為英國著名罪犯，擅長演奏小提琴，1879 年因謀殺罪被處死刑，從此人的卒年來看，福爾摩斯所說的「老相識」應該只是調侃；懷恩萊特 (Thomas Griffiths Wainwright, 1794–1837) 為英國藝術家、作家及投毒犯。奧斯卡‧王爾德曾以《墨水筆、鉛筆和毒藥》(*Pen, Pencil and Poison*, 1889) 一文記述此人生平。

寫的這些回憶錄當中露過面，原因是我很少從我朋友偵探生涯的後期汲取素材。本世紀初，約翰遜成了福爾摩斯的一名得力助手。在此我必須遺憾地指出，他之所以揚名立萬，起初是因為他是個極其危險的惡棍，還在帕克赫斯特 * 坐過兩次牢。最後他痛改前非，投入福爾摩斯麾下，在倫敦罪犯那個龐大的地下社會當中充當福爾摩斯的耳目，經常都能打探到一些至關重要的情報。如果他是替警方充當「線民」的話，身份肯定會很快暴露，可他參與的都是些永遠不會直接呈上法庭的案子，這樣一來，他那些同伙始終都沒有察覺他的秘密活動。有兩次前科作為敲門磚，他可以自由出入倫敦各處的夜總會、客棧和賭場，而他敏銳的觀察力和機智的頭腦也使他格外適合承擔搜集情報的任務。眼下這個時候，歇洛克·福爾摩斯打算借重的就是這位仁兄。

　　我手頭有一些相當緊急的專業事務，因此無法即時了解我朋友接下來的步驟。不過，當晚我就依約趕到辛普森飯店 †，和他一起坐到緊靠臨街窗戶的一張小桌旁邊，俯瞰斯特蘭街的洶湧人潮。這時候，他把之前的一些情況告訴了我。

　　「約翰遜已經展開了行動，」他如是說道，「興許能從地下社會的幽深角落淘來一些廢銅爛鐵，那些角落埋藏

---

* 帕克赫斯特 (Parkhurst) 是位於英格蘭懷特島的一座監獄，曾經是英國戒備最森嚴的監獄之一。

† 辛普森飯店 (Simpson's) 真實存在，1848 年開業，在倫敦的斯特蘭街，《垂死的偵探》當中亦曾提及。

着犯罪活動的隱秘根源，咱們只能到那裏去打探這個傢伙的秘密。」

「可是，既然這位小姐連眾人皆知的事實都不信，你憑甚麼認為，你的新發現就能夠讓她回心轉意呢？」

「誰知道呢，華生？女人的心思，男人壓根兒就別想摸透。說不定，謀殺的重罪可以得到她們的寬恕和諒解，某些小小過惡卻會讓她們恨之入骨。格朗納男爵告訴我──」

「他告訴你！」

「咳，我倒忘了，你並不知道我的計劃。是這樣，華生，我喜歡跟對手短兵相接，喜歡眼對眼地瞧瞧他到底是甚麼貨色。把任務交代給約翰遜之後，我就坐出租馬車去金斯頓見了見這位男爵，他的態度真是再和善不過啦。」

「他認出你了嗎？」

「認出我一點兒也不難，因為我直截了當地遞上了我的名片。他可真是個絕妙的對手，神色跟冰山一樣冷靜、嗓音跟絲緞一樣熨帖、態度跟你們這些上流醫生一樣讓人舒心，心腸卻跟眼鏡蛇一樣毒辣。他這個人不缺教養，算得上一個如假包換的犯罪貴族，表面上禮數周全，肚子裏裝的卻是死神一般的冷酷。說真的，有人請我來對付阿德爾伯特‧格朗納男爵，我覺得非常高興。」

「你不是說他的態度非常和善嗎？」

「和善得就像一隻直咽口水的貓咪，因為他覺得自個兒面前是一隻老鼠。有些人的和善態度比那些粗人的暴力行徑還要致命。這不，他招呼我的方式就很能說明問題。

『我早就知道，我遲早會跟您見上面，福爾摩斯先生，』他這麼說。『毫無疑問，您這是接受了德‧默維列將軍的委託，打算阻止我和他女兒維奧萊特的婚事。事實就是如此，對吧？』

「我默認了他的說法。

「『親愛的伙計啊，』他說，『這樣的話，您只能毀掉您那份絕非浪得的盛名。在這件案子當中，您壓根兒就沒有取勝的希望。您只能白忙一場，更別說還會惹火燒身。容我苦口婆心地勸您一句，趕緊收手吧。』

「『巧得很，』我這麼回答他，『我也正打算這麼勸您呢。我一向敬重您的才智，男爵，如今我有幸略識風儀，對您的敬重依然如故。我跟您直說了吧，沒有人想去翻您的舊賬、陷您於水深火熱之中。過去的事情已經過去，眼下您也是順風順水，可您要是不肯放棄這樁婚事的話，就會給自己招來一大幫勁敵，他們絕不會讓您安生，非得讓您在英格蘭待不下去才會罷休。您的獵物值得您付出這種代價嗎？毫無疑問，放過這位小姐才是您的上策。要是有人把您的老賬翻給她看，對您來說可不是一件愉快的事情。』

「這位男爵的鼻子下面有兩小撇打過蠟的鬍子，活像是兩條短短的昆蟲觸鬚。聽我說話的時候，他樂得鬍子亂顫，最後就爆發出一陣吃吃的輕笑。

「『我樂得有點兒失態，麻煩您多多擔待，福爾摩斯先生，』他說，『不過，您手裏壓根兒就沒甚麼牌，竟然還想跟我賭一把，這樣的情景確實讓人發笑。我倒不覺

得有人能比您表現得更出色，可您的表現終歸還是叫人憐憫。您連一張花牌都沒有啊，福爾摩斯先生，有的只是些小之又小的牌。』

「『這只是您的想法。』

「『這是我確知的事實。我這就跟您說個明明白白，因為我的牌好極了，給您看看也無妨。我幸運地贏得了這位小姐的全部愛意，儘管我清清楚楚地對她講明了我所有的不幸經歷。我還告訴她，某些別有用心的惡人——您不妨瞧瞧您自己——會跑去找她說這些事情，與此同時，我也把對付這種人的方法教給了她。您肯定聽說過催眠暗示吧，福爾摩斯先生？很好，您很快就可以領教它的效力，因為意志強大的人可以揮灑自如地完成催眠，不需要借助任何粗俗的手法和花哨的表演。所以呢，她已經做好了見您的準備，而我絕不懷疑，她一定會答應跟您見面，因為她很聽她父親的話——只有那件小事情是個例外。』

「你瞧，華生，這也就沒甚麼好說的啦，於是我起身告辭，盡量擺出一副冷靜凜然的架勢。沒想到，我剛剛把手伸到門把上，他又把我給叫住了。

「『對了，福爾摩斯先生，』他說，『您知道那個名叫勒布朗的法國偵探嗎？』

「『知道，』我說。

「『您知道他出了甚麼事情嗎？』

「『我聽說他在蒙馬特爾區＊遭到一些街頭流氓的襲擊，落下了終身的殘疾。』

＊　蒙馬特爾區 (Montmartre) 是巴黎北部一個藝術家聚集的區域。

「『一點兒不錯，福爾摩斯先生。特別湊巧的是，遇襲之前一個星期，他正好在調查我的事情。別幹了，福爾摩斯先生，這不是甚麼吉利的活計，好幾個人都認識到了這一點。最後勸您一句，您可以走您的陽關道，也得讓我過我的獨木橋。再見！』

　　「情況就是這些，華生。你已經跟上形勢了。」

　　「這傢伙好像挺危險的哩。」

　　「危險極啦。我從來不把那些咋咋唬唬的傢伙當回事，這傢伙卻是個心腸比嘴巴毒的人物。」

　　「這件事情你非管不可嗎？他娶這個姑娘的事情真有那麼要緊嗎？」

　　「鑑於他謀殺前妻的罪行不容置疑，我只能說這件事情十分要緊。還有啊，想想咱們的主顧吧！算啦，不說這個了。喝完咖啡之後，你還是跟我一起回家吧，欣維爾肯定興沖沖地在那裏等着向我匯報呢。」

　　果不其然，欣維爾已經到了。他塊頭很大，長相粗鄙，紅通通的臉上滿是瘢痕。他那個十分精明的頭腦只有一個外在的體現，那便是他那雙格外明亮的黑眼睛。看樣子，來這裏之前，他曾經一頭扎進那個讓他如魚得水的深淵，並且把一支火炬帶了上來。這支火炬跟他並排坐在長椅上，具體說就是一位身材苗條、性情如火的年輕女郎。她的面容蒼白熱切，雖然說青春猶在，但卻已經被罪孽和傷痛折磨得憔悴不堪，讓人可以一眼看出她經歷的可怕歲月，那些歲月在她身上留下了麻風一般的印記。

　　「這位是吉蒂·溫特小姐，」欣維爾·約翰遜揮了揮

胖乎乎的手，就算是做完了介紹。「可她不知道——呃，得了，還是讓她自個兒說吧。收到您的便條還不到一個鐘頭，福爾摩斯先生，我就穩穩當當地逮到了她。」

「找我有甚麼難的，」年輕女子說道。「我不是一輩子都待在倫敦的地獄裏嘛。胖子欣維爾也是這個住址。咱倆可是老鄰居啦，胖子，你跟我。可是，老天在上！要說這世上還有公道的話，有個人就應該掉進比咱倆更深一層的地獄！我說的就是您正在追查的這個人，福爾摩斯先生。」

福爾摩斯笑了笑。「如此說來，溫特小姐，您已經站在了我們這邊。」

「只要能把他送到他該去的地方，我到死都聽您的差遣，」我們的客人咬牙切齒地說道。她那張蒼白僵硬的臉龐和那雙怒火熊熊的眼睛都寫着刻骨的仇恨，女人很少會有如此強烈的仇恨，男人更是永遠也不會有。「您用不着探聽我的過去，福爾摩斯先生，那都是些不相干的事情。可是，我落到今天這步田地，全都是阿德爾伯特·格朗納幹的好事。我要能把他拉下來就好了！」她舉起雙手，在空中亂抓一氣。「噢，他把那麼多人推進了這個深淵，我要能把他拉下來就好了！」

「您知道眼下是甚麼情況嗎？」

「剛才我聽胖子說了，這次他又瞄上了另一個可憐的傻瓜，還打算娶她過門，而您想要阻止這件事情。呃，您肯定掌握了這個惡魔不少底細，足以讓任何一個神智正常的體面姑娘對他避之唯恐不及，甚至不願意跟他待在同一個教區。」

「她的神智並不正常，愛情衝昏了她的頭腦。他的事情她都聽說了，可她一點兒也不在乎。」

「謀殺的事情也聽說了嗎？」

「是的。」

「我的天，她可真有膽量！」

「她認為這些事情都是誹謗。」

「您幹嘛不把證據亮給這個傻瓜看看呢？」

「對啊，您能幫我們搜集證據嗎？」

「我自個兒不就是一個證據嗎？如果我站到她的面前，跟她講講他折磨我的經過——」

「那您願不願意講呢？」

「願不願意？不願意才怪！」

「好吧，這法子興許值得一試。可他已經向她交代了大部分的罪孽，並且得到了她的諒解，據我所知，她不會願意再談這個話題。」

「我敢打賭，他並沒有把所有的事情告訴她，」溫特小姐說道。「除了那件鬧得沸沸揚揚的兇案之外，我還對他做下的其他一兩件兇案略有所聞。他會用他那種柔和悅耳的腔調說起某個人，然後就目不轉睛地盯着我說，『他沒過一個月就死啦。』他這些話可不是胡吹一氣，可我一點兒也沒往心裏去——您明白吧，當時我也是對他死心塌地。我可以接受他幹過的任何事情，就跟這個可憐的傻瓜一樣！真正讓我驚駭的只有一件事情。沒錯，老天在上！要不是因為他長了一條能說會道、能哄會騙的毒舌，事發當晚我就會離開他。他有個本子，一個帶鎖的本子，棕色的皮

面上嵌着他的族徽，族徽是金子做的。依我看，當晚他肯定是喝得有點兒多了，要不就不會把那個本子拿給我看。」

「到底是個甚麼本子呢？」

「跟您説吧，福爾摩斯先生，這個傢伙喜歡收集女人，還為自己的收藏洋洋得意，就跟那些收集飛蛾或者蝴蝶的人一樣。他的收藏就是那個本子，抓拍的相片啦、姓名啦、其他細節啦，一句話，那些女人的一切情況都在裏面。那個本子下流到了極點，是人就不會去攢這麼一本東西，哪怕是那些出身貧民窟的人也不例外。可是，阿德爾伯特·格朗納偏偏就有這麼一個本子。他既然這麼有心，完全可以在本子的封皮兒上加個標題：『毀在我手裏的靈魂』。不過，這些都是題外話，因為那個本子幫不上您的忙，就算幫得上忙，您也拿不到它。」

「本子在甚麼地方呢？」

「我怎麼知道它眼下在甚麼地方呢？我離開他已經有一年多了。我只知道他以前把本子放在甚麼地方。不過，他這個人從很多方面來説都跟貓兒一樣整潔刻板，所以呢，本子沒準兒還在他書房裏屋那個舊櫥櫃的文件格裏。您知道他的宅子在哪裏嗎？」

「我去過他的書房，」福爾摩斯説道。

「是嗎，真的啊？既然您今天上午才接下這件活計，那您的動作可真是不慢。這一次，親愛的阿德爾伯特可算是碰上對手啦。書房外屋是他擺放中國陶瓷的地方，兩扇窗子之間立着一個巨大的玻璃櫥櫃。然後呢，他的寫字台後面有道門，門裏面的小房間就是書房裏屋，他用那個房

間來存放文件之類的東西。」

「他不害怕有賊嗎？」

「阿德爾伯特可不是膽小鬼，最恨他的人也不會這麼說他。他懂得保護自己，宅子裏又裝了夜間防盜的警鈴。再者說，竊賊上那裏去幹甚麼呢，就為了捲走那些花裏胡哨的陶瓷嗎？」

「那種東西根本沒用，」欣維爾·約翰遜用的是一種不容辯駁的專家口吻。「化也化不了、賣也賣不掉，哪個收贓的人也不會要。」

「確實如此，」福爾摩斯說道。「好了，溫特小姐，麻煩您明天下午五點過來一趟，您來之前，我會好好地掂量一下，能不能按照您的建議安排您跟這位小姐見個面。我對您的幫助感激不盡，不用說，我那些主顧也會以非常慷慨的眼光來衡量——」

「用不著，福爾摩斯先生，」年輕女人高聲說道。「我可不是為錢來的。只要能看到這個傢伙栽進泥坑，我也就別無所求——我要他栽進泥坑，還要照他那張可惡的臉踏上一隻腳。這就是我想要的回報。只要您還在追查他，明天也好，改天也好，我隨時聽候您的吩咐。胖子也在這兒，要找我問他就行。」

第二天晚上，我和福爾摩斯又在斯特蘭街的那家飯店一起吃飯。前一天分別之後，我到這時才跟他見上面。我向他打聽當天會面的成果，他只是聳了聳肩。接下來，他跟我講了講會面的經過，而我打算用以下這種方式進行複

述，因為他那段硬梆梆、乾巴巴的講述需要一點兒軟化處理，要不就不能反映事情的原貌。

「約這個姑娘見面倒是一點兒也不困難，」福爾摩斯說道，「因為她急於在所有的次要事情上表現出奴婢一般的孝心，以便彌補她在終身大事上的公然忤逆。將軍打電話通知我一切就緒，性情火辣的溫特小姐也已經準時現身，於是乎，下午五點半，一輛出租馬車把我們載到了這位老軍人的家門口，巴克萊廣場 104 號。倫敦有不少比教堂還要莊重威嚴的陰鬱城堡，將軍的宅子也是其中之一。到了之後，一名男僕把我們領進了一間掛着黃色簾帷的大客廳，將軍的女兒正在客廳裏等候我們，只見她臉色蒼白、端凝內斂，整個人就跟雪山頂上的冰雕一樣頑固不化、一樣遙不可及。

「我不知道該怎麼跟你形容這位小姐，華生。咱們的事情辦完之前，沒準兒你也會見到她，到時你就可以發揮你自個兒的文才了。她長得很美，可她的美有一種不食人間煙火的味道，跟那些心向天國的狂熱信徒差不多。這樣的面孔，我在中世紀那些古典大師 * 的畫裏也見過。我實在想不明白，一個畜生一般的傢伙憑甚麼能把他的魔爪伸到這麼一個屬於上界的人物身上。你可能已經發現，截然相反的事物總是會相互吸引，比如說靈性與獸性、衣冠禽獸與聖潔天使。不過，你肯定沒見過比這一次的事情還要極端的例證。

---

* 古典大師 (old master) 通常用來統稱十九世紀之前的歐洲大畫家，尤指文藝復興時期的大畫家。

「當然嘍，她對我們的來意心知肚明——那個惡棍一早就在她面前說盡了我們的壞話。按我看，溫特小姐的到場讓她很是驚訝，可她還是擺手示意我倆各自落座，架勢活像是一位可敬的女修道院院長，正在接待兩個染了麻風的叫花子。親愛的華生啊，要是你喜歡自命不凡的話，那就跟維奧萊特·德·默維列小姐學學吧。

「『呃，先生，』她的聲音就像是從冰山上吹下來的寒風，『我知道您的大名。據我所知，您這次來，無非是為了中傷我的未婚夫格朗納男爵。我答應跟您見面，僅僅是為了滿足我父親的要求。我把話說在前頭，不管您有甚麼話要說，都不可能對我產生一絲一毫的影響。』

「當時我真是替她感到難過，華生。那一刻，我對她產生了深切的關心，就跟她是我自己的女兒一樣。我這個人很少有循循善誘的時候，做事情靠的是理智，並不是感情。可是，今天我確確實實對她勸了又勸，用上了我用得出的最動情的話語。我讓她想想，如果一個女人到婚後才發現丈夫的本性，不得不屈從血腥雙手和淫猥嘴唇的撫弄，那樣的處境該有多麼糟糕。我一點兒也沒客氣，把由此而來的恥辱、恐懼、痛苦和絕望通通形容了一遍。可是，我那些熱切的話語既沒能讓她象牙一般的雙頰泛出一絲顏色，也沒能讓她空洞縹緲的雙眼閃現一絲情感。我禁不住覺得，她確實是受了那個無賴所說的『催眠暗示』。看她的模樣，你真的會相信她已經超脫凡塵，活在某個心醉神迷的夢境之中。話又說回來，她的回答倒是有條有理，一點兒也不含糊。

「『我耐着性子聽您説了這麼久，福爾摩斯先生，』她説，『心裏的感覺跟我預料的一模一樣。我非常清楚，我未婚夫阿德爾伯特有過一段顛沛流離的歲月，由此招來了一些刻毒的怨恨，還有一些毫無道理的誹謗。到我面前來説他壞話的人多得是，您不過是最新的一個而已。興許您也是一番好意，不過據我所知，您是一個收錢辦事的偵探，可以跟男爵作對，也可以替男爵跑腿。不管怎麼樣，我這就一了百了地跟您説清楚，我愛他，他也愛我，對我來説，世上所有人的意見都跟窗外那些鳥兒的嘰嘰喳喳沒甚麼兩樣。如果他高貴的人品真的有過墮落的瞬間，興許我就是上天派來幫他恢復本來高度的人。我倒想請問一下』——説到這裏，她轉眼看着我的同伴——『這位小姐又是誰呢。』

　　「我剛要回答她的問題，旁邊的姑娘已經像旋風一樣發作起來。你要是看見過火焰與冰山對峙的景象，就可以想見這兩個女人的模樣。

　　「『我這就讓你知道我是誰，』她一邊大聲嚷嚷，一邊從椅子上跳了起來，嘴巴都氣歪了——『我是他的上一任情婦，是他有過的上百個女人當中的一個，我們都遭受了他的引誘、利用和摧殘，最後又被他扔進了垃圾堆，你的結局也是一樣。你那個垃圾堆多半會是一座墳墓，這興許還算最好的呢。告訴你吧，你這個蠢女人，嫁給這個人就等於自尋死路。要麼是打碎你的心，要麼是擰斷你的脖子，他總有辦法要你的命。我説這些可不是因為我喜歡你，你的死活跟我沒有半點兒關係。這只是因為我恨他，

要尋他的晦氣，要對他以牙還牙。當然嘍，不管我怎麼想，結果都是一樣，你也用不着拿那種眼神來看我，高貴的小姐，等不到苦頭吃盡，你興許就會落到比我還慘的田地。』

「『我無意討論此類話題，』德·默維列小姐冷冷地說。『我只說這一次，我知道我未婚夫經歷過三段插曲，跟一些居心叵測的女人糾纏在了一起，而我深信不疑，即便他有過甚麼過失，眼下也已經誠心改悔。』

「『三段插曲！』我同伴尖叫一聲。『你這個傻瓜！你這個活見鬼的傻瓜！』

「『福爾摩斯先生，我懇請您結束這次會面，』冰一般的聲音說了一句。『我遵從父命跟您見面，可我沒有義務聽這個人的胡言亂語。』

「溫特小姐罵了一句，衝上前去，要不是我抓住她的手腕的話，這個氣死人的女人保準兒會被她揪住頭髮。我拽着她走向門口，又把她扶上馬車，僥倖地逃過了當眾出醜的厄運，因為她已經氣瘋了。說實在的，華生，我自個兒也氣得夠戧，因為我們努力挽救的這個女人端着一副平靜超然、自我陶醉的架勢，說不出地氣人。好了，這下你應該更清楚咱們的處境了吧。顯而易見，這樣的開局既然行不通，我只能換種走法。我會跟你保持聯繫的，華生，因為接下來的事情多半需要你的參與。當然嘍，也有可能，他們會不等咱們動手，搶先把下一步棋走出來。」

不出福爾摩斯所料，他們的打擊來了──應該說是他的打擊，因為我絕不相信，那位小姐也知道這件事情。

事情是這樣的，我站在人行道上，忽然瞥見了一張新聞招貼，一下子覺得心如刀絞。依我看，到現在我都可以指得出來，當時我腳下是人行道上的哪一塊石板。那塊石板就在格蘭德酒店和查林十字車站之間，有一個獨腿報販在那裏發售晚報。我倆上一次見面之後不過兩天，我在那裏看到了一條新聞摘要，黃紙黑字、怵目驚心：

歇洛克·福爾摩斯遭遇奪命襲擊

我應該是呆若木雞地站了片刻，後來的事情就有點記不清楚，大概是我一把抓起了一張報紙，忘了給錢，被那個報販說了幾句，最後就站在一家藥鋪的門廊裏，翻到了那則要命的簡訊。簡訊是這麼寫的：

本報憾悉，著名私家偵探歇洛克·福爾摩斯先生於今晨遭遇奪命襲擊，境況堪虞。相關詳情迄未明瞭，據知事發時間為今晨零時左右，地點則為攝政大街，皇家咖啡館門外。兇徒共有兩人，以手杖行兇，福爾摩斯先生頭部及身體多處受傷，傷勢據醫生所言極其嚴重。眾人將福爾摩斯先生送入查林十字醫院，嗣後復將其送往貝克街寓所，因該先生執意如此。據知行兇兇徒衣着體面，事後即自皇家咖啡館穿入咖啡館後門之格拉斯豪斯街，由是逃出路人視線。傷者之才智幹練每令本城黑道叫苦不迭，毋庸置疑，行兇兇徒必為黑道成員。

不用說，剛剛瀏覽完簡訊，我立刻跳上一輛雙輪馬車，直奔貝克街而去。我發現萊斯列·奧克肖特爵士的四輪馬車等在福爾摩斯的家門口，跟着就在門廳裏見到了這位著名的外科醫生。

「目前來説沒甚麼危險，」醫生這麼告訴我。「他的頭皮上有兩道傷口，身上有幾處嚴重的瘀傷。我給他縫了幾針，還給他打了點兒嗎啡。他非常需要安靜，幾分鐘的交談倒也不是不可以的。」

得到醫生的許可之後，我輕手輕腳地走進了那個昏暗的房間。傷者非常清醒，還用沙啞的嗓音輕輕叫出了我的名字。百葉簾放下了四分之三，一抹陽光斜斜地穿過窗子，照到了傷者頭部的繃帶，白色的紗布上有一塊殷紅的血漬。我坐到他的身邊，低下了頭。

「沒事的，華生，用不着這麼擔驚受怕，」他咕噥了幾句，聲音十分微弱。「情況並不像表面看來那麼糟糕。」

「謝天謝地！」

「我的單手棍術也還過得去，這你是知道的。我有所防備的時候，大多數匪徒都是我的手下敗將。這次我招架不住，只是因為第二個傢伙衝了上來。」

「需要我做甚麼嗎，福爾摩斯？不用説，肯定是那個該死的傢伙派他們來的。只要你説句話，我馬上就去揭了他的皮。」

「華生老兄！不行的，咱們拿他沒甚麼辦法，除非警察能抓到那兩個歹徒。不過，他們肯定是一早就找好了退路，這一點不會有甚麼疑問。稍微等等吧，我已經有了一些計劃。第一步就是誇大我的傷勢。肯定會有人找你打聽消息的，到時你就盡量吹吧，華生。甚麼能活過這個星期就算萬幸啦，腦震蕩啦，神經錯亂啦，想怎麼吹就怎麼吹！怎麼吹都不嫌過火。」

「萊斯列‧奧克肖特爵士那邊怎麼辦呢？」

「哦，不用管他，他只能看到我最慘的一面，這可以包在我身上。」

「還有別的嗎？」

「有的，你告訴欣維爾‧約翰遜，讓他把那個姑娘送到別處去。事到如今，那些妙人兒一定會去找她的。當然嘍，他們肯定知道她在幫我辦案。他們既然敢對我下手，多半也不會放過她。這事情非常緊急，今晚就得辦好。」

「我馬上就去。還有嗎？」

「把我的煙斗放到桌子上——還有裝煙草的拖鞋*。行了！每天早上都上我這兒來一趟吧，咱們可以研究一下作戰方案。」

當晚我就跟約翰遜安排妥當，讓他把溫特小姐送到某個偏僻的郊區去避避風頭。

六天之中，公眾一直以為福爾摩斯徘徊在生死邊緣。公告欄的語氣十分沉痛，報紙上還出現了一些危言聳聽的報道。不過，我天天都去看福爾摩斯，自然知道情形並不是那麼糟糕。強健的體格和堅定的意志產生了種種奇跡，他恢復得非常之快。有時我甚至懷疑，他在我的面前也有所保留，實際的恢復速度比表面上還要快。他這個人有一種裝神弄鬼的古怪癖好，借此製造了許多戲劇性的效果，副作用則是連他最親密的朋友也搞不懂他葫蘆裏賣的是甚麼藥。只有獨自謀劃才能確保謀劃不出閃失，他真是把這

---

* 「裝煙草的拖鞋」參見《馬斯格雷夫典禮》的開篇部分。

樣的信條發揮到了極致。我跟他走得最近，可我始終都能感覺到，我倆之間還是有一層隔膜。

第七天，他的傷口已經拆了線，晚報上卻說他感染了急性的皮膚炎症。同一天的晚報還刊登了一則公告，我死活也得拿去給他看看。公告的內容非常簡單，只是説丘納德輪船公司的「魯里塔尼亞號」輪船將於本週五自利物浦駛往美國，阿德爾伯特·格朗納男爵也在乘客名單當中，因為他即將與將軍獨女維奧萊特·德·默維列小姐完婚，此前需到美國去處理一些重要的經濟事務，等等等等。聽我念這則公告的時候，福爾摩斯那張蒼白的臉上帶着一種又嚴峻又專注的神情，顯然是受了不小的打擊。

「週五！」他大叫一聲。「留給咱們的時間只有三天啦。我敢肯定，這個無賴的打算是跑出去避避風頭。可他跑不了，華生！老天作證，他跑不了！好了，華生，我要請你幫個忙。」

「我來就是為了幫忙的，福爾摩斯。」

「很好，我要你利用接下來的二十四個小時，好好地研究一下中國陶瓷。」

他沒有作任何解釋，我也沒有問任何問題。跟他打了這麼多年的交道，我已經懂得了唯命是從的道理。離開他的房間之後，我走在貝克街上，這才開始翻來覆去地琢磨，究竟該用甚麼方法來執行如此奇特的一道命令。到最後，我坐車去了聖詹姆斯廣場的倫敦圖書館，找我的朋友洛馬克斯副館長幫了個忙，挾着一本厚厚的大部頭回了家。

聽人家説，那些當律師的雖然可以臨時硬背跟案子相關的知識，達到可以盤問專家證人的程度，但卻會在庭審之後的一個星期之內把勉強學來的知識忘個精光。當然嘍，我可不打算在這裏冒充甚麼陶瓷權威。不過，當時我確實在如飢似渴地學習陶瓷知識、努力地記下各式各樣的名稱。我學了整整一個晚上，接着是一整宿，中間只休息了一小會兒，第二天又學了整整一個上午。我記住了那些偉大藝術家的款識、干支紀年的奧秘、洪武瓷器的標記、永樂瓷器的種種美妙、唐英的著述 *，還有遠古宋元時期的鼎盛狀況。第二天傍晚，我上門探訪福爾摩斯，腦子裏填滿了這一類的知識。他已經可以下床走動，可你要是只看那些公開的報道，那是怎麼也猜不到這一點的。眼下他窩在他最喜歡的那把扶手椅上，一隻手支着腦袋，腦袋上仍然纏着不少繃帶。

　　「咳，福爾摩斯，」我説道，「誰要是信了報紙上的説法，準以為你快死了哩。」

　　「這個嘛，」他説道，「正是我希望達到的效果。好了，華生，你的課程學完了嗎？」

　　「反正我已經盡力了。」

　　「很好。跟人家談起這個話題的時候，你能説出點兒門道來嗎？」

　　「我覺得沒問題。」

---

*　唐英 (1682–1756) 為清代陶瓷藝術家，曾任景德鎮督陶官，並曾奉敕編寫講述制瓷工藝的《陶冶圖》。《陶冶圖》在十九世紀即已由英國漢學家及中國陶瓷鑑賞權威卜士禮 (Stephen Wootton Bushell, 1844–1908) 譯成英文。

「那好，把壁爐台上的那個小盒子遞給我吧。」

他打開盒蓋，從裏面拿出了一個用精美的東方絲綢包得嚴嚴實實的小物件。他揭開那層絲綢，呈現在我眼前的是一隻精緻的深藍色小碟子，釉色漂亮得無以復加。

「拿的時候一定要小心，華生。這可是貨真價實的明代薄胎瓷，就連佳士得拍賣行 * 都沒見過比這更好的貨色。如果有一整套的話，絕對稱得上價值連城——事實上，除了北京的紫禁城之外，其他地方有沒有一整套還是個問題呢。看到這件東西，真正的行家都會眼紅得發狂的。」

「我拿它來幹甚麼呢？」

福爾摩斯遞給我一張名片，上面印的是：希爾‧巴頓醫生，半月街 369 號。

「今晚你就用這個名字，華生。你得去拜訪格朗納男爵。我大概知道他的習慣，八點半的時候，他多半會閒下來。你得提前給他寫張便條，說你要去找他，因為你有一套絕對是獨一無二的明代瓷器，打算把一件樣品帶去給他看。你最好還是用醫生的身份，因為你演這樣的角色用不着偽裝。你同時也是一位收藏家，偶然得到了這麼一套瓷器。你聽說男爵有這方面的興趣，有意把東西轉讓給他，如果價錢合適的話。」

「甚麼價錢才合適？」

「問得好，華生。自個兒的東西都不知道價錢的話，那你肯定會大出洋相的。這個碟子是詹姆斯爵士幫我弄來

---

* 佳士得 (Christie's) 為蜚聲世界的大拍賣行，下文中的蘇富比 (Sotheby's) 亦然。

的，按我看應該是他那個委託人的藏品。説它舉世無雙都不為過。」

「要不我這麼跟他説吧，這套瓷器的價錢應該請專家來定。」

「妙極了，華生！今天你真是靈光四射。你可以提議讓佳士得或者蘇富比來估價，因為你講究體面，不願意自個兒開價。」

「他要是不願意見我呢？」

「噢，會的，他會見你的。他是個病入膏肓的收集狂，尤其喜歡收集中國瓷器，在這方面還是個公認的權威哩。坐下吧，華生，按我念的給他寫張便條。不需要他回信，説清楚你要去、去幹甚麼，這樣就行了。」

他口授的便條真是精彩，簡明扼要、彬彬有禮，同時又足以吊起行家的胃口。寫完之後，我們立刻打發地區信差房*的人把便條送了出去。當天晚上，我獨自踏上了征程，手裏拿着那個珍貴的碟子，兜裏則揣着希爾·巴頓醫生的名片。

格朗納男爵的宅子和庭院都很漂亮，説明詹姆斯爵士所言不虛，此人的確身家富厚。長長的馬車道蜿蜒曲折，兩邊都種着珍稀的灌木，馬車道的盡頭是一個寬廣的礫石方庭，裏面點綴着一些塑像。宅院是一個南非金礦大亨在淘金潮期間蓋起來的，房子又長又矮，四角都有碉樓，設

---

*　由於電話不夠普及，當時的人們需要大量使用跑腿的信差，地區信差房 (district messenger office) 就是提供這種服務的私營機構。

計雖然一塌糊塗，龐大的體量和堅固的結構卻讓人過目難忘。一名神氣得像個主教的男管家把我讓進房門，又把我轉交給一名身穿絲絨服裝的男僕，由男僕把我領到男爵面前。

男爵站在一個敞開的大櫥櫃跟前，櫥櫃立在兩扇窗子之間，裏面陳列着他的一部分中國藏品。我進屋之後，他轉過身來，手裏拿着一個褐色的小花瓶。

「請坐，醫生，」他說道。「我正在檢查我自個兒的寶貝，不知道我是不是真的應該添置新的藏品。這個唐代的小玩意兒是七世紀的作品，您興許會有點兒興趣。我敢說，您肯定沒見過工藝比它還好、釉色比它還潤的東西。您把您說的那個明代碟子帶來了嗎？」

我小心翼翼地打開包裝，把碟子遞給了他。天色已經昏黑，於是他坐到寫字台後面，拉亮台燈，仔仔細細地看了起來。黃色的燈光照亮了他的臉，我可以從容不迫地端詳他的長相。

這個人確實長得非常英俊，完全當得起他那個傳遍全歐的美男稱號。他至多只能算是中等身材，但卻擁有線條優美的矯健體形。他的臉差不多跟東方人一樣黑，烏黑的大眼睛慵倦迷離，可以輕而易舉地勾去女人的魂魄。他的頭髮和髭鬚都是又黑又亮，髭鬚又短又尖，上面的蠟打得格外仔細。他的五官端正可親，只有那張又直又薄的嘴巴是個例外。要說我見過典型的兇手嘴巴的話，那就是他的嘴巴——那是開在他臉上的一道兇殘刻毒的口子，嘴唇緊抿，冷酷無情，讓人望而生畏。他沒有用髭鬚蓋住嘴巴，

實在是不太明智，因為他的嘴巴是大自然特意留下的一個危險訊號，為的是讓他那些受害者心生警惕。他的嗓音娓娓動聽，禮數也無可挑剔。當時我覺得他的年紀應該是三十出頭，後來才從他的履歷當中知道，他實際的年齡是四十二歲。

「非常漂亮——確實是非常漂亮！」他終於開了口。「您還說您有一整套這樣的瓷器，總共是六件。我不太明白的是，這套瓷器如此精美，可我居然沒聽說過。據我所知，全英格蘭只有一件藏品能跟這件媲美，那件藏品是絕對不會上市的。恕我冒昧動問，希爾·巴頓醫生，您這件瓷器是從哪兒來的呢？」

「這一點有那麼要緊嗎？」我反問了一句，盡量裝出一副大大咧咧的架勢。「您應該看得出來，這件東西是真的，至於價錢嘛，專家說多少就是多少。」

「真夠神秘的，」懷疑的神色從他的黑眼睛裏一閃而過。「要交易如此貴重的東西，你自然想知道所有的來龍去脈。東西確實是真的，這一點我絕不懷疑。可是，萬一——我不得不把所有的情況考慮周全——萬一我買了您的東西，後來又發現您無權出售，那可怎麼辦呢？」

「我可以跟您打包票，絕對不會有那樣的事情。」

「您既然這麼說，自然就引出了一個新的問題，也就是說，您的包票究竟值多少錢。」

「這個問題您可以去問我的銀行。」

「說得也是。可我還是覺得，這樁交易從頭到尾都很不尋常。」

「成不成交都是您的事情，」我滿不在乎地說道。「我聽說您是這方面的行家，所以才優先考慮到了您，您這邊不行，找別人也很容易。」

　　「您聽誰說我是行家呢？」

　　「我知道您寫過一本這方面的專著。」

　　「您讀過那本書嗎？」

　　「沒有。」

　　「我的天，這可真是越來越讓我莫名其妙！您是一位懂行的收藏家，手頭又有一件十分貴重的藏品，世上只有一本書能讓您了解這件藏品真正的意義和價值，可您居然沒有勞神去讀上一讀。這您打算怎麼解釋呢？」

　　「我忙得很，因為我是個執業醫生。」

　　「這可算不上甚麼解釋。真正的愛好者一定會追根究底，別的事情再忙也不在話下。您不是在您自個兒的便條裏說了嘛，您是一位行家。」

　　「我確實是。」

　　「我可以出幾道題來考考您嗎？實話告訴您吧，醫生——如果您確實是醫生的話——我覺得這件事情越來越不對勁。我想問問您，您對聖武天皇有甚麼了解，他跟奈良附近的正倉院又有甚麼關係呢？* 我的天，您覺得莫名

---

* 聖武天皇 (Emperor Shomu, 701–756) 為篤信佛教的日本天皇，在位時間為 724 至 749 年；正倉院 (Shoso-in) 原本是奈良著名寺院東大寺的倉庫。公元 756 年，聖武天皇 (此時已傳位，改稱聖武上皇) 駕崩之後，其妻將天皇日用及收藏品交由東大寺保管，這批文物以及後來的許多文物都保存在正倉院。今日的正倉院是日本的國有財產，由宮內廳負責管理。

其妙嗎？那好，請您稍微給我講講北魏，講講這個朝代在陶瓷史上的地位吧！」

我做出一副怒不可遏的樣子，從椅子上跳了起來。

「這可真叫人忍無可忍，先生，」我說道。「我來這裏是給您面子，可不是來充當甚麼應考的學童。要說這方面的學問，我興許只比您本人略遜一籌，可您的問題問得如此無禮，我是絕對不會回答的。」

他死死地盯着我，眼裏的慵倦神情一掃而空。突然之間，他的眼睛變得怒火熊熊，牙齒在兩片冷酷的嘴唇之間森然閃現。

「這算是甚麼把戲？你來這裏是為了刺探情報，因為你是福爾摩斯派來的探子。你這是在跟我耍花招。那傢伙快咽氣了，這我也有所耳聞，所以呢，他就打發他的爪牙來監視我。這次你不請自來，很好，老天作證！你馬上就會發現，出去可不像進來那麼輕巧。」

他已經跳了起來，於是我後退一步，做好了招架的準備，因為他已經氣得失去了理智。說不定，他從一開始就對我起了疑心；可以肯定的是，前面的這番盤問已經讓他洞悉真情；不管怎麼樣，想騙他顯然已經不再可能。到這會兒，他把手伸進寫字台側面的一個抽屜，發瘋似的翻找起來。緊接着，他站在那裏凝神細聽，似乎是聽到了甚麼動靜。

「好哇！好哇！」他高聲喊道，衝進了身後的房間。

我上前兩步，搶到了那道敞開的房門跟前，房裏的情景我一輩子都會記得清清楚楚。對着花園的那扇窗子大敞

着，站在窗邊的是一個形如鬼魅的人物，頭上纏着血漬斑斑的繃帶，面容蒼白憔悴，不是別人，正是歇洛克·福爾摩斯。轉眼之間，他已經跳出窗子，外面的月桂樹叢裏傳來了他身體落地的沉重聲響。宅子的主人怒吼一聲，追着他衝到了窗子跟前。

緊接着！事情發生在電光石火之間，可我卻看得清清楚楚。一隻胳膊——女人的胳膊——猛然從枝葉之間探了出來，與此同時，男爵發出了一聲可怕的叫喊、一聲我一輩子也忘不了的慘叫。他用雙手捂住自己的臉，開始在房間裏四處亂竄，腦袋把四周的牆壁撞得山響。接下來，他一頭栽倒在地毯上，不停地翻滾扭動，慘叫一聲接着一聲，震動了整座宅子。

「水！看在上帝份上，給我點兒水！」他喊了起來。

我立刻抄起邊桌上的玻璃水瓶，衝過去解救他。與此同時，管家也帶着幾名男僕從大廳跑了進來。至今我還記得，等我跪到傷者身邊、把他那張可怕的臉轉到燈光之下的時候，有個僕人當場就暈了過去。硫酸正在腐蝕傷者臉上的各個部位，還順着他的耳朵和下巴往下淌。他的一隻眼睛已經變成了一團白翳，另一隻則又紅又腫。他的俊美面容幾分鐘之前還讓我讚嘆不已，眼下卻模糊變色、不成人形，讓人目不忍睹，活像是一幅原本美麗的油畫，但卻被畫家用又濕又髒的海綿抹了一遍。

我簡單地向那些僕人講明了之前的情況，至少是講明了跟硫酸毀容有關的情況。幾名僕人已經翻到了窗子外面，還有些衝到了屋外的草坪上，不巧的是夜色昏黑，天

上還下着雨。受害人一邊慘叫，一邊咆哮着控訴那個找他算賬的人。「是吉蒂‧溫特那個潑婦幹的！」他大聲嚷嚷。「噢，好一個女魔頭！她一定得為這件事情付出代價！她一定得付出代價！噢，天庭裏的上帝啊，我可真是痛得受不了啦！」

我給他的臉敷上油膏，把那些皮開肉綻的傷處包紮好，又給他打了一針嗎啡。經歷了這樣的打擊，他已經完全忘記了我的嫌疑，只知道死死地抓住我的雙手，似乎是以為我回天有術，還能讓他那雙茫然仰對着我的死魚眼睛重見光明。這樣的慘禍足以讓我潸然淚下，只可惜我記得一清二楚，正是他自己的可恥生涯招來了如此可怕的一場變故。他那雙火燒火燎的手在我身上扒來扒去，使得我倍感惡心，等他的家庭醫生和一名專家接踵趕到的時候，我便如釋重負地卸下了照料他的責任。警局的一名督察* 也已經趕到現場，我向他遞上了一張內容真實的名片。假冒他人的做法只能説是既沒用又愚蠢，因為蘇格蘭場的人一眼就可以認出我來，幾乎跟認出福爾摩斯一樣容易。這之後，我離開了那座籠罩着恐怖陰雲的宅子。不到一個小時，我已經趕到了貝克街。

福爾摩斯坐在他通常坐的那把椅子上，臉色煞白、一副筋疲力盡的模樣。不説他身上的傷，當晚的種種事件實在是太過令人震撼，即便是他鋼鐵一般的神經也有點兒吃不消。他驚駭萬分地聽我講完了男爵毀容的經過。

---

* 英國的警衛系統與香港大致相同，故書中警銜譯名比照香港警銜，由低到高包括警員、警長、督察、警司等等級別。

「孽債啊，華生——孽債！」他說道。「或遲或早，孽債總歸會找上門來的。天曉得，他造的孽可真是不少，」他補了一句，把桌上的一個棕色本子拿了起來。「喏，這就是那個女人說的那個本子。這東西都阻止不了這門親事的話，其他的就不用說了。可它肯定管用，華生，不可能不管用。但凡有點兒自尊，哪個女人也受不了這種東西。」

　　「是他的戀愛日志嗎？」

　　「也可以說是他的淫亂日志，你怎麼說都行。聽那個女人說起這件東西的時候，我立刻意識到它是一件無比強大的武器，只要咱們能把它弄到手，事情就好辦了。當時我擔心那個女人走漏風聲，所以就沒把這種想法說出來。不過，我一直都在盤算這件事情。然後呢，他們的襲擊給了我一個機會，讓我可以徹底解除男爵對我的戒心。所以說，他們的襲擊有百利而無一害。本來我是想稍微多等一陣的，可他馬上要去美國，我不得不提前動手。他絕不會把殺傷力這麼大的一本東西留在家裏，這樣一來，咱們只能立刻採取行動。夜間偷盜是不可能的，因為他採取了防範措施。不過，晚上下手還是有機會的，前提是確保他的注意力放在別的地方。這麼着，你和你那個藍碟子就派上了用場。可我必須確切地知道本子在甚麼地方，而且我心裏有數，我行動的時間受到你中國陶瓷知識的限制，充其量不過是幾分鐘，考慮到這些因素，我才在最後一刻叫上了那個姑娘。她把那個小包裹小心翼翼地藏在斗篷下面，我哪知道她帶的是甚麼東西呢？當時我以為她是在一心一意地幫我辦事，照眼下看，她還有她自個兒的算盤哩。」

「男爵已經猜到了我是你的人。」

「跟我擔心的一樣。還好，你跟他糾纏的時間剛好夠我拿到這個本子，儘管還不夠我神不知鬼不覺地溜之大吉。哈，詹姆斯爵士，很高興見到您！」

按照先前的約定，我們那位彬彬有禮的朋友已經大駕光臨。接下來，他開始聚精會神地聆聽福爾摩斯講述事情的經過。

「您創造了奇跡──奇跡！」聽完之後，他高聲讚嘆。「話說回來，如果他的傷真的有華生醫生說的那麼可怕，咱們阻止這門親事的目標當然可以算是圓滿完成，用不着動用這個令人作嘔的本子了吧。」

福爾摩斯搖了搖頭。

「您說的可不是德·默維列這種女人的行事風格。她會把男爵看成一個毀了容的殉道者，對男爵的愛只會有增無減。不行的，不行，咱們必須摧毀男爵的道德形象，而不是他的身體形態。這個本子可以把小姐帶回現實世界──據我所知，其他東西都達不到這個目的。這是男爵親手寫下的東西，這樣的一道坎兒，默維列小姐怎麼也邁不過去。」

詹姆斯爵士帶走了本子，還有那個珍貴的碟子。我自個兒還有一場時間已過的約會，所以就跟他一起下樓，走到了大街上。一輛四輪馬車在外面等他，他跳上馬車，急不可耐地衝帽子上綴有花飾的車夫吩咐了一句，馬車便飛奔而去。他把自己的大衣搭在車窗上，以便遮蓋廂板上的徽記，可我還是借着從身後氣窗裏透出來的燈光看見了那

些紋飾，驚訝得倒吸了一口涼氣。於是我轉身上樓，回到了福爾摩斯的房間裏。

「我知道咱們的主顧是誰啦，」我高聲喊道，興沖沖地想要宣佈這個重大發現。「原來啊，福爾摩斯，主顧就是——」

「是一位忠心耿耿的朋友，也是一位豪俠仗義的紳士，」福爾摩斯說道，抬手示意我就此打住。「從現在直到永遠，咱們知道這一點就夠啦。」

到現在我也不知道，那個揭露罪行的本子是如何派上用場的。執行這件任務的人可能是詹姆斯爵士，不過，考慮到任務的敏感程度，可能性更大的還是那位小姐的父親。不管到底是誰，結果總歸是十分圓滿。三天之後，《晨郵報》刊出一則簡訊，宣稱阿德爾伯特·格朗納男爵和維奧萊特·德·默維列小姐的婚事已經告吹。同一張報紙還報道了地方法庭對吉蒂·溫特小姐的第一次傳訊，她面臨的是以硫酸毀人容貌的嚴重指控。大量的從寬情節在庭審期間公之於眾，所以呢，大家肯定還記得，她得到的只是這種罪名之下的最輕處罰。歇洛克·福爾摩斯一度面臨入室行竊的指控，只不過，一旦你動機高尚、主顧又足夠顯赫，即便是鐵面無私的英國法律也會變得知情識趣、有商有量。迄今為止，我朋友還沒有站上被告席。

白化士兵

　　我朋友華生雖然想法不多，僅有的想法卻都頑固得
出奇。長期以來，他一直在苦苦糾纏，逼着我自己寫一篇
講述以往經歷的文字。這興許是我自討苦吃，因為我經常
都得指出他的毛病，説他寫的那些故事如何如何膚淺，還
説他只知道迎合大眾的口味、不懂得嚴格地遵循事實和數
據。「你自個兒試試好了，福爾摩斯！」這就是他的反駁。
不容否認的是，提起筆來之後，我自己確實有所體會，既
然是寫故事，那就必須寫成讀者愛看的樣子。下面這個案
子讀者肯定愛看，因為它是我那份記錄當中最離奇的案子
之一，只不過碰巧被華生漏掉了而已。既然説到了我這位
老朋友兼傳記作者，我不妨借機補充一點，偵辦各種區區
小案的時候，我之所以要不辭辛苦地拖上一名同伴，並不
是因為我感情用事，也不是因為我突發奇想，而是因為華
生確實有他的獨到之處，只不過他性情謙退，光顧着過甚
其詞地吹捧我的事跡，沒有留意到他自己的優點。如果你
的同伴能夠預見你的結論和行動方略，那樣的同伴只能説
是非常危險，反過來，如果他自始至終都對事態的變化感
到驚詫莫名、自始至終都對未來一片茫然，那倒可以算是
一名不折不扣的理想助手。

　　按照我記事本裏的記錄，詹姆斯·M. 多德先生登門

造訪的時間是一九零三年一月，也就是布爾戰爭＊剛剛打完的時候。多德先生是一位魁梧挺拔、朝氣蓬勃的英國公民，皮膚被太陽曬得黝黑。那陣子，華生老兄已經做下了我記憶之中唯一的一件只顧自己不顧交情的勾當，拋下我去討了一個老婆。多德先生上門的時候，屋裏只有我一個人。

我的習慣是自己坐在背對窗子的位置，把我對面的椅子留給客人，好讓他們完全暴露在天光之下。詹姆斯・M. 多德先生似乎是不知道怎麼開口，而我也沒有幫助他打破沉默，原因是我可以趁此機會多觀察他一會兒。我早就已經發現，明智的做法是一上來就讓主顧領教一下我的本事，到這會兒，我便把一部分的觀察結論說了出來。

「據我看，先生，您一定是從南非回來的。」

「是的，先生，」他多少有點兒詫異地回答道。

「以前是在帝國義勇騎兵部隊†，應該沒錯。」

「沒錯。」

「米德爾塞克斯義勇騎兵團，毫無疑問。」

「確實是這樣。福爾摩斯先生，您簡直跟巫師一樣靈啊。」

看到他迷惑不解的表情，我不由得笑了起來。

「一位英武的先生走進我的房間，臉上帶着英國太

＊　這篇故事首次發表於 1926 年 11 月；這裏説的布爾戰爭 (Boer War) 指第二次布爾戰爭，是 1899 至 1902 年間英國人和布爾人 (布爾人 指的是荷蘭裔南非人) 為爭奪南非殖民地而進行的戰爭，以英軍 勝利告終；亞瑟・柯南・道爾本人曾以軍醫身份參與此次戰爭。

†　帝國義勇騎兵部隊 (Imperial Yeomanry) 是布爾戰爭期間在南非作戰 的一支英國志願軍部隊。

陽曬不出的那種黝黑顏色，手帕又塞在袖子裏、沒有揣進口袋*，看到這些情況，這位先生來自何方並不是一個很難推測的問題。短短的髭鬚說明您並不屬於正規部隊，您的儀態則表明了騎兵的身份。至於米德爾塞克斯嘛，您的名片寫得明明白白，您在索格莫頓街做股票生意，既然如此，您當初加入的還能是哪個團呢？†」

「甚麼都讓您看見啦。」

「我看見的東西並不比您多，只不過我對自己進行過一番訓練，能夠確確實實地留意到自己看見的東西。好啦，多德先生，今早您來找我，肯定不是為了探討觀察的藝術。說吧，塔克斯伯里老莊園出了甚麼事呢？」

「福爾摩斯先生——！」

「親愛的先生，這裏面可沒有甚麼玄虛啊。您那封信的抬頭上就有這個地名，還有啊，您這麼火急火燎地約我見面，顯然是遇上了嚴重的突發事件。」

「是的，確實是這樣。可我的信是昨天下午寫的，寫完之後又發生了很多事情。如果埃姆斯沃斯上校沒把我攆出來的話——」

「把您攆出來！」

---

* 關於手帕的說法可能是因為當時的英國軍服上衣沒有可以裝手帕的口袋，在《駝背男子》當中，福爾摩斯曾經對華生說：「如果不改掉把手帕塞在袖子裏的習慣，你的平民模樣終歸是有破綻。」

† 米德爾塞克斯 (Middlesex) 是瀕臨泰晤士河的一片歷史悠久的區域，歷史上一直是一個郡，1965 年，該地區的絕大部分土地併入了大倫敦地區，同名的郡也不復存在；福爾摩斯之所以這麼說，是因為米德爾塞克斯義勇騎兵團就是倫敦義勇騎兵團，索格莫頓街 (Throgmorton Street) 則是倫敦的一條街道，多德既然在倫敦生活，志願加入帝國義勇騎兵部隊的時候自然會選擇就近的團隊。

「呃，事情確實發展到了這種地步。他硬得跟釘子似的，埃姆斯沃斯上校就是這麼個人。當年他就是陸軍當中最厲害的老古板，他那個年代又不講甚麼客氣。要不是為了戈德弗雷，我才不會去招惹他呢。」

我點起煙斗，往椅子背上一靠。

「麻煩您解釋一下，您到底在說甚麼。」

我的主顧咧開嘴，頑皮地笑了笑。

「我已經習慣成自然，以為您甚麼都知道，用不着我來說了，」他說道。「好了，我這就把事情的經過告訴您，但願您能告訴我，這到底是怎麼回事。昨晚我沒有睡覺，翻來覆去地想了一宿，越想越覺得莫名其妙。

「一九零一年一月，也就是整整兩年之前，我加入了年輕的戈德弗雷・埃姆斯沃斯所在的那個中隊。他是埃姆斯沃斯上校的獨子，上校在克里米亞戰爭當中贏得過維多利亞十字勳章*。他身上流着戰士的血液，參加義勇軍也是理所當然的事情。我們那個團裏再沒有比他更出色的小伙子啦。我倆慢慢地有了交情，這樣的交情只有同舟共濟、同甘共苦的朋友才能有。他是我的伙伴，在軍隊當中，『伙伴』可是個了不得的字眼。我倆打了一年的惡仗，是好是歹都在一起。後來呢，我們在比勒陀利亞外面的鑽石山附近執行任務，敵人用獵象槍打中了他。他從開普敦的醫院寫了封信給我，又從南安普敦寫了一封†，再後來就

---

* 維多利亞十字勳章 (V. C.) 為英國最高等級的軍事榮譽，由維多利亞女王於 1856 年創設，正好是在克里米亞戰爭 (1853–1856) 臨近結束的時候。

† 獵象槍 (elephant gun) 是一種大口徑步槍，因最初用於獵殺大象等大

一個字也沒有了——一個字都沒有，福爾摩斯先生，到現在已經大半年了，虧他還是我最好的伙伴呢。

「戰爭結束之後，我們都回了國。於是我寫信給戈德弗雷的父親，跟他打聽戈德弗雷的下落，可他沒有答覆我。我等了一段時間，然後又寫信去問。這一次倒是有了答覆，只可惜又簡短又生硬。他只是說戈德弗雷坐船環遊世界去了，一年之內都不會回來，別的就沒有了。

「我可不能就此罷休，福爾摩斯先生，在我看來，整件事情都古怪得要命。戈德弗雷是個好小伙兒，絕不會就這麼扔下一個老朋友。他不會這麼幹的。再者說，我碰巧知道他是一大筆遺產的繼承人，還知道他和他父親並不總是那麼合拍。老爺子有時候喜歡欺負人，年輕的戈德弗雷又是個暴脾氣，不樂意逆來順受。不成，我絕不能就此罷休，於是就決定把這件事情追查到底。不巧的是，我剛剛在國外待了兩年，自個兒也有一大堆事情需要清理，所以呢，一直到這個星期，我才有工夫回頭調查戈德弗雷的事情。不過，既然我已經開始調查，那就一定會放下所有的事情，查清楚才能算數。」

看樣子，遇上了詹姆斯·M.多德先生這樣的人，你最好是跟他交朋友，不要與他為敵。說話的時候，他那雙藍色的眼睛一瞬不瞬，方正的下巴也繃得緊緊的。

「那麼，您是怎麼調查的呢？」我問道。

型動物而得名；比勒陀利亞和開普敦都是南非城市，鑽石山 (Diamond Hill) 是比勒陀利亞東邊的一座小山，南安普敦是英國港口。

「他的家是貝德福德*附近的塔克斯伯里老莊園，我的第一步打算就是到那裏去一趟，親眼看看目前的形勢。這麼着，我給他母親寫了封信——因為我已經受夠了他那個脾氣乖戾的老父親——直接發起了正面進攻：戈德弗雷是我的好朋友，我很想跟她講講我倆的共同經歷，我剛好要去附近的地方，能不能順便拜訪一下呢？如此等等。她給我回了一封相當親切的信，還說我當晚可以住他們家。收到她的回信之後，我就在週一去了那裏。

「塔克斯伯里老宅是個非常偏僻的所在，方圓五英里†之內沒有城鎮。火車站沒有馬車可坐，所以我只好拎着箱子走路去，天快黑的時候才走到。這是座枝枝蔓蔓的大宅子，周圍是一個巨大的庭園。按我看，這座宅子簡直是歷朝歷代各種建築風格拼成的一盤大雜燴，最老的是伊麗莎白式的磚木屋基，最新的則是維多利亞式的柱廊‡。宅子內部全都是鑲板、掛毯和模糊褪色的古畫，整個兒的氣氛又陰沉又神秘。宅子裏有個管家，名字叫做拉爾夫，歲數似乎跟宅子一樣大，還有管家的老婆，歲數興許比宅子還要大。她以前是戈德弗雷的保姆，而我聽戈德弗雷說過，除了他母親之外，就數這個保姆跟他最親。所以呢，雖然她長得古怪，我還是對她產生了好感。他的母親我也

---

* 貝德福德 (Bedford) 為英格蘭中南部貝德福德郡的一個城鎮，南距倫敦約 80 公里。

† 1 英里約等於 1.6 公里。

‡ 伊麗莎白式指英國女王伊麗莎白一世 (Elizabeth I, 1558 至 1603 年在位) 執政時期的建築式樣；維多利亞式指維多利亞女王 (Queen Victoria, 1837 至 1901 年在位) 執政時期的建築式樣。

喜歡，她溫和可親，像隻小白鼠似的。讓我受不了的只有上校本人。

「剛一見面，我倆就吵了一架，當時我真想扭頭就往車站走，轉念一想，我要是這麼做的話，沒準兒會正中他的下懷哩。我到了之後，僕人直接把我領進了他的書房。他坐在他那張亂七八糟的寫字台後面，身材高大、彎腰駝背，皮膚跟用煙熏過一樣，花白的鬍子亂作一團，紅筋綻露的高鼻子好似鷹嘴，濃密的眉毛下面是一雙兇巴巴的灰色眼睛，正在惡狠狠地瞪着我。戈德弗雷很少說到他的父親，這下我可知道原因在哪兒啦。

「『呃，先生，』他粗聲粗氣地說，『我倒想問一問，你這次來的真正目的是甚麼。』

「我告訴他，我已經在給他妻子的信裏說明了來意。

「『是啊，是啊，你說你和戈德弗雷是在非洲認識的。當然嘍，這只是你自個兒的說法，並沒有甚麼佐證。』

「『我兜裏還裝着他寫給我的信呢。』

「『那就麻煩你給我看看吧。』

「我把那兩封信遞給了他，他大概掃了一眼，又把信扔給了我。

「『好吧，你想怎麼樣？』他問我。

「『我很喜歡您的兒子戈德弗雷，先生。許許多多的紐帶和回憶把我倆連了一起。他突然斷了音訊，所以我覺得很奇怪，想要知道他的下落，這不是很自然的嗎？』

「『我似乎記得，先生，我已經寫過信給你，還把他的下落告訴了你。他坐船環遊世界去了，因為他在非洲搞

壞了身體，我和他媽媽都覺得他需要徹底地休養休養、換換環境。要是還有別的朋友問起這件事情的話，你就按我的話告訴他們好了。』

「『沒問題，』我這麼回答。『可我想請您告訴我，他坐的是哪艘船，走的是哪條航線，航程又是怎麼安排的。依我看，我肯定能把信寄到他的手裏。』

「聽了我的請求，主人似乎又窘又怒，濃密的眉毛低低地壓住了眼睛，手指則很不耐煩地敲打着桌子。到最後，他抬起眼睛看着我，神情活像是看到棋盤上的對手走出了一步殺着，並且已經想好了應手。

「『你這麼沒完沒了，多德先生，』他說，『肯定會讓很多人生氣上火，覺得你已經執拗到了無理取鬧的程度。』

「『您一定得理解，先生，這只是因為我打心眼兒裏喜歡您的兒子。』

「『沒錯，就是因為這一層考慮，我才對你一忍再忍。不過，我必須請你停止追問這些事情。家家都有自己的內情、自己的打算，並不總是方便告訴外人，哪怕是最善意的外人。我妻子很想聽聽戈德弗雷過去的事情，你正好可以給她講講，可我想請你把現在和將來的事情撇在一邊。打聽這些事情不光是毫無益處，先生，還會讓我們非常為難。』

「這一來，福爾摩斯先生，我等於是一頭撞進了死胡同，沒辦法再往下問了。我只好裝出一副安於現狀的樣子，心裏卻暗暗發誓，不查清我朋友的下落絕不罷休。當晚的氣氛十分慘淡，我和上校夫妻倆坐在一個陰沉古舊

的房間裏，無精打采地吃着晚飯。老夫人急切地向我打聽兒子的事情，老爺子卻顯得悶悶不樂、沮喪不已。整個兒的過程沒勁透了，以致我在禮節允許的範圍之內早早地託詞告退，回到了自個兒的房間裏。他們把我安排在底樓，寬敞的房間空空蕩蕩，跟宅子裏的其他地方一樣陰沉，不過，福爾摩斯先生，要是在南非的大草原上住過一年的話，你也就不會太挑剔住處啦。我拉開窗簾，往花園裏看了看，夜色晴朗，半個月亮明晃晃地掛在天上。這之後，我在呼呼作響的爐火旁邊坐了下來，借着身旁的台燈讀小說，拼命地想把自己的心思轉移到小說裏去。可是，老管家拉爾夫進來加炭，打斷了我的閱讀。

「『我擔心您房間裏的炭燒不了一宿，先生。天氣嚴寒，這些房間都冷得要命。』

「臨走的時候，他有點兒猶猶豫豫，於是我轉過頭去，發現他面朝着我站在那裏，滿是皺紋的臉上帶着一種愁腸百結的表情。

「『您多包涵，先生，可我不小心聽到了您在晚餐桌上談論戈德弗雷少爺的事情。您得知道，先生，我妻子是他的保姆，所以呢，我可以算是他的養父。我倆都很關心他，這也是自然而然的事情。您說他表現得很不錯，是這樣嗎，先生？』

「『團裏再沒有比他更勇敢的戰士了。以前有一次，就是他把我從布爾人的槍口之下救了出來，要不然，我可就到不了這兒啦。』

「老管家開始揉搓他那雙皮包骨頭的手。

「『是啊，先生，是啊，戈德弗雷少爺就是這個樣子，總是充滿了勇氣。告訴您吧，先生，這園子裏沒有哪棵樹他沒上去過。他甚麼都不怕。他以前是個好小伙子——噢，先生，以前他可真是個好小伙子。』

「我一下子跳了起來。

「『聽着！』我大叫一聲。『你說他**以前**是個好小伙子，聽上去就跟他已經死了一樣。你們幹嗎要搞得這麼神神秘秘？戈德弗雷·埃姆斯沃斯到底出了甚麼事情？』

「我抓住老管家的肩膀，他閃身掙脫了我。

「『我聽不懂您在說甚麼，先生。要知道戈德弗雷少爺的事情，您就去問老爺吧。他知道這些事情，輪不到我來插手。』

「他打算往外走，可我抓住了他的胳膊。

「『聽着，』我說。『出去之前，你一定得回答我最後一個問題，不然的話，我一整夜都不會鬆手。戈德弗雷死了嗎？』

「他不敢面對我的目光，看上去就跟中了催眠術一樣。接下來，他千辛萬苦地擠出了一個回答、一個出人意料的可怕回答。

「『死了倒好！』他大叫一聲，掙脫我的掌握，飛也似的衝出了房間。

「可想而知，福爾摩斯先生，坐回椅子上的時候，我的心情說不上特別地愉快。在我看來，老管家的話只能有一種含義。我那個倒霉的朋友顯然是捲進了某種犯罪活動，退一萬步說也是捲進了某種有損家聲的可恥勾當。為

了防止醜聞曝光，作風嚴厲的老爺子已經把兒子打發到了別處，不讓他在社會上拋頭露面。戈德弗雷是個天不怕地不怕的傢伙，很容易受身邊眾人的影響。毫無疑問，他一定是交友不慎，被人引上了身敗名裂的歧途。真是那樣的話，那可就太讓人惋惜了。即便如此，我仍然有責任找到他，看看我能不能幫上他的忙。我正在心急火燎地盤算這件事情，無意中抬頭一看，戈德弗雷·埃姆斯沃斯就站在我的眼前。」

我的主顧突然打住了話頭，看樣子是激動得不行。

「接着講吧，」我說道。「從某些方面來說，您這件案子還真是很不尋常哩。」

「他站在窗子外面，福爾摩斯先生，還把臉貼在了窗玻璃上。剛才我跟您說了，當晚我曾經拉開窗簾往外看。看完之後，我並沒有把窗簾拉嚴實。到這會兒，他的身影就出現在了窗簾的縫隙之中。窗子是落地式的，所以我可以看見他的全身，可我顧不上看別的，只知道直勾勾地盯着他的臉。他的臉白得跟死人一樣，我從來沒見過白成那樣的人。依我看，只有鬼魂才會是那種模樣，可他的眼睛迎上了我的眼睛，那雙眼睛分明屬於一個活着的人。他發現我正在看他，於是就往後一躥，消失在了黑暗當中。

「他的樣子着實讓人驚駭，福爾摩斯先生。這不僅僅是因為他的臉在黑暗之中閃着奶酪一般的白光，看起來形同鬼魅，還因為他那種不易察覺的神色，那是一種偷偷摸摸、鬼鬼祟祟、做賊心虛的神色，跟我以前認識的那個坦率陽剛的小伙子大不相同。看到他如此模樣，我覺得毛骨悚然。

「不過，如果你當過一兩年兵、成天都在跟布爾兄弟玩遊戲，那你肯定能學會處變不驚、果斷行事。這麼着，戈德弗雷的身影還沒消失，我已經衝到了窗子跟前。窗閂很不靈便，我費了點兒工夫才把窗子推上去。接下來，我急匆匆地跑上花園裏的小徑，朝着我估計他逃走的方向追了過去。

「小徑很長，光線也不太好，可我還是隱約看到前面有東西在動。我邊跑邊喊他的名字，只可惜沒有任何用處。小徑的盡頭出現了幾條方向各不相同的岔路，分別通往庭園各處的幾座小屋。我正在那裏猶豫不決，耳邊卻清清楚楚地傳來了關門的聲音。聲音不是來自我身後的宅子，而是來自前方的暗處。這聲音足以讓我斷定，福爾摩斯先生，剛才我看見的並不是一個幻影。戈德弗雷確實從我眼前逃了開去，並且跑進了某座小屋，關上了小屋的門。這些都是鐵板釘釘的事實。

「我已經無計可施，只好轉身回房，心神不寧地過了一夜，翻來覆去地掂量這件事情，想找到一個足以涵蓋所有事實的解釋。到了第二天，我發現上校的態度好了許多。這一來，等他妻子提到附近有幾處名勝的時候，我趕緊抓住機會問了一句，方不方便留我再住一宿。老爺子勉勉強強地表示默許，我由此贏得了一整天的時間，可以好好地觀察觀察。我已經確切地知道戈德弗雷藏在附近，不知道的則是他具體藏在哪裏、為甚麼要藏起來。

「他家的宅子大得要命，格局也亂得要命，就算藏了一個團的人也不會被人發現。秘密如果是藏在宅子裏

的話，打探起來自然是非常費勁。還好，我聽見的關門聲肯定不是從宅子裏來的。如此說來，我必須把花園搜查一遍，看看能有甚麼樣的發現。這方面倒沒有甚麼障礙，因為老人家也有自個兒的事情要忙，我可以自行其是。

「庭園裏的幾座屋子都很小，花園的盡頭卻有一座略具規模的獨立建築，大得可以充當花匠或者獵場看守的住所。難不成，關門的聲音就是從這兒來的嗎？我擺出一副在庭園裏隨意閒逛的架勢，蹓蹓躂躂地走到了屋子跟前。就在這時，一個身材矮小、動作麻利的大鬍子男人從屋裏走了出來。他穿着一件黑色的大衣，戴着一頂圓頂禮帽，樣子跟那些當花匠的完全不同。出乎我意料的是，他一出來就鎖上了門，還把鑰匙裝進了衣兜。看到我的時候，他顯得有點兒驚訝。

「『您是這兒的客人嗎？』他問我。

「我告訴他，我確實是這兒的客人，同時告訴他，我還是戈德弗雷的朋友。

「『真是不湊巧，他居然旅遊去了，因為他肯定很想跟我見面，』我補充了一句。

「『是啊，確實不湊巧，』他的口氣聽着有點兒內疚。『當然嘍，您可以挑個更合適的時間再來一趟。』他從我身邊走了過去，可是，等到我轉過身去的時候，卻發現他站在花園遠端的月桂樹叢裏，探出了半個身子，正在觀察我的動靜。

「從那座小屋旁邊走過的時候，我看得非常仔細，只可惜小屋拉着厚厚的窗簾，怎麼看也只是一座空屋。表現

得太過魯莽的話，我沒準兒會親手毀掉自己的計劃，甚至可能被他們掃地出門，因為我仍然感覺得到，有人在監視我的行動。想到這裏，我躑躅着走回了宅子，到晚上才再次展開調查。夜黑人靜的時候，我從窗子溜了出去，徑直奔向那座神秘的小屋，盡量不發出任何聲音。

「剛才我只是説小屋拉着厚厚的窗簾，眼下我才發現，它那些窗子還上着窗板。還好，有一扇窗子透着一點兒燈光，於是我一門心思地盯上了這扇窗子。算我走運，這扇窗子的窗簾沒拉嚴實，窗板上又有一道裂縫，所以我可以看到屋裏的情形。屋裏的氣氛相當歡快，燈光明亮、爐火熊熊。我早上見過的那個矮小男人坐在正對着我的位置，一邊抽煙斗、一邊閱讀報刊。」

「甚麼報刊？」我問道。

我這麼一打岔，我的主顧似乎不太高興。

「這有甚麼要緊的呢？」他問道。

「再要緊不過了。」

「我真的沒注意。」

「可您多半能注意到，它的開本是跟大報一樣大，還是像週刊那麼小。」

「您這麼一説，我倒是想起來了，他手裏的報刊確實不大，興許是《旁觀者》雜誌 * 吧。話説回來，當時我真的顧不上研究這樣的細節，因為屋裏還有個背對窗子坐着的人，而我可以發誓，這個人就是戈德弗雷。我雖然看

---

* 《旁觀者》(the Spectator) 是始創於 1828 年的英國週刊，至今猶存。

不見他的臉，可我認得他肩膀傾斜的線條。他用一隻手支着腦袋，一副痛心疾首的架勢，身子則對着爐火。我正在琢磨接下來該怎麼辦，肩膀上就重重地挨了一下，轉頭一看，埃姆斯沃斯上校已經站在了我的身旁。

「『這邊請，先生！』他低聲說了一句。他一聲不吭地走向宅子，我只好跟在後面，一直走進了我自個兒的臥室。他手裏有一本列車時刻表，是他從大廳裏拿來的。

「『明早八點半有一班去倫敦的火車，』他說。『八點鐘的時候，馬車會到門口來接你。』

「他氣得臉都白了，說實在的，我自個兒也覺得無地自容，只能結結巴巴地一邊道歉、一邊竭力強調，我這麼做都是因為我擔心朋友的安危。

「『這件事情沒有商量的餘地，』他突然打斷了我。『你這麼刺探我們家的隱私，實在是可惡之極。你到我們這兒來作客，眼下卻幹起了間諜的勾當。我已經無話可說，先生，只剩下最後一句，我再也不想見到你。』

「聽了這句話，福爾摩斯先生，我一下子怒不可遏，言辭也變得激烈起來。

「『我已經看見了您的兒子，而我深信不疑，您不讓他接觸社會，完全是出於您自個兒的考慮。我雖然不知道您為甚麼要用這種方法來禁錮他，可我肯定他已經喪失了人身自由。我警告您，埃姆斯沃斯上校，除非我確知我朋友平安無事，否則我絕不會半途而廢，一定要把這件謎案查個水落石出，還有啊，我絕不會膽怯收手，不管您怎麼說、怎麼做。』

「老傢伙露出了惡魔似的兇相，我真以為他打算跟我動手哩。我說過他是個瘦削兇暴的老巨人，所以呢，儘管我並不是甚麼弱不禁風的軟蛋，對付他也不是那麼容易。不過，他只是火冒三丈地瞪了我半天，最終還是轉過身去，就這麼走出了房間。我呢，今早就坐上了他指定的那班火車，一心只想着我在信裏跟您約好的這次會面，想着要直接過來找您、尋求您的指教和幫助。」

以上就是客人擺在我面前的問題。機敏的讀者肯定已經發現，這個問題一點兒也不難，原因是可能的答案少之又少，稍加篩選就可以求得正解。話說回來，這個問題雖然簡單之極，終歸也包含着一些新奇有趣的特點，值得我把它記錄下來。到這會兒，我便用上了我滾瓜爛熟的邏輯分析方法，開始對可能的答案進行篩選。

「宅子裏的僕人，」我問道，「一共有幾個呢？」

「據我所知是只有老管家夫婦二人。看情形，這家人的生活簡單極了。」

「如此說來，那座獨立的屋子裏並沒有僕人嘍？」

「沒有，除非那個身材矮小的大鬍子扮演着僕人的角色。不過，他的地位似乎遠在僕人之上。」

「這似乎很能說明問題。您有沒有看到過宅子裏的人往小屋裏送食物呢？」

「您的問題倒是提醒了我，我確實看見過老拉爾夫順着花園小徑往小屋的方向走，手裏還拎着一個籃子。只不過，當時我並沒有往食物那方面想。」

「您有沒有找當地人打聽打聽呢？」

「有的，我打聽過。我跟車站的站長聊了聊，還有村裏的客棧老闆。當時我直截了當地問他倆，知不知道我老戰友戈德弗雷·埃姆斯沃斯的情況。他倆都信誓旦旦地告訴我，他坐船環遊世界去了。他倆還說，他差不多是剛一回家就踏上了旅程。顯而易見，大家都接受了上校的說法。」

「您沒有跟他們說起您的懷疑吧？」

「一個字兒也沒說。」

「您做得非常明智。這件事情確實應該查一查，我打算跟您一起去塔克斯伯里老莊園。」

「今天嗎？」

不巧的是，當時我正在做一件案子的掃尾工作，那件案子就是我朋友華生寫過的「修院學堂案」，跟格雷敏斯特公爵關聯至深*。除此之外，我還接下了土耳其蘇丹委辦的一件案子，必須立刻採取行動，否則就可能導致極其嚴重的政治後果。這樣一來，按照我日記當中的記錄，直到接下來這個星期剛剛開始的時候，我總算是騰出了空閒，可以跟詹姆斯·M.多德先生一起去料理貝德福德郡的這件案子。坐馬車前往優頓車站的途中，我們接上了一位面色鐵青、神情嚴峻、沉默寡言的先生，因為我跟這位先生有約在先。

---

* 相關記述參見《修院學堂》，不過，此處的「修院」原文是「Abbey」，《修院學堂》當中的「修院」卻是「Priory」（兩個詞都有「修院」之意），《修院學堂》的主人公是「霍德瑞斯公爵」(the Duke of Holdernesse)，並不是這裏所說的「格雷敏斯特公爵」(the Duke of Greyminster)，此外，在《修院學堂》當中，華生是跟福爾摩斯住在一起的。

「這位是我的老朋友，」我告訴多德。「我請他跟咱們一塊兒去，有可能毫無必要，也有可能至關緊要。眼下這個階段，咱們用不着細究這個問題。」

毫無疑問，華生的記述已經讓讀者們習慣了一個事實，也就是說，我絕不會為尚在權衡之中的案子浪費唇舌，也不會透露自己的想法。看到有人加入，多德似乎吃了一驚，不過他並沒有說甚麼，我們三個便繼續趕路。上了火車之後，我又問了多德一個問題，特意要讓同行的這位先生聽見。

「按您的說法，當時您清清楚楚地看到您那位朋友的臉出現在了窗外，清楚得足以確定他的身份，對嗎？」

「這一點我有百分之百的把握。他的鼻子頂到了窗子玻璃，屋裏的燈光直直地照亮了他的臉。」

「不會是某個長得像他的人嗎？」

「不會，不會，就是他本人。」

「可您不是說他樣子變了嗎？」

「變了的只是臉色。他的臉——怎麼說呢？——他的臉是魚肚子的那種白色，就跟經過漂白一樣。」

「他的臉白得均勻嗎？」

「我的印象是不均勻。我看得最清楚的地方是他的額頭，因為他的額頭頂在了窗子上。」

「當時您叫他了嗎？」

「當時我十分驚駭，所以就愣了一愣。我跟您說過的，接着我就跑出去追他，只可惜沒有追到。」

問到這裏，破案工作已經接近尾聲，再添上一段小

小的插曲，案子就算是水落石出。一段漫長的馬車旅程之後，我們趕到了我主顧形容過的那座雜亂無章的奇特老宅，替我們開門的則是年邁的管家拉爾夫。馬車是我全天包租的，這時我就請我那位年長的朋友繼續待在車裏、等我們叫他的時候再出來。拉爾夫是個滿面皺紋的小老頭，穿着一件黑色大衣和一條椒鹽色長褲。他這身打扮非常保守，但卻有一個古怪的例外，那便是他那雙棕色的皮手套。他一看到我們就把手套摘了下來，又在我們進門的時候把它擱在了門廳的桌子上。你們興許聽我朋友華生說過，我擁有一套異常敏銳的感官，到這會兒，我便捕捉到了一縷淺淡卻又刺鼻的氣味。氣味似乎來自門廳的桌子，於是我轉過身去，把我的帽子往桌子上一放，又把帽子掀到地上，借着彎腰撿帽子的機會把鼻子湊到了離手套不到一英尺 * 的地方。錯不了，這股奇特的焦油氣味的確來自管家的手套。這麼着，走進書房的時候，我已經查清了全部的案情。唉，自己動手敍寫案件的時候，我竟然不懂得遮遮掩掩，非要寫得這麼露骨！華生之所以能把結局寫得那麼嘩眾取寵，靠的不就是隱藏這一類的演繹環節嘛。

　　埃姆斯沃斯上校不在房裏，不過，收到拉爾夫的通報之後，他很快就趕了過來。過道裏傳來了他迅疾沉重的腳步聲，跟着就見他推門衝進房間，鬚髯賁張、五官糾結，我這輩子再沒見過比他更兇惡的老頭。他舉起我倆的名片，一撕兩半，還用腳使勁兒地踩踏落到地上的碎片。

　　「你這個該死的無事忙，我不是警告過你別再來了

---

*　　1 英尺約等於 0.3 米。

嗎？你可千萬別再讓我在這兒看見你那張可惡的嘴臉。沒有我的允許，你要是再上這兒來的話，那我就有權對你使用武力。我會請你吃槍子兒的，先生！老天作證，我一定會這麼幹！還有你，先生，」他轉頭衝着我，「同樣的警告也適用於你。我知道你那份可恥的職業，可你只能到別處去顯擺你那些據說很了不起的本事，我這裏沒有你發揮的餘地。」

「我不能走，」我的主顧斬釘截鐵地說道，「除非戈德弗雷親口告訴我，他的自由沒有受到限制。」

不樂意招待我們的主人摁響了喚人鈴。

「拉爾夫，」他說道，「給郡裏的警局打個電話，叫那個督察派兩名警員過來，就說有竊賊闖進了我們的宅子。」

「等一等，」我說道。「您應該明白，多德先生，埃姆斯沃斯上校有權報警，因為咱們無權進入他的住宅。另一方面，他也應該明白，您的舉動完全是出於對他兒子的關心。以我愚見，如果能讓我跟埃姆斯沃斯上校談五分鐘的話，我肯定能改變他對這件事情的看法。」

「我的看法可沒那麼容易改變，」年邁的軍人說道。「拉爾夫，照我的吩咐去辦。你到底在等甚麼？趕緊去報警！」

「那可不行，」我一邊說，一邊用背脊堵住了門。「警察一來，您擔心的那種禍事就會變成現實。」我拿出自己的記事本，在一張散頁上草草地寫了一個詞。「喏，」我把紙片遞給了埃姆斯沃斯上校，「我們就是為這個來的。」

他直勾勾地盯着我寫的東西，滿臉都是驚愕，再沒有

甚麼別的表情。

「這你是怎麼知道的呢？」他倒吸一口涼氣，重重地坐進了椅子。

「知道各種事情是我的本分，我就是幹這個的。」

他坐在那裏沉思了一會兒，瘦骨嶙峋的手捻着蓬亂的鬍鬚。這之後，他做了個無可奈何的手勢。

「呃，既然你們非要見戈德弗雷，那就去見吧。這可不是我自個兒的意思，是你們逼我的。拉爾夫，你去通知一下戈德弗雷先生和肯特先生，我們過五分鐘就到。」

五分鐘之後，我們已經順着花園小徑走到了小徑盡頭那座神秘小屋的門口。站在門口的是一個身材矮小的大鬍子，臉上帶着十分驚訝的表情。

「這可真是太突然了，埃姆斯沃斯上校，」他說道。「這一來，咱們的計劃可就全泡湯啦。」

「我也是迫不得已，肯特先生，事情已經由不得咱們作主啦。戈德弗雷先生能見我們嗎？」

「可以，他就在屋裏等着呢。」他轉過身去，把我們領進了一間陳設簡樸的寬敞前屋。屋裏有個男人，背對爐火站在那裏。看到這個人，我的主顧立刻搶上前去，伸出了一隻手。

「咳，戈德弗雷，老伙計，這可真是太好啦！」

對方卻擺了擺手，不讓我的主顧靠近。

「別碰我，吉米 *。你得跟我保持距離。是啊，難怪你看得目瞪口呆！我這副模樣確實不太像 B 中隊那個英

***

* 　吉米 (Jimmie) 是詹姆斯 (James) 的暱稱。

俊瀟灑的埃姆斯沃斯代理班長，對吧？」

　　他的模樣確實不比尋常。看得出來，以前他的確是個美男子，擁有一張輪廓分明的臉龐，外加非洲太陽賦予的黝黑膚色，眼下呢，一塊塊古怪的斑痕把他的皮膚塗成了白色，他的臉也變得斑斑駁駁。

　　「這就是我不肯見客的理由，」他說道。「我當然願意見你，吉米，可我並不想見你這位朋友。我相信你這麼做也是有原因的，可我還是覺得非常意外。」

　　「我只是想確定你平安無事，戈德弗雷。那天晚上，我看見你在我窗子外面張望，所以就想把這件事情查清楚，要不然沒法安心啊。」

　　「老拉爾夫跟我說你來了，所以我忍不住想偷偷地看你一眼。我本來以為你發現不了我，可我聽見了你開窗子的聲音，只好跑回了這個藏身的地洞。」

　　「可是，老天在上，這到底是怎麼回事呢？」

　　「呃，幾句話就可以說清楚，」他一邊說，一邊點上了一支香煙。「有一天早上，我們在比勒陀利亞外面的巴菲斯普魯特 * 打了一仗，就在往東的那條鐵道上，這你肯定記得吧？當時我挨了一槍，你應該聽說了吧？」

　　「是的，我聽說了，不過我一直都不知道詳細的情況。」

　　「當時我們跟其他人走散了，在一起的只有三個人。

---

* 　「巴菲斯普魯特」(Buffelsspruit) 不詳所指，亞瑟‧柯南‧道爾曾在紀實著作《偉大的布爾戰爭》(*The Great Boer War*, 1900) 當中提及一個名為「Bronkhorst Spruit」的戰役地點，「Bronkhorst Spruit」是比勒陀利亞東邊的一個小鎮，「Buffelsspruit」這個地名或係由此而來。

你肯定記得，那裏的地形非常崎嶇。跟我一起的有辛普森，就是綽號『光頭辛普森』的那個傢伙，此外還有安德森。我們去那裏清剿布爾兄弟，可他們躲在暗處，打得我們三個措手不及。他們兩個都死了，我的肩膀也吃了一粒獵象槍子彈。還好，我拼死拼活地賴在了馬背上，馬兒狂奔了幾英里之後，我終於失去知覺，滾鞍落馬。

「我醒過來的時候，天已經開始黑了。我掙扎着坐了起來，感覺非常虛弱、非常難受。出乎我意料的是，近旁就有一座相當大的房子，那房子帶有一道寬闊的遊廊，窗子也很多。天氣冷得要命。你肯定記得，入夜的時候，那裏的天氣往往會冷得讓人麻痺，那是一種讓人暈眩的酷寒，跟清冷提神的霜凍完全不同。這麼着，我覺得奇寒徹骨，看情形，只有躲進那座房子才有活路。我搖搖晃晃地站了起來，幾乎是下意識地拖着自個兒的身體往前走。我隱約記得自己慢慢地爬上台階，穿過大開的房門，走進一個擺着幾張床的大房間，然後就歡呼一聲，一頭撲倒在其中的一張床上。那張床沒有收拾過，可我一點也沒覺得不妥。我用床單蓋住瑟瑟發抖的身體，一轉眼就睡熟了。

「我一覺睡到了第二天早上，然後就發現，我走進的並不是一個健康美好的世界，反倒是一場極其恐怖的夢魘。眼前是一個沒有裝飾的巨大房間，四壁刷得雪白，非洲的陽光從一扇扇沒掛簾子的大窗子傾瀉進來，把房間裏的一切照得鮮明耀眼。站在我床前的是一個形同侏儒的矮小男人，頂着一顆圓鼓鼓的碩大腦袋，一邊激動不已地用荷蘭語嘮叨着甚麼，一邊揮舞他那雙活像褐色海綿的可

怕手掌。一群人站在他的身後，似乎是覺得眼前的情景有趣之極，我看到他們呢，感覺卻是全身發冷。他們當中連一個健全的人也沒有，全都是奇形怪狀，有的歪七扭八，有的腫脹變形，還有的面目毀損。聽着這些畸形怪物的笑聲，實在是讓人毛骨悚然。

「這些人似乎都不會說英語，眼前的形勢卻必須趕緊澄清，因為大腦袋傢伙越說越氣，這會兒已經發出了野獸一般的怒吼，正在用他那雙殘損的手把我往床下拖。我的傷口又開始鮮血橫流，可他不管不顧。這個小怪物壯得跟牛一樣，幸虧有一位顯然是主管人員的長者聞聲趕來，如若不然，真不知道他會怎麼折騰我呢。長者用荷蘭語呵斥了幾句，趕走了我的冤家對頭，然後就轉過身來，萬分詫異地端詳着我。

「『老天爺，你究竟是怎麼跑到這裏來的呢？』他驚訝地問了一句。『別急着說話！我看你已經筋疲力盡，肩膀上的傷也需要處理一下。我是個醫生，很快就可以幫你包紮好。可是，你這個人哪！對你來說，這兒可比戰場危險得多呀。你眼下是在麻風病院裏，睡的也是麻風病人的床啊。』

「後面的事情還用我說嗎，吉米？情形似乎是這樣的，我跑到那裏的前一天，醫院裏的人眼看戰火將臨，就把那些可憐的傢伙轉移到了別的地方。等到英國軍隊開拔之後，醫院的這位主管又把他們領了回來。主管鄭重其事地告訴我，儘管他相信自己擁有抵抗麻風的免疫力，可他還是不敢像我這麼幹。他給我安排了一間單人病房，悉心

地治療我的槍傷，大概一個星期之後，我就轉進了比勒陀利亞的普通醫院。

「這就是我的慘痛經歷。本來我還懷着一絲僥倖心理，可是，等我回到家裏之後，你眼下看到的這些可怕斑痕終於出現在了我的臉上，讓我知道自己在劫難逃。我該怎麼辦呢？我家的宅子非常偏僻，有兩個絕對靠得住的僕人，還有一座可以供我居住的小屋。肯特先生是一位外科醫生，他願意照看我，並且發誓保守秘密。既然有這些條件，事情就顯得非常簡單。另一種選擇只能説是可怕之極，它意味着我會遭到隔離，跟一些陌生人關在一起，一輩子也不會有獲得釋放的指望。可我們必須嚴守秘密，不然的話，即便是這樣的寧靜鄉區也會鬧得沸沸揚揚，而我就會被強行送進那個恐怖的深淵。就算在你面前，吉米──就算在你面前，我們也不敢吐露實情。這次我父親為甚麼會讓步，我是一點兒也不明白的。」

埃姆斯沃斯上校指向了我。

「逼我讓步的就是這位先生。」他展開了我剛才給他的那張紙片，紙片上寫的正是「麻風」這個詞。「我是這麼想的，既然他已經知道了這麼多，還是對他和盤托出比較安全。」

「您想得沒錯，」我説道。「這樣做沒準兒還有好處哩，誰能説得準呢？照我看，診治過這名病患的只有肯特先生一個人。據我所知，這一類的病症都來自熱帶或者亞熱帶地區，既然如此，先生，請允許我冒昧動問，您是這方面的權威人士嗎？」

「我是一名受過專業教育的醫務人員，常識還是有的，」肯特先生如是回答，口氣稍微有點兒生硬。

「先生，您擁有完備的專業資質，這一點我絕不懷疑，可我肯定您會贊成我的看法，也就是說，面對這樣的病例，其他專家的意見也是值得聽取的。依我看，您沒有這麼做，無非是擔心別人逼迫您隔離病人而已。」

「確實是這樣，」埃姆斯沃斯上校說道。

「我預見到了這個難題，」我解釋道，「所以就帶來了一位朋友，他的審慎絕對值得你們的信任。我曾經為他提供過一次專業服務，因此他樂意拋開專家的身份、站在朋友的立場向你們提供建議。我說的是詹姆斯·桑德斯爵士。」

聽到這個名字，肯特先生露出了無比驚喜的表情，即便是一名剛剛入職的尉官獲得了晉見羅伯茨勳爵*的殊榮，驚喜之情也不會比他更甚。

「我真的覺得非常榮幸，」他喃喃說道。

「那好，我馬上請詹姆斯爵士過來，眼下他就在門外的那輛馬車裏面。他診病的時候，埃姆斯沃斯上校，咱們不妨去您的書房坐坐，我好向你們作一點兒必要的解釋。」

寫到這個地方，我才意識到華生對我是多麼地重要。我的手藝非常簡單，不過是一種系統化的常識，可他總是

能通過恰到好處的提問和情不自禁的驚嘆把它提升到人間奇跡的高度。輪到我自己敍寫故事的時候，這樣的幫助就沒處找啦。沒辦法，我還是得把我的演繹過程講出來，就按我當初的那種講法，那時我坐在埃姆斯沃斯上校的書房裏，面對着人數有限的一幫聽眾，其中也包括戈德弗雷的母親。

「我這個演繹過程，」我說道，「立足點就是這樣一條準則，也就是說，排除掉所有不可能的解釋之後，剩下的解釋就必然是事情的真相，不管它有多麼匪夷所思。剩下的解釋完全可能不只一種，這時你就得反覆檢驗，直到其中的一種解釋有了令人信服的佐證為止。好了，咱們不妨運用這條準則來分析眼前的案子。剛剛接到這件案子的時候，我看到了三種可能的解釋，都可以說明這位先生為甚麼會在父親的莊園小屋裏隱居，或者是遭受禁錮。其一，他犯了罪，藏起來是為了逃避制裁；其二，他已經精神失常，家裏人又不想把他送進精神病院；其三，他得了某種必須隔離的疾病。在我看來，除了這三種之外，其他的解釋都不能自圓其說。接下來，我就得對這三種解釋進行篩選和比較。

「負罪隱匿的解釋完全經不起推敲。這個地區並沒有呈報甚麼懸而未決的罪案，這一點我非常清楚。要是他犯了甚麼尚未暴露的罪行的話，符合家族利益的做法顯然是送走這個不肖子、打發他去國外，而不是把他藏在家裏。犯了罪又藏在家裏，這樣的舉動我可解釋不了。

「精神失常的解釋倒顯得比較合理。小屋裏既然還有

一個人，很可能就是他的看護。看護一出門就把門鎖上，不光為這種解釋提供了又一個佐證，還讓人聯想到了『禁錮』這個字眼兒。另一方面，小伙子遭受的禁錮應該不嚴，不然的話，他就不可能跑出來窺視他的朋友。您肯定還記得，多德先生，當時我雞蛋裏面挑骨頭，問了您這樣那樣的問題，其中之一就是，肯特先生讀的是甚麼報刊。要是他讀的是《柳葉刀》或者《英國醫學雜誌》*的話，興許會對我有所幫助。話說回來，只要能請來合格的陪護人員、適時上報有關當局，把精神病人留在家裏就不是一件違法的事情。既然如此，這家人幹嗎要像這樣死守秘密呢？由此看來，這種解釋也不符合事實。

「剩下的只有第三種解釋，這種解釋雖然離奇怪誕，看上去卻可以涵蓋所有的事實。麻風病在南非並不罕見，這個小伙子完全可能在某種非比尋常的狀況之下受到感染。這樣一來，他的親人就會面臨非常艱難的處境，因為他們肯定想幫助他逃脫隔離的厄運。他們必須嚴守秘密，不然的話，一旦流言四起，當局就會出手干預。只要酬勞適當，找個盡職盡責的醫生看護並不是甚麼難事。天黑之後，他們完全可以允許病人自由活動，不需要有甚麼顧慮。除此之外，皮膚變白正是麻風病的常見症狀。這種解釋相當合理——應該說是十分合理，以致我決定據此採取行動，權當它是一個業已證實的結論。剛剛來到這裏，我

---

*　《柳葉刀》(*Lancet*) 為著名醫學雜誌，1823 年於英國創刊；《英國醫學雜誌》(*British Medical Journal*) 是創刊於 1840 年的一本著名醫學期刊，英文名稱現已改為「BMJ」。

立刻打消了最後的一絲疑慮，因為我注意到，負責送飯的拉爾夫戴了一雙浸過消毒水的手套。然後呢，先生，只用了一個詞，我就讓您認清了秘密曝光的事實，而我之所以要用字條代替言語，正是為了向您表明，我的審慎值得您的信任。」

我這段小小分析接近尾聲的時候，書房的門開了，僕人把那位莊嚴蕭穆的皮膚病權威領了進來。不過，就這麼一次，爵士那副高深莫測的刻板面容有所緩和，眼睛裏也有了一絲溫情脈脈的暖意。他大步走到埃姆斯沃斯上校面前，跟上校握了握手。

「我通常都只能跟人報憂，很少能有報喜的份兒，」他如是說道。「這一次我趕上的是比較稱心的那種情形。他得的不是麻風。」

「甚麼？」

「他得的是典型的假麻風，又叫魚鱗癬。患者的皮膚會出現狀如魚鱗的病變，影響美觀、十分頑固，不過，治愈還是有可能的，傳染則是絕無可能。沒錯，福爾摩斯先生，這件事情確實是巧得出奇。可是，這真的只是一種巧合嗎？會不會，這裏面有一些我們知之甚少的力量在起作用呢？接觸到傳染源之後，這個小伙子肯定是寢食難安，誰又敢打包票，不是他的恐懼導致他的身體發生變化、模擬了他所恐懼的那種疾病呢？不管怎麼樣，我敢拿我的職業聲譽來擔保——不好，老夫人暈過去了！依我看，肯特先生，您最好守在她的身邊，等着她從這次驚喜休克當中恢復過來吧。」

馬澤林鑽石 *

　　貝克街二樓的那個房間雖然凌亂不堪，但卻是無數次非凡冒險的起點，又一次廁身其間，華生醫生覺得十分快慰。他環顧四周，看到了那些掛在牆上的科學圖表、那張被酸液燒得焦黑的化學實驗台、那個斜倚在牆角的小提琴盒子，還有那隻照例裝着煙斗和煙草的煤斗†。到最後，他的視線碰上了比利那張朝氣蓬勃的笑臉。比利是福爾摩斯的小聽差，雖然說年齒稚嫩，但卻聰明伶俐、善解人意。那位偉大偵探的陰鬱身影煢煢獨立，四周環繞着一道隔絕眾人的鴻溝，有了比利，這道鴻溝的深度好歹是淺了那麼一點兒。

　　「一切都還是老樣子啊，比利。你也是，沒有甚麼變化。要我說，他也是依然故我吧？」

　　比利憂心忡忡地看了看那道緊閉的房門，門裏面便是福爾摩斯的臥室。

---

* 這篇故事首次發表於 1921 年 10 月，改編自柯南·道爾同年早些時候推出的獨幕劇《王冠鑽石》(*The Crown Diamond*)。篇名「馬澤林鑽石」(*Mazarin Stone*) 借自意大利裔法國樞機主教儒勒·馬澤林 (Jules Mazarin, 1602–1661)，此人將自己的珠寶遺贈給了法國王室，其中包括 18 顆鑽石，統稱「馬澤林鑽石」(Mazarin Diamonds)。自從法國大革命之後，這些鑽石流離失散，按照盧浮宮以及法國國家自然史博物館網站的說法，其中的一些如今保存在盧浮宮。

† 煤斗是用來裝少量備急煤塊的小桶，也可以用為裝飾。

「依我看，這會兒他應該是在床上睡覺，」他說道。

這是一個宜人的夏日，時間則是傍晚七點。不過，華生醫生非常熟悉老朋友那種作息無常的脾性，比利的話並沒有讓他覺得驚訝。

「意思是他手頭有案子，對吧？」

「是啊，先生，這次他非常拼命，我真為他的身體感到揪心。他越來越蒼白、越來越消瘦，而且不吃東西。哈德森太太問他，『您打算幾時用餐啊，福爾摩斯先生？』他的回答則是，『七點半，後天。』您肯定也知道，他着急辦案的時候就是這個樣子。」

「是啊，比利，我知道。」

「他一直在跟蹤某個人。昨天出門的時候，他扮成了一個找活幹的工人，今天又扮成了一個老太婆。當時他把我騙得團團轉，現在我可知道他的招數啦。」說到這裏，比利咧開嘴笑了起來，指了指搭在沙發上的一把鬆鬆垮垮的陽傘。「那就是老太婆的裝備之一。」

「可他到底是在幹甚麼呢，比利？」

比利壓低嗓門，擺出了一副談論國家機密的架勢。「跟您說是可以的，先生，可您不能再往外傳。他辦的就是跟王冠鑽石有關的那件案子。」

「甚麼！——你是說那件案值十萬鎊的竊案嗎？」

「是的，先生。他們無論如何也要把鑽石找回來，先生。可不是嘛，首相和內政大臣都上我們這兒來了，就坐在那張沙發上。福爾摩斯先生對他倆非常客氣，很快就打

消了他倆的憂慮，還保證自己會盡力而為。然後呢，坎特米爾勳爵也——」

「啊！」

「沒錯，先生，您肯定知道他這個人是怎麼回事。不客氣地說，先生，他可真是個半截入土的老古板。首相這個人不錯，內政大臣的樣子又斯文又親切，也沒甚麼可挑的，可我真的受不了這位勳爵大人。福爾摩斯先生也受不了他，先生。您知道嗎，他竟然不相信福爾摩斯先生的本事，反對他們請福爾摩斯先生辦案。他**巴不得**福爾摩斯先生失手呢。」

「福爾摩斯先生知道這些嗎？」

「該知道的事情，福爾摩斯先生全都知道。」

「好吧，咱們但願他不會失手，但願坎特米爾勳爵自討沒趣。可我想問一句，比利，橫在窗前的那道簾子是幹甚麼的呢？」

「那是福爾摩斯先生三天前讓人掛上去的，簾子背後有一件好玩的東西。」

簾子遮住了弧形凸肚窗圍成的那個凹室，比利走上前去，一把拉開了簾子。

簾子一開，華生醫生禁不住驚叫一聲。凹室裏是他那位老友的一尊塑像，身上裹着睡袍，該有的飾物一樣不少，臉部有四分之三對着窗子，腦袋低垂，似乎是正在閱讀一本旁人無法看見的書，軀幹則窩在一把扶手椅上。比利把塑像的腦袋取了下來，舉到了空中。

「我們經常給它調換角度，這樣就更像真人。百葉簾

沒有放下來的時候，我是不敢去碰它的。不過，如果把百葉簾拉開的話，街對面的人就能看見它。」

「這一類的玩意兒，以前我們也用過一次＊。」

「那時我還沒來呢，」比利說道，跟着就拉開百葉簾，往街上看了看。「有人在那邊監視我們。我看見啦，有個傢伙就在窗子邊上。您自個兒來瞧瞧吧。」

華生醫生剛往前邁了一步，福爾摩斯的頎長身影就從臥室的門裏冒了出來，他的臉蒼白憔悴，步伐和神態卻矯健如昔。他一步躍到窗邊，重新拉上了百葉簾。

「夠了，比利，」他說道。「剛才你差一點兒就沒命啦，小伙計，可我一時半會兒還離不了你呢。呃，華生，很高興看到你故地重遊。你來得真是巧，正好趕上了關鍵的時刻。」

「我也這麼覺得。」

「你下去吧，比利。這孩子可真麻煩，華生。我這麼由着他去冒險，能有多少替自己開脫的餘地呢？」

「冒甚麼險，福爾摩斯？」

「突然喪命的險。按我看，今晚我就會遇上一點兒事情。」

「甚麼事情？」

「被人謀殺，華生。」

「不，不可能，你是在開玩笑吧，福爾摩斯！」

「我這個人雖然沒甚麼幽默感，開玩笑也不至於開得這麼拙劣。不過，既然事情還沒來，咱們不妨舒舒服服地

＊　相關記述可參見《空屋子》。

待一會兒，對吧？喝酒不犯忌吧？蘇打水瓶 * 和雪茄都在老地方。你還是坐你平常坐的那把扶手椅好了。要我說，你還不至於瞧不上我的煙斗、瞧不上我這些劣等煙草吧？這些日子以來，我不得不拿它當糧食哩。」

「你幹嗎不吃東西呢？」

「原因就是，飢渴之中的本事會變得更加高強。咳，親愛的華生，你是當醫生的，肯定得承認這樣一個事實，消化過程耗費的血液越多，腦部的血液供應就越少†。我整個人就是一顆腦袋，華生，其他部分僅僅是附件而已。所以呢，我必須優先考慮腦袋的需要。」

「可是，眼前的危險該怎麼應付呢，福爾摩斯？」

「哦，對了，危險果真來臨的話，我倒想請你費費腦筋，把兇手的姓名和住址記下來。你可以把這些情報交給蘇格蘭場，順便捎去我的摯誠問候和臨別祝福。兇手的姓氏是西爾維斯，全稱是內格雷托·西爾維斯伯爵。寫下來吧，伙計，寫下來！倫敦西北郵區，穆爾賽德花園 136 號，記好了嗎？」

華生憂心如焚，忠厚的臉龐不停抽搐。他對福爾摩斯遭遇的種種巨大危險有過切身的體會，心裏也非常清楚，福爾摩斯這些話多半是保守的說法，並不是誇大之詞。他向來是個說幹就幹的人，這時便挺身而出。

「算我一個，福爾摩斯。這兩天我都沒事兒幹。」

---

* 蘇打水瓶 (gasogene) 是維多利亞時代晚期一種製造蘇打水的家用裝置，通常由上下相連的兩個玻璃瓶構成，上面的瓶子裝的是產生碳酸氣的化學品，下面的瓶子裝的是需要加氣的水或其他飲料。

† 在《諾伍德的建築商》當中，福爾摩斯也說過意思相近的話。

「你的品行可不見長進啊，華生。其他的惡習沒見你改，你還學會了説瞎話。據我看，你從頭到腳都是一名工作繁忙的醫務人員，每個鐘頭都有事情上門的。」

「那些事情都沒有這麼要緊。對了，你就不能讓他們逮捕這個傢伙嗎？」

「能，華生，我有這個能力。他怕的就是這一點。」

「那你幹嗎不動手呢？」

「因為我還不知道鑽石在甚麼地方。」

「對啊！我聽比利説了——那顆失蹤的王冠鑽石！」

「沒錯，就是那顆碩大無朋的馬澤林黃鑽。我撒下了網子，而且網到了魚，可我沒找到那顆鑽石。光抓**他們**能有甚麼用呢？他們進了監獄，世界確實會變得更加美好，只可惜這並不是我的目標。我要的是鑽石。」

「這個西爾維斯伯爵也是你的魚嗎？」

「是啊，還是條鯊魚哩，會咬人的。另一條名叫山姆·默頓，幹的是拳擊手的行當。山姆這個傢伙倒還不算太壞，只不過受了伯爵的利用。山姆只是一條又大又蠢、悶頭亂撞的鮈魚 *，算不上甚麼鯊魚，即便如此，他還是在我的網子裏拼命撲騰。」

「這個西爾維斯伯爵在甚麼地方呢？」

「今早我一直都在他的身邊。我扮老太婆的樣子你是見過的，華生，不過，哪一次都沒有這次扮得像。他實實在在地幫我撿了一回陽傘哩。『請允許我為您效勞，夫

---

* 　鮈魚 (gudgeon) 是歐洲常見的一類淡水小魚，跟鯉魚是近親，容易捕捉，常常被人用作魚餌。這種魚的英文名稱兼具「傻子」之意。

人，』他這麼跟我説。你知道嗎，他有一半的意大利血統，心情好的時候也不缺南歐人的那種風度，心情不好呢，他就會變成惡魔的化身。生活裏真是充滿了匪夷所思的事件哪，華生。」

「這樣的事件沒準兒會演變成悲劇哩。」

「呃，是有這種可能。我跟着他走進米諾芮斯街，走到了斯特勞本齊老先生的作坊門口。他那把氣槍就是斯特勞本齊做的，據我所知是做得相當不錯。依我看，此時此刻，那把氣槍應該是在對面的那扇窗子裏。你瞧見那個假人了嗎？當然嘍，比利肯定給你看了。這麼説吧，它那顆漂亮的腦袋隨時都可能讓子彈給打穿哩。噢，比利，甚麼事情？」

小聽差已經端着托盤回到了房間裏，托盤裏放着一張名片。福爾摩斯瞥了一眼名片，眉毛一挑，露出了興致勃勃的笑容。

「這傢伙親自上門來了，這我倒真沒想到。瞧見了吧，這就叫知難而上，華生！好一個膽大包天的傢伙。你興許聽説過，他是個專打大傢伙的著名獵手。要是能把我裝進獵囊的話，他那段輝煌的狩獵生涯真可以算是圓滿收場啦。他這次來，説明他已經發現，我馬上就要逮到他了。」

「報警吧。」

「興許我確實應該報警，只不過不是現在。華生，麻煩你悄悄地往窗子外面瞟一眼、看看有沒有人在街上晃蕩，好嗎？」

華生掀起窗簾的一角，小心翼翼地看了看。

「有的，大門旁邊有個莽漢。」

「他就是山姆・默頓，那個忠實卻又愚昧的山姆。來訪的這位先生在哪裏呢，比利？」

「在等候室裏，先生。」

「聽到我摁鈴就帶他上來吧。」

「好的，先生。」

「就算我沒在房裏，你還是得帶他進來。」

「好的，先生。」

小聽差帶上房門之後，華生萬分懇切地轉向了同伴。

「聽我說，福爾摩斯，這樣子是絕對不行的。這傢伙甚麼都幹得出來，眼下又已經狗急跳牆。他很可能是來殺你的啊。」

「是我也不會覺得奇怪。」

「我一定要跟你待在一起。」

「那你可就太礙事啦。」

「礙的是**他的**事吧？」

「不對，親愛的伙計，礙的是我的事。」

「總而言之，我絕對不會走。」

「會的，你會走的，華生。你一定會走，因為你從來沒有壞過我的規矩。我敢肯定，你永遠也不會那麼做。這傢伙揣着他自個兒的算盤來找我，可他興許會掉進我的算盤，來了就別想走。」福爾摩斯掏出自己的記事本，匆匆地寫了幾行字。「你趕緊坐車去蘇格蘭場，把這張條子交給刑事偵緝處的約爾，然後就跟警察一起回來，來逮這個傢伙。」

「這我倒是樂意效勞。」

「你回來之前的這段時間，興許剛好夠我找出鑽石的下落。」說到這裏，他摁響了喚人鈴。「依我看，咱們不妨從臥室穿出去。臥室裏有這麼一個額外的出口，簡直是有用極啦。我很想偷偷地看看我的鯊魚，還有啊，我有一套獨特的偷看方法，肯定會讓你永誌不忘。」

就這樣，一分鐘之後，比利把西爾維斯伯爵領進了一個空無一人的房間。這位著名的獵手、運動行家兼花花公子是一個膚色黝黑的大塊頭，令人生畏的黑色髭鬚蓋着兩片冷酷無情的薄嘴唇，矗立在髭鬚上方的則是一個長長的鷹鉤鼻子。他雖然衣冠楚楚，鮮豔的領帶、耀眼的領針和閃亮的戒指卻給人一種華而不實的印象。小聽差帶上房門之後，他開始四下打量，眼神顯得又兇悍又驚駭，似乎是覺得房間裏佈滿陷阱。接下來，他猛一哆嗦，因為他看到了窗邊的那把扶手椅，看到了支棱在椅子上方的睡袍領子，還有那顆一動不動的腦袋。剛開始的時候，他的臉上只是寫滿了驚愕，緊接着，他心裏產生了某種歹毒的念想，殺氣騰騰的黑眼睛裏閃出了寒光。他又一次四下打量，確信沒有證人在場，於是便踮起腳尖，舉起沉重的手杖，朝着那個一聲不吭的人影走了過去。他微微欠身，正準備撲上去施展絕命一擊，敞開的臥室門口卻傳來了一聲不溫不火、藏針帶刺的招呼。

「別把它打壞了，伯爵！別把它打壞啦！」

刺客跟跟蹌蹌地倒退一步，扭曲的面孔驚恐萬狀。有那麼一瞬間，他又一次舉起了那根灌過鉛的手杖，似乎是

打算把攻擊的目標從人像轉向真人。不過，福爾摩斯那雙堅毅的灰色眼睛和那種譏諷的笑容產生了某種魔力，迫使他把手放了下來。

「這可是一件相當漂亮的小玩意兒，」福爾摩斯一邊說，一邊走向那尊塑像。「出自法國塑像專家塔維尼埃的手筆。他擅長製作蠟像，就跟您的朋友斯特勞本齊擅長製作氣槍一樣。」

「甚麼氣槍，先生！你這是在說甚麼？」

「把您的帽子和手杖放到邊桌上吧，謝謝您！請坐。您那把左輪手槍也掏出來好了，行嗎？噢，也好，如果您喜歡坐在手槍上的話。您來得真是再合適不過了，我本來就很想跟您聊那麼幾分鐘呢。」

伯爵那兩道氣勢洶洶的濃眉皺了起來。

「我倒是也想跟你聊兩句，福爾摩斯，這就是我此行的目的。可我絕不否認，剛才我確實想對你下手。」

福爾摩斯把一條腿蹺到了桌子邊上。

「我早就知道，您腦子裏確實有這一類的念頭，」他說道。「可是，您幹嘛對我本人這麼上心呢？」

「因為你沒事找事，把我給惹急了。因為你打發你那些狗腿子來盯我的梢。」

「我的狗腿子！絕無此事！」

「胡說八道！我已經找人盯上了他們。盯梢這件事情，你會我也會，福爾摩斯。」

「雖然說無關緊要，西爾維斯伯爵，可我還是想麻煩您注意一下，叫我名字的時候最好加上敬稱。您可以想

像，因為我的行當，確實有半數的歹徒對我直斥姓名，不過您肯定明白，不合禮數的行為總是不受人待見的。」

「好吧，福爾摩斯**先生**。」

「好極了！還有啊，我可以跟您打包票，您説我派人盯您的梢，這話可沒説對。」

西爾維斯伯爵輕蔑地笑了笑。

「你擅長觀察，其他人也不差。昨天是一個不怕事的老頭子，今天又換成了一個老太婆。他倆足足盯了我一整天。」

「真的嗎，先生，您可真是太抬舉我啦。臨上絞架之前的那天晚上，道森老男爵曾經告訴我，我幹這行是法律界的收穫，同時又是戲劇界的損失。眼下呢，我這點兒微不足道的化裝術又得到了您的謬獎！」

「難道是你──是你自己嗎？」

福爾摩斯聳了聳肩。「走在米諾芮斯街上的時候，您彬彬有禮地替我拾起了陽傘，那會兒您還沒起疑心呢。您自個兒看啊，那把陽傘不就在牆角立着嘛。」

「我要是早知道的話，你就別想──」

「別想再回到這間區區寒舍了，這一點我心裏有數。誰都有錯失良機的慘痛經歷。事實是當時您不知道，所以呢，咱倆就在這兒碰上了頭！」

伯爵的眉頭皺得更緊，眼睛裏兇光畢露。「你這些話只能起到火上澆油的作用。跟蹤我的竟然不是你的爪牙，而是你這個喬裝改扮的無事忙，是你自己！你主動承認你盯了我的梢。為甚麼盯我的梢？」

「得了吧，伯爵。以前您不是經常去阿爾及利亞打獅子嘛。」

「怎麼樣？」

「可您為甚麼要打獅子呢？」

「為甚麼？為了狩獵的樂趣——為了刺激——為了冒險！」

「毫無疑問，也為了替當地除害吧？」

「沒錯！」

「簡單説來，我的理由跟您一樣！」

伯爵一躍而起，下意識地伸手去掏屁股兜裏的槍。

「坐下，先生，坐下！我還有一條更加實際的理由，我想要那顆黃鑽！」

西爾維斯伯爵往椅背上一靠，露出了猙獰的笑容。

「可不是嘛！」他説道。

「您早就知道，我盯上您的原因就在這裏。今晚您上我這兒來，真正的目的無非是摸摸我的底，看看我知道的事情有多少、除掉我的必要性又有多大。呃，這麼説吧，從您的角度來考慮，除掉我是絕對必要的，因為我甚麼都知道，就那麼一件不知道的事情，您馬上也會告訴我。」

「噢，是嗎！請問，你不知道的事情是哪一件呢？」

「王冠鑽石目前的下落。」

伯爵用鋭利的眼神看着對方。「噢，你想知道這個啊，對嗎？你這是中了哪門子邪，憑甚麼認為我能把它的下落告訴你呢？」

「您能告訴我，您一定會告訴我。」

「你說的！」

「您唬不了我，西爾維斯伯爵。」福爾摩斯死死地盯着伯爵，眼睛越收越小、越來越亮，最後就變成了兩個寒光閃閃的針尖。「您跟一塊玻璃板沒甚麼兩樣，我一眼就可以看穿您的花花腸子。」

「既然如此，你當然可以看見鑽石的下落！」

福爾摩斯興高采烈地鼓了鼓掌，跟着就伸出一根指頭，揶揄地指着伯爵。「原來您真的知道鑽石的下落。您已經承認啦！」

「我甚麼也沒承認。」

「好啦，伯爵，您要是能放聰明點兒，咱倆還可以做筆買賣。不然的話，您就有苦頭吃了。」

西爾維斯伯爵眼睛一翻，望向了天花板。「你還好意思說我詐唬！」他說道。

福爾摩斯若有所思地看着伯爵，架勢就像是一位象棋大師正在思考致勝的殺着。接下來，他一把拉開桌子的抽屜，拿出了一個厚厚的記事本。

「您知道我這個本子裏記的是甚麼嗎？」

「不，先生，我不知道！」

「記的是您！」

「我！」

「沒錯，先生，就是**您**！本子裏記着您所有的事情，記着您罪惡生涯當中的每一件勾當。」

「見鬼去吧，福爾摩斯！」伯爵大叫一聲，眼睛裏怒火熊熊。「我的耐性可是有限度的！」

「您的事情都在本子裏，伯爵。裏面有哈羅德老太太死亡的真相，您從她那兒繼承到了布萊默莊園，沒幾天就在賭桌上輸了出去。」

「癡人說夢！」

「以及米妮‧沃倫德爾小姐的一生經歷。」

「噴！她的經歷甚麼也說明不了！」

「別的事情還多着呢，伯爵。這裏有一八九二年二月十三日的那椿劫案，發生在開往里維埃拉*的豪華列車上，還有發生在同一年的那椿偽造支票案，受害的是里昂信貸銀行。」

「不對，這件事情你說錯了。」

「也就是說，其他的我都說對了！好啦，伯爵，您也是打牌的老手。所有王牌都在別人手裏的時候，還是扔牌認輸比較節省時間。」

「你說了這麼一大堆，跟你剛才提到的鑽石有甚麼關係呢？」

「慢慢來，伯爵。稍安毋躁！請允許我按我自個兒這種絮絮叨叨的講法，一點一點地跟您講清楚。我不光是掌握了所有這些於您不利的情況，更重要的是，我還掌握了確鑿的證據，足以證明您和您那個打手就是偷竊王冠鑽石的案犯。」

「說得跟真的似的！」

---

* 里維埃拉 (Riviera) 為地中海濱著名度假勝地，一部分在法國，一部分在意大利。

「我找到了載你們去白廳 * 的車夫，找到了載你們離開現場的車夫，找到了目擊你們在鑽石陳列櫃附近現身的那名雜役 †，還找到了拒絕幫你們切割鑽石的艾奇・森德斯。艾奇已經自首，你們沒戲唱啦。」

伯爵的額頭青筋綻露。他想要強作鎮定，毛茸茸的黝黑雙手卻不由自主地攢成了拳頭。他想要開口說話，但卻一個詞也說不出來。

「我拿的就是這麼一手牌，」福爾摩斯說道。「全都亮給您看了。可我還缺了一張，缺的就是方塊 K‡，因為我不知道鑽石的下落。」

「你永遠也別想知道。」

「真的嗎？行啦，我勸您還是放明白點兒，伯爵。想想眼前的形勢吧。您眼看就得去蹲二十年的監獄，山姆・默頓也是一樣。這樣的話，鑽石能帶給您甚麼好處呢？半點兒好處也不會有。反過來，您要是把它交出來的話——這麼說吧，我就可以算您已經賠錢私了。我們要的不是您，也不是山姆，要的只是那顆鑽石。只要您交出鑽石、以後也規規矩矩，至少我是不會去妨礙您的自由的。不

---

* 白廳 (Whitehall) 是倫敦市中心的一條路，路兩邊有許多英國政府的辦公建築。按這裏的說法，案發地點是白廳路，說明通常應該保存在倫敦塔的「王冠鑽石」因為某種原因要暫時放在了某個政府機構。

† 這裏的「雜役」原文是「commissionaire」，可能是特指雜役隊 (Corps of Commissionaires) 的成員，雜役隊是英國的愛德華・沃爾特 (Edward Walter, 1823–1904) 於 1859 年創立的一個提供信使、門衛、安保等服務的機構，機構的名義首腦為英國君主，今日猶然，當時的員工都是退伍軍人，有專門的制服。

‡ 「方塊 K」的英文是「king of diamonds」，兼有「鑽石之王」的意思。

過，您要是再犯一次——呃，那您就沒有下次了。這一次嘛，我的任務是找鑽石，並不是找您的晦氣。」

「我要是不肯呢？」

「甚麼，那樣的話——唉！——我只能不找鑽石，轉頭找您的晦氣。」

在此之前，福爾摩斯又摁了一次鈴。到這會兒，比利已經走進了房間。

「依我看，伯爵，最好能讓您的朋友山姆也來參加這次會談。說到底，他的利益也應該有人代言。比利，大門口有一位模樣醜陋的大塊頭紳士，你去請他上來吧。」

「他要是不來呢，先生？」

「千萬不能動武，比利，態度一定要好。你就跟他說西爾維斯伯爵找他，他肯定會來的。」

「接下來你打算怎麼辦呢？」比利離開之後，伯爵問道。

「我朋友華生剛才也在這裏，我跟他說了，我網到了一條鯊魚和一條鮑魚。接下來我打算收網，把他倆一鍋端。」

伯爵已經起身離座，手也伸到了背後。福爾摩斯端起了某件東西，那東西有一半在他睡袍的口袋裏，另一半支棱在外面。

「你得不了好死的，福爾摩斯。」

「您這種想法我經常都有。有甚麼特別大的關係嗎？歸根結底，您自個兒多半也會豎着離開人世，不大可能是橫着的。不過，像這樣擔心未來，完全是一種病態。咱們

幹嗎不拋開這些念頭，盡情地享受現在呢？」

突然之間，犯罪行家那雙惡狠狠的黑眼睛裏閃出了野獸一般的兇光。福爾摩斯凝神戒備，身形顯得越發高大。

「沒必要撥弄您那把左輪手槍，朋友，」他平心靜氣地說道。「您自個兒應該非常清楚，就算我由着您把槍掏出來，您照樣不敢開槍。聲音太大、不好處理，左輪手槍就是這麼個玩意兒，伯爵。您還是堅持使用氣槍吧。哈！我沒搞錯的話，您那位可敬的搭檔已經來了，我已經聽見了他仙女般輕盈的腳步聲。晚上好，默頓先生。待在街上挺無聊的，對吧？」

這名職業拳手是個身材壯碩的小伙子，長着一張又愚蠢又執拗的刀條臉。他手足無措地站在門口四下張望，一副莫名其妙的表情。福爾摩斯的友善架勢是他沒有見過的東西，他雖然隱隱約約地覺得來者不善，但卻不知道該怎麼反擊，於是便向他那位比較精明的同志求取幫助。

「這是唱的哪一齣，伯爵？這傢伙想幹甚麼？甚麼情況？」他的聲音又低沉又沙啞。

伯爵聳了聳肩，福爾摩斯替他作出了回答。

「如果您允許我來替你們作個總結的話，默頓先生，那我的總結就是，**全**完啦。」

拳手沒有接茬，繼續衝他的同伙說話。

「這傢伙是在逗悶子還是怎麼的？我可沒有逗悶子的心情。」

「沒錯，我也覺得您不會有，」福爾摩斯說道。「我還可以跟您打張包票，今天晚上，您的心情將會越來越

差。好了，聽着，西爾維斯伯爵。我這個人事情很多，沒時間可以浪費。我這就到那間臥室裏去待着。我不在的時候，請你們千萬不要拘禮。沒有我的干擾，您可以跟您的朋友暢所欲言，給他講講眼前的形勢。我打算在臥室裏練練小提琴，把《霍夫曼船歌》* 拉一遍。五分鐘之後，我會回來聽你們的最終答案。兩種選擇您都清楚了吧，對嗎？是把鑽石交給我們，還是讓我們把你們抓起來呢？」

福爾摩斯離開了房間，順道拿上了牆角的小提琴。片刻之後，關着門的臥室裏隱約傳出了長聲夭夭、如泣如訴的旋律，正是那首最讓人低回不止的樂曲。

「我說，到底是怎麼回事？」看到同伙轉向了自己，默頓迫不及待地問道。「他知道鑽石的事情嗎？」

「他知道得真他媽的太多了，我甚至懷疑他全都知道。」

「我的天！」拳手的蠟黃面孔有點兒發白。

「艾奇·森德斯把咱們給賣了。」

「他居然敢這樣，真的嗎？就算要上絞架，我也得結結實實地收拾他一頓。」

「收拾他也不管甚麼用，咱們得趕緊決定，接下來該怎麼辦。」

「等一下，」拳手一邊說，一邊疑神疑鬼地看了看臥室的門。「這傢伙非常狡猾，咱們得防着點兒。要我說，他不會是在偷聽吧？」

---

* 《霍夫曼船歌》(*Hoffmann Barcarolle*) 是德裔法國作曲家雅克·奧芬巴赫 (Jacques Offenbach, 1819–1880) 的作品，選自他的歌劇《霍夫曼的故事》(*The Tales of Hoffmann*, 1851)。

「音樂還在響,他哪有工夫偷聽呢?」

「那倒是。説不定有人躲在簾子背後哩。這間屋裏的簾子可真夠多的。」他四處張望,突然間看見了窗前的蠟像,一下子驚得目瞪口呆,光知道站在那裏指指點點。

「嘖!那只是個假人,」伯爵説道。

「是個假人,對嗎?咳,嚇了我一大跳!該不會是杜莎夫人蠟像館*的東西吧,簡直是活靈活現,睡袍甚麼的樣樣不缺。可是,這些簾子怎麼辦哪,伯爵!」

「咳,叫簾子見鬼去吧!時間本來就不多,咱們還在這兒浪費。鑽石的事情他有證據,可以把咱們送進牢房。」

「讓他試試!」

「不過,只要咱們告訴他東西在甚麼地方,他就可以放過咱們。」

「甚麼!把東西交出去?把十萬鎊交出去?」

「不是這樣就是那樣,沒有其他選擇。」

默頓開始抓撓他的寸頭。

「這裏只有他一個人,咱們不如把他做了。他完蛋之後,咱們就沒甚麼可擔心的啦。」

伯爵搖了搖頭。

「他有武器,而且有所防備。要是開槍打他的話,咱們是很難從這樣的地方脱身的。再者説,很有可能,警察也掌握了他手頭的那些證據。嘿!甚麼聲音?」

---

* 杜莎夫人蠟像館是法國蠟像藝術家杜莎夫人 (Anna Maria Tussaud, 1761–1850) 於 1835 年在倫敦開設的展館,最初位於貝克街,1884 年搬到現今所在的瑪麗勒本路。

他們聽見了一聲模糊的響動，似乎是從窗子那邊來的。兩個人都飛快地轉過身去，耳邊卻再也沒有任何動靜。除了安放在椅子上的那個古怪人形之外，屋裏顯然沒有別人。

「街上的動靜，」默頓説道。「好了，聽我説，老闆，你的腦子比較好使，肯定能想出解決問題的辦法。槍子兒如果派不上用場的話，那就只能靠你啦。」

「有些人比他還精，照樣上了我的當，」伯爵回答道。「鑽石就在我身上的暗兜裏，我可不敢冒險把它放在別處。今晚它就會離開英國，等不到這個週日，阿姆斯特丹就會有人把它剖成四塊。他一點兒也不知道范·瑟達的事情。」

「我還以為范·瑟達下週才走哩。」

「**本來是**下週才走，不過，眼下他必須趕緊走，就坐下一班船。不是你就是我，總得有人帶着鑽石溜到萊姆街去，通知他事情有變。」

「假的底座還沒做好呢。」

「沒辦法，他只能賭賭運氣，就這麼帶着鑽石走。咱們一分鐘也耽擱不起。」説到這裏，出於一種已經變成本能的警覺，這位運動行家再一次打住話頭，使勁兒地往窗子那邊看。沒錯，剛才那聲隱約的響動肯定是從街上來的。

「至於福爾摩斯嘛，」他接着説道，「咱們不用費甚麼力氣就可以騙過他。你瞧，只要能拿到鑽石，這個該死的蠢貨就不會抓我們。很好，咱們不妨把鑽石許給他，告

訴他一條錯誤的線索。等不到他發現自己上了當，鑽石就到了荷蘭，咱們也出國去啦。」

「我看這主意不錯！」山姆・默頓嚷了一聲，咧開嘴笑了起來。

「你趕緊走，叫那個荷蘭人立刻動身。我負責對付這個傻子，編一份假口供來滿足他的胃口。我會告訴他，鑽石在利物浦放着呢。這種哭喪的音樂真是該死，弄得我心煩意亂！等他發現利物浦沒有的時候，鑽石已經一分為四，咱們也到了海上。過來，別站在對着鑰匙孔的地方。喏，鑽石就在這兒。」

「我真是佩服你，竟敢把它帶在身上。」

「還有比這更安全的地方嗎？咱們能到白廳去偷，別人也能到我的住處去偷。」

「讓我好好瞧瞧吧。」

西爾維斯伯爵不以為然地瞥了同伙一眼，同伙已經把一隻髒乎乎的手伸到了他的面前，可他沒有理會。

「怎麼着——你覺得我會搶你不成？聽着，先生，你這樣我可有點兒吃不消了。」

「好啦，好啦，別往心裏去，山姆。咱們可沒有吵架的工夫。你要想好好瞧瞧這個美人兒的話，那就到窗子邊上來吧。好了，把它舉到亮處！好！」

「謝謝！」

福爾摩斯已經從安放假人的那把椅子上一躍而起，一把抄走了那顆珍貴的寶石。眼下他一隻手攥着鑽石，另一隻手用左輪手槍指着伯爵的腦袋。大驚之下，兩個歹徒跟

跟蹌蹌地退了幾步。他倆還沒有回過神來，福爾摩斯已經摁響了電鈴。

「不要動粗，先生們——不要動粗，我懇求你們！替這些傢具想想吧！你們肯定也非常清楚，反抗不會有任何用處。警察就在樓下等着呢。」

伯爵驚詫莫名，一時間忘記了憤怒和恐懼。

「可你到底是怎麼——？」他倒吸一口涼氣。

「您這麼吃驚也是合情合理的，因為您不知道我的臥室裏還有一道門，就開在那道簾子後面。我跑去頂替蠟像的時候，我尋思您肯定聽見了動靜，還好，運氣站在了我這一邊。這樣一來，我才有機會聆聽你們生動有趣的交談，要是知道我在場的話，你們的交談肯定會生硬得叫人痛苦的。」

伯爵做了個無可奈何的手勢。

「我們認栽，福爾摩斯。要我說，你簡直就是魔王現世。」

「至少是跟他差不多吧，」福爾摩斯回答道，露出了有禮有節的笑容。

山姆・默頓反應比較遲鈍，剛剛才算是漸漸認清了眼前的形勢。到這會兒，聽到外面的樓梯上傳來了沉重的腳步聲，他終於打破了沉默。

「算讓你給逮着了！」他說道。「不過，我說，這該死的提琴是怎麼回事！這會兒都還在響呢。」

「嘖，嘖！」福爾摩斯回答道。「您說得一點兒也不錯。讓它響好了！留聲機可真是一種值得讚嘆的新發明。」

警察一擁而入，手銬咔嗒作響，兩名罪犯被押進了等在外面的馬車。華生留在了房間裏，祝賀福爾摩斯又為自己的桂冠增添了一枝新的花葉。接下來，處變不驚的比利端着名片盤子走了進來，又一次打斷了他倆的交談。

　　「坎特米爾勳爵駕到，先生。」

　　「領他上來吧，比利。這位顯赫的貴族可是最高層派來的代表哩，」福爾摩斯說道。「他是個忠心耿耿的老好人，只可惜有點兒跟不上時代。咱們要不要幫他放鬆放鬆？稍微作弄他一下，算不算特別冒昧呢？可想而知，剛才的事情他一點兒也不知道。」

　　房門開了，一個神色凜然的瘦子走了進來。他長着一張瘦削的臉，奢拉的連鬢鬍子還是維多利亞時代中期的樣式，鬍子又黑又亮，跟他佝僂的肩膀和顫巍巍的步態很不相稱。福爾摩斯殷勤地迎上前去，握了握勳爵那隻無動於衷的手。

　　「您一向可好，坎特米爾勳爵？天氣雖然冷得不合時令，屋裏還是挺暖和的。我可以幫您把大衣脫下來嗎？」

　　「不用，謝謝您，我不想脫。」

　　福爾摩斯卻揪着他的袖管不放。

　　「讓我幫您脫吧！我朋友華生醫生可以告訴您，這樣的溫度變化是非常傷人的。」

　　勳爵大人不勝其煩地甩開了他。

　　「我這樣就挺好，先生，何況我也待不了多久。我只是來問一問，您那件自告奮勇的事情辦得怎麼樣了。」

　　「不好辦——很不好辦。」

「我就知道您會覺得不好辦。」

這位王室老臣的言辭和神態都透着明明白白的輕蔑。

「任何人都會有力不從心的時候，福爾摩斯先生，這樣也好，至少可以幫我們改掉驕傲自滿的毛病。」

「是啊，先生，我確實覺得非常苦惱。」

「那是自然。」

「有一點尤其讓我苦惱，能不能麻煩您指點一下呢？」

「現在才來徵求我的建議，未免有點兒太晚了吧。我還以為您有一套無往不利的辦法哩。話雖然這麼説，我還是樂意效勞。」

「您知道吧，坎特米爾勳爵，説到那些下手偷走鑽石的竊賊嘛，咱們是肯定可以給他們安上一條罪名的。」

「如果您抓得到他們的話。」

「沒錯。可我的問題是——收贓的傢伙又該怎麼處理呢？」

「現在説這個不是早了點兒嗎？」

「不管早不早，預先打好算盤總不會錯。好了，按您的意見，指控一個人收贓的確鑿證據是甚麼呢？」

「實實在在地持有那顆鑽石。」

「您會據此逮捕他嗎？」

「毫無疑問。」

福爾摩斯很少大笑出聲，不過，按他老朋友華生的記憶，這一次他已經走到了大笑出聲的邊緣。

「既然如此，親愛的先生，我只好萬般無奈地通知您，您已經被捕啦。」

坎特米爾勳爵怒髮衝冠，蠟黃的雙頰泛出了多年不見的紅色。

「您可真是放肆，福爾摩斯先生。我為國家服務了五十年，這樣的事情還是頭一次見。我忙得很，先生，有很多重大事務需要操心，沒工夫也沒興致跟您開這種愚蠢的玩笑。坦白說吧，先生，我始終都不相信您的那些本事，始終都認為這件事情應該讓正規的警察來處理，那樣會穩妥得多。您的行為已經證明，我這些看法都是對的。容我跟您道一聲，先生，晚安。」

福爾摩斯已經飛快地換了個位置，擋在了這位貴族和房門之間。

「等一等，先生，」他說道。「暫時持有馬澤林鑽石還好開脫，實實在在地帶走鑽石罪名更大。」

「先生，這可真讓人忍無可忍！讓我過去。」

「您掏一掏大衣的右兜吧。」

「您這是甚麼意思，先生？」

「好啦——好啦，照我說的做吧。」

轉眼之間，這位貴族已經大驚失色地愣在了那裏，眼睛眨了又眨，嘴裏結結巴巴，顫抖的手掌上托着那顆碩大的黃色鑽石。

「甚麼！甚麼！這到底是怎麼回事，福爾摩斯先生？」

「真抱歉，坎特米爾勳爵，真是抱歉！」福爾摩斯高聲說道。「我這位老朋友可以作證，我這個人習慣不好，喜歡搞點兒惡作劇。還有呢，我總是抵擋不住戲劇性場面

的誘惑。您剛剛進來的時候，我冒昧地——應該說是極其冒昧地——把鑽石塞進了您的衣兜。」

老貴族直愣愣地看了看鑽石，又看了看面前那張笑眯眯的臉。

「先生，我可讓您給弄糊塗了。不過——沒錯——這的確是馬澤林鑽石。我們欠了您一個天大的人情，福爾摩斯先生。您的幽默感嘛，就像您自個兒承認的那樣，確實是有點兒反常，除此之外，您展示幽默感的時機也挑得很不合適。不管怎麼樣，說到您那些神奇的專業本領，我這就收回我以前的所有評論。可您是怎麼——」

「案子才辦到一半，細節以後再談。坎特米爾勳爵，您可以回去向您那個尊貴的圈子報告喜訊，毫無疑問，您從中收穫的歡愉可以稍稍彌補我這個惡作劇造成的不快。比利，送勳爵大人出去吧，順便通知哈德森太太，我希望她用最快的速度把兩個人的晚飯送上來。」

三尖別墅

　　我和歇洛克・福爾摩斯先生一起經歷過不少奇遇，然而，在我看來，要說開場的突然性和戲劇性，哪一次也比不上與「三尖別墅」相關的這一次。當時我已經跟福爾摩斯睽違多日，完全不知道他最近的活動朝着甚麼方向。不過，這天早上他倒是談興很高，招呼我坐進爐火旁邊那把低矮破舊的扶手椅，自己則叼着煙斗窩進了正對着我的椅子。正在這時，我們的客人到了，更傳神的說法則應該是，一頭發狂的公牛到了。

　　房門被人一把推開，闖進房裏的是一個身材魁梧的黑人。要不是面目猙獰的話，他完全可以算是一名滑稽演員，因為他身穿一套十分招搖的灰格子西服，還繫着一條飄來擺去的橙紅色領帶。他來回打量着我倆，寬臉膛和塌鼻子直愣愣地伸了過來，陰沉的黑眼睛裏閃着悶燒火焰一般的兇光。

　　「我說你們兩位，哪一位是福爾摩斯先生？」他問了一句。

　　福爾摩斯抬了抬煙斗，懶洋洋地笑了笑。

　　「噢！原來是你，對嗎？」我們的客人一邊說，一邊繞過桌子走向我倆，步態鬼鬼祟祟、令人生厭。「聽着，

福爾摩斯先生，不要伸手摻和別人的事情，別人的事情自然有別人操心。聽明白了嗎，福爾摩斯先生？」

「接着說，」福爾摩斯說道。「說得挺好。」

「噢！你覺得挺好，對嗎？」野人咆哮起來。「要是我不得不收拾你一頓，你的感覺就沒他媽的那麼好啦。你這種人我以前也打過交道，交道打完之後，他們的模樣可不怎麼好看。瞧瞧這個，福爾摩斯先生！」

他猛一揮手，把骨節嶙峋的碩大拳頭伸到了我朋友鼻子下面。福爾摩斯仔細地打量着他的拳頭，一副興致盎然的模樣。「你的拳頭生來就是這樣嗎？」福爾摩斯問道。「還是你慢慢練出來的呢？」

可能是因為我朋友這種冰山一般的冷靜態度，也可能是因為我抄起撥火棍的時候弄出的輕微響動，不管是因為甚麼，客人的氣焰總歸是不那麼囂張了。

「呃，反正我話已經說到了，」他說道。「我有個朋友比較關注哈羅＊那邊的事情——你應該知道我說的是甚麼事情——他不希望看到你跑出來擋道。明白了嗎？你不代表法律，我也不代表法律，你要是非得插手，我的手也不會閒着。你可要給我記好嘍。」

「一段時間以來，我一直都想見見你，」福爾摩斯說道。「我不喜歡你身上的氣味，眼下也就不請你坐了，不過，你不就是那個名叫斯蒂夫·迪克西的拳擊手嗎？」

＊ 這篇故事首次發表於 1926 年 10 月；哈羅 (Harrow) 是倫敦西北部的一個區域，1965 年之前屬於米德爾塞克斯郡，著名的哈羅公學即在此地。

「我是叫這個名字，福爾摩斯先生。你要是在我面前胡說八道，那你肯定會吃不了兜着走。」

「你當然聽不得別人胡說八道，」福爾摩斯說道，緊緊地盯着客人那張令人作嘔的嘴巴。「可我要說的事情是，小珀金斯在霍爾伯恩酒吧門外被人殺了——甚麼！你這就要走了嗎？」

黑人已經往後躥了一步，面如死灰。「我可不想聽這種胡言亂語，」他說道。「這個珀金斯跟我有甚麼關係，福爾摩斯先生？這小子惹上麻煩的時候，我正在伯明翰的鬥牛場* 訓練呢。」

「是啊，你完全可以拿這套說辭去跟地方法官解釋，斯蒂夫，」福爾摩斯說道。「我一直都在觀察你和巴尼·斯托克代爾——」

「我的老天呀！福爾摩斯先生——」

「行了，別跟我廢話。我想要抓你的時候，你就是我的囊中之物。」

「再見，福爾摩斯先生。我這次找上門來，您不會往心裏去吧？」

「要讓我不往心裏去，你就得跟我說說，是誰派你來的。」

「咳，這可不是甚麼秘密，福爾摩斯先生。派我來的就是您剛才提過的那位先生。」

---

* 伯明翰 (Birmingham) 為英格蘭中部重要工業城市，東南距倫敦約 190 公里，鬥牛場 (Bull Ring) 是伯明翰市中心一片歷史悠久的商業區域。

「他又是受了誰的指使呢？」

「饒了我吧，我不知道，福爾摩斯先生。他只是告訴我，『斯蒂夫，你去見見福爾摩斯先生，跟他說清楚，如果他往哈羅那邊走的話，小心他的小命。』我知道的就這麼多。」

沒等福爾摩斯再次發問，我們的客人已經一溜煙地衝出了房間，去得幾乎跟來的時候一樣突然。福爾摩斯磕了磕煙斗裏的煙灰，吃吃地輕笑一聲。

「華生，還好他沒有逼得你被迫出手，敲開他那顆毛茸茸的腦袋。剛才你擺弄撥火棍的動作，我已經注意到啦。話說回來，這傢伙其實也沒有多大危害，只能算是一個四肢發達、頭腦簡單、咋咋唬唬的毛孩子。你不也看見了嘛，降服他不過是舉手之勞。他屬於斯賓塞‧約翰的那個匪幫，最近也參與了一些下流的勾當，等我有空的時候，我會把那些勾當調查清楚的。他的頂頭上司巴尼倒是個比較狡猾的傢伙。偷襲恐嚇之類的勾當是他們的本行，我只是想知道，這一次的幕後主使會是誰呢？」

「可他們幹嗎要恐嚇你呢？」

「為的是哈羅荒地*的這件案子。他們來恐嚇我，反倒讓我鐵了心要查這件事情，既然有人這麼不怕麻煩，這案子肯定有文章可做。」

「究竟是甚麼案子呢？」

「剛才我正準備跟你說這件事情，咱們就趕上了這麼一段有趣的插曲。喏，這就是麥博雷太太寫來的信。你

---

* 哈羅荒地 (Harrow Weald) 是哈羅北部的一個區域。

要是願意跟我一起去的話，咱們就給她發個電報，馬上出發。」

麥博雷太太的信內容如下：

親愛的歇洛克·福爾摩斯先生：

我遇上了一連串跟我這座房子有關的怪事，非常希望聽到您的建議。明天我一直在家，您可以隨時過來。我的房子離哈羅荒地車站不遠，幾步路就可以走到。據我所知，我已故的丈夫莫蒂默·麥博雷是您早期的主顧之一。

您忠實的朋友，

瑪麗·麥博雷

信上留的地址是「哈羅荒地，三尖別墅」。

「情況就是這樣！」福爾摩斯說道。「好了，華生，如果你有時間的話，咱們就上路吧。」

經過一段短短的火車旅程，再加上一段更短的馬車旅程，我倆就趕到了信裏所說的這座房子。這是一座磚木結構的鄉間別墅，庭園佔地一英畝＊，全都是未經修整的草地。頂層窗戶的上方有三個小小的尖頂，勉強可以證明「三尖別墅」這個名字不是胡謅。房子背後是一片發育不良的陰鬱松林，整個兒的環境給人一種淒慘壓抑的印象。不過，我們很快就發現，房子的裝潢相當不錯，接待我們的也是一位非常迷人的老夫人，從頭到腳都透着文化與涵養。

「我對您的丈夫印象很深，夫人，」福爾摩斯說道，

———————

＊　1 英畝約等於 6 畝。

「雖然說事隔多年，當年他託我辦的又只是一件芝麻大的小事。」

「我兒子的名字您興許會更熟悉，他名叫道格拉斯。」

福爾摩斯注視着她，顯然是產生了極大的興趣。

「我的天！您就是道格拉斯‧麥博雷的母親嗎？我跟他勉強算是認識，當然嘍，全倫敦有誰不認識他呢。他可真是個出色的人物！他現在在哪兒呢？」

「死了，福爾摩斯先生，死了！他是駐羅馬的使館隨員，上個月因為肺炎死在了那裏。」

「我很抱歉。他這樣的人怎麼會跟『死』這個字眼兒扯到一起呢，我從來沒見過像他那麼活力四射的人啊。以前他可真是活得激情洋溢——渾身上下都是激情！」

「激情過頭啦，福爾摩斯先生，就是這東西毀了他。您只記得他的從前，記得他那種無憂無慮、光彩照人的模樣，可您沒有看見，後來他變成了怎樣一個喜怒無常、鬱鬱寡歡、心事重重的可憐蟲。他的心讓人給打碎了。我彷彿看到，短短一個月的時間，我那個風度翩翩的小傢伙就變成了一個憤世嫉俗、行將就木的小老頭。」

「因為戀愛——因為一個女人？」

「因為一個魔鬼。算啦，福爾摩斯先生，這次我請您過來，並不是為了談我那個可憐的小傢伙。」

「我和華生醫生都聽憑您的差遣。」

「我遇上了一些非常古怪的事情。我已經在這兒住了一年多，可我沒怎麼見過周圍的鄰居，因為我喜歡清靜。

三天之前，有個男的跑來找我，自稱是個房產經紀。他跟我說，我這座房子正好符合他主顧的要求，只要我願意轉讓，價錢不是問題。當時我就覺得非常奇怪，因為市面上明明有幾座空房子，看起來也跟我的房子差不多。不過，可想而知，他的話還是引起了我的興趣。於是我開了個價，比我當初的買價高了五百鎊。他立刻表示同意，跟着又補了一句，說他那個主顧還想買下屋裏的傢具，讓我說個價錢。有些傢具是我從以前的房子裏搬過來的，您也看見了，質量非常不錯，所以我說了一個相當不小的數字，他又是立刻應承。我一直都想出去旅行，這一次的買賣簡直是劃算極了，當時我真的覺得，往後的日子可以愛幹甚麼就幹甚麼，再不用為生計發愁啦。

「昨天，那個人把寫好的合同帶給了我。萬幸的是，我把合同給蘇特羅先生看了看。蘇特羅先生是我的律師，就住在哈羅鎮上。他告訴我，『這份合同非常蹊蹺。你要是簽了它，走的時候就無權帶走屋裏的任何東西，連你的私人用品也不例外。合同裏有這樣的規定，你注意到了嗎？』傍晚的時候，那個人又來找我，於是我把這個問題提了出來，並且告訴他，我的意思是只賣傢具。

「『不，不行，必須得是屋裏的所有東西，』他說。

「『可我的衣服怎麼辦？還有我的首飾呢？』

「『好，好，關於您的私人用品，我們還是可以讓步的。不過，您帶出去的東西都得經過我們的檢查。我的主顧非常大方，可他也有他的癖好、有他自個兒的做事方法。他要麼是全要，要麼就甚麼都不要。』

「『那就甚麼都別要吧，』我這麼告訴他。買賣到這兒就算完了，可我覺得這一整件事情實在是太不尋常，所以就想——」

正在這時，一件很不尋常的事情打斷了我們的談話。

福爾摩斯抬手示意我們不要出聲，然後就大步穿過房間，猛然拉開房門，一把抓住一個瘦高女人的肩膀，把她拽了進來。這個女人拼命掙扎，姿勢十分難看，活像一隻又大又笨的母雞，驚叫着被人從雞窩裏拖了出來。

「放開我！你這是在幹甚麼？」她大聲尖叫。

「哎唷，蘇珊，這是怎麼回事？」

「是這樣，夫人，我過來問客人留不留下來吃午飯，這個人就跳出來抓住了我。」

「前面五分鐘，我一直都在聽她的動靜，可您的故事非常有趣，所以我不想打斷您。蘇珊，你好像有點兒氣喘啊，不是嗎？你的呼吸太重，幹不了這樣的活計。」

蘇珊轉頭看着福爾摩斯，表情忿忿不平，同時又驚詫莫名。「說來說去，你究竟是甚麼人，憑甚麼對我又扯又拽？」

「不憑甚麼，只是想讓你來聽我問一個問題。麥博雷太太，寫信找我幫忙的事情，您跟別人說過嗎？」

「沒有，福爾摩斯先生，我沒跟別人說過。」

「信是誰去寄的呢？」

「蘇珊去寄的。」

「這就對啦。好了，蘇珊，你通過寫信或者捎信的方法把女主人找我幫忙的事情告訴了別人，那個人是誰呢？」

「你這是胡説八道，我沒發甚麼信。」

「聽着，蘇珊，你應該知道，氣喘的人 * 可活不長。撒謊呢，又是一件非常傷人的事情。你把事情告訴誰了呢？」

「蘇珊！」她的女主人驚叫一聲，「眼下我認定你是一個不忠不義的壞女人。我想起來了，我看見你隔着樹籬跟人説話來着。」

「那是我自個兒的事情，」蘇珊氣沖沖地説道。

「要是我告訴你，跟你説話的人是巴尼‧斯托克代爾，這還能算你自個兒的事情嗎？」福爾摩斯説道。

「呃，已經知道的事情，你還問甚麼問？」

「本來我只是懷疑，現在才算是知道啦。好了，蘇珊，你要能讓我知道巴尼的主使是誰的話，十鎊的賞錢還是有的。」

「那是個拿一千鎊當你的十鎊用的人。」

「如此説來，這是個富翁嘍？不對，你笑了，那就是個富婆。好了，話已經説到了這個份兒上，你還不如拿這個人的名字來換一張十鎊的鈔票呢。」

「等你下了地獄再説。」

「噢，蘇珊！注意你的語言！」

「我馬上就離開這兒。我已經受夠了你們這幫人。明天我會叫人來拿我的箱子。」説到這裏，她一頭衝向門口。

---

* 「氣喘的」這個詞的英文是「wheezy」，是「wheeze」（氣喘）的形容詞形式，「wheeze」這個詞在英國俚語中還可以指「花招」，由此看來，「wheezy」可能兼有「心術不正」的意思。

「再見，蘇珊，記得用複方樟腦酊＊……好了，」那個面紅耳赤的憤怒女人帶上房門之後，福爾摩斯突然收起興高采烈的神情，用嚴峻的語調說道，「這幫人可是來真的，看他們的動作有多麼緊湊就知道了。您給我的信蓋的是昨晚十點的郵戳，即便如此，蘇珊已經通知了巴尼，巴尼已經向他的東家作了請示，他那個或男或女的東家——依我看多半是女的，因為我說富翁的時候，蘇珊的笑容說明她覺得我猜錯了——已經拿出了一個計劃，黑鬼斯蒂夫也已經收到了命令，今早十一點就把警告送到了我那裏。您看，他們可真是動作神速。」

　　「可是，他們的目的是甚麼呢？」

　　「是啊，問題就在這裏。您之前的那位房主是誰呢？」

　　「一個名叫弗格森的退休海軍上校。」

　　「他有甚麼特別之處嗎？」

　　「這我倒沒聽說。」

　　「我這麼問，是想知道他會不會把甚麼東西埋在了這座房子裏。當然嘍，今天的人們要埋財寶的話，首選的地點都是郵政銀行。話說回來，哪個年代都有瘋子，沒有他們的話，這世界還顯得單調呢。聽到這件事情，我首先想到的就是埋藏的寶物。可是，果真如此的話，他們要您的傢具來做甚麼呢？您該不會是有拉斐爾真跡或者莎士比亞

＊　複方樟腦酊是一種含有鴉片和樟腦的止痛劑，也可以用來鎮咳，
　　福爾摩斯這是在建議蘇珊用這種藥物來治氣喘。

第一對開本之類的東西*，自個兒卻不知道吧？」

「沒有，依我看，我屋裏沒有比那套王冠德比†茶具更值錢的東西。」

「茶具可不值得他們弄這麼大一套玄虛。還有啊，他們幹嗎不坦白說明自己的目的呢？想要茶具的話，他們完全可以單獨出個價錢，用不着把您的家當一股腦地買下來。不對，依我看，您家裏肯定有甚麼您眼下還不知道、知道了就不會賣的東西。」

「我也是這麼覺得，」我說道。

「華生醫生都表示同意，這事情就算是蓋棺論定。」

「那麼，福爾摩斯先生，那東西會是甚麼呢？」

「咱們不妨試一試，看看能不能通過純粹的理性分析來縮小範圍。首先，您已經在這座房子裏住了一年。」

「快兩年了。」

「兩年更好。這麼長的一段時間裏面，從來都沒有人想買您的東西，眼下呢，三四天之前，有人突然對您的房子產生了迫不及待的興趣。你們說說，這會是甚麼意思呢？」

「這只能有一個意思，」我說道，「也就是說，不管那東西是甚麼，總之是剛剛才來到這座房子裏的。」

「又一次蓋棺論定，」福爾摩斯說道。「好了，麥博

---

* 拉斐爾 (Raphael, 1483–1520) 為意大利文藝復興時期繪畫大師；第一對開本 (the First Folio) 為現存年代最早的莎士比亞戲劇合集，印行時間為 1623 年。

† 王冠德比 (Crown Derby) 是英格蘭德比市出產的一種細瓷，因獲英王准許使用王冠徽記而得名。

「雷太太，屋裏有甚麼新添的東西嗎？」

「沒有，今年我沒有添置任何東西。」

「是嗎！這可真是奇哉怪也。好吧，依我看，咱們最好稍微等等，看看事情怎麼發展，等有了更清楚的資料再說。您那位律師手腳靈便嗎？」

「蘇特羅先生的手腳再靈便不過了。」

「您有沒有別的女僕，換句話說，那個蘇珊，也就是剛剛把您家大門摔得山響的那位文雅女士，她有伴嗎？」

「有個小姑娘。」

「請蘇特羅上您家來住一兩個晚上吧，您興許會需要保護的。」

「保護我免遭誰的傷害呢？」

「誰知道呢？事態確實不夠明朗。既然查不出他們想要甚麼，那我只能從另外一頭下手，把他們的幕後主使查出來。那個所謂的房產經紀給您留地址了嗎？」

「他的名片上只印了職業。海恩斯－約翰遜，拍賣估價師。」

「依我看，人名錄上是不會有他的名字的。正派的商人可不會隱瞞自己的營業地點。好了，再有情況就通知我吧。我既然接下了您的案子，那您就只管放心，我絕不會半道撒手的。」

我們穿過門廳的時候，福爾摩斯那雙明察秋毫的眼睛瞥見了擺在牆角的幾隻箱子，一下子亮了起來。箱子上貼着顯眼的標籤。

「『米蘭。』『盧塞恩。』* 這些箱子是從意大利運來的啊。」

「都是可憐的道格拉斯留下的東西。」

「您還沒有拆包嗎？箱子到了多久了呢？」

「上個星期到的。」

「可您剛才不是說──咳，可不是嘛，這很可能就是那個缺失的環節。箱子裏有沒有值錢的東西，咱們怎麼知道呢？」

「絕對不會有，福爾摩斯先生。可憐的道格拉斯就靠薪水過活，外加一筆小小的年金。他哪會有甚麼值錢的東西呢？」

福爾摩斯陷入了沉思。

「不能再拖了，麥博雷太太，」他終於開了口。「趕緊讓人把這些箱子搬進樓上的臥室，盡快檢查一下箱子裏裝了些甚麼東西。我明天就過來聽您檢查的結果。」

顯而易見，三尖別墅受到了嚴密的監視。剛剛轉過小徑盡頭那道高高的樹籬，我倆就看到了站在樹蔭裏的黑人拳手。我倆冷不丁地碰上了他，荒僻的環境又讓他顯得格外地猙獰可怖，這一來，福爾摩斯不由得把手捂在了自己的口袋上。

「掏槍呢，福爾摩斯先生？」

「不對，我這是在掏香水瓶†，斯蒂夫。」

---

* 盧塞恩 (Lucerne) 為瑞士中部城市。此處提及這個城市，意思應該是箱子途經此地。

† 參見前文中的「我不喜歡你身上的氣味」。

「您可真逗，福爾摩斯先生，不是嗎？」

「我要是盯上了你，斯蒂夫，那你就不覺得逗啦。今天早上，我已經說得很清楚了。」

「呃，福爾摩斯先生，我已經好好地想了想您說的話，還有啊，我不想再聽人提珀金斯先生那件事了。您要是用得着我的話，福爾摩斯先生，我會幫忙的。」

「很好，那你就告訴我，這件活計是誰派給你的。」

「我的老天呀！福爾摩斯先生，我已經把實話告訴您了啊。我真的不知道。下命令的是我的老闆巴尼，別的我就不知道了。」

「好吧，斯蒂夫，你給我記好嘍，這座房子裏的這位女士，還有房子裏的所有東西，全都是受我保護的。你可別忘了。」

「好的，福爾摩斯先生，我會記着的。」

「華生，他已經被我嚇得靈魂出竅，光顧着擔心自個兒的小命了，」我倆繼續前行，福爾摩斯如是說道。「照我看，他並不是不想出賣東家，僅僅是不知道東家是誰而已。幸虧我對斯賓塞·約翰那幫子人略有所知，斯蒂夫又剛好是其中的一員。好了，華生，這種案子是朗代爾·派克的特長，我這就過去找他。回來的時候，我興許會比現在更有頭緒。」

當天我沒有再和福爾摩斯碰面，可我完全能夠想像，接下來的時間他是怎麼打發的，因為朗代爾·派克是他的活字典，可以提供關於社交醜聞的一切情報。只要是醒着，這個懶洋洋的古怪傢伙總是坐在聖詹姆斯大街一家俱

樂部的凸肚窗前，充當倫敦城裏所有流言的接收站和發射台。他每週都會向那些一味迎合獵奇公眾的垃圾小報提供稿件，由此換來了據說是高達四位數的年收入。倫敦生活潮水的昏暗深處一旦有了甚麼不尋常的漩渦或者亂流，馬上就會被漂在水面上的這個活羅盤以自動機械一般的精準方式記錄下來。福爾摩斯經常都在不露痕跡地幫朗代爾搜集情報，偶爾也會得到朗代爾禮尚往來的幫助。

第二天一早，我在貝克街見到了我的朋友。他的神情說明一切順利，即便如此，等着我們的仍然是一個大煞風景的意外。具體說來，意外就是以下這封電報：

烦請即刻前來。主顧居所夜間失盜。警察已到現場。

蘇特羅

福爾摩斯吹了一聲口哨。「這齣戲已經發展到了緊要關頭，速度也快得超出了我的預料。事情的背後有一股強大的驅動力，華生，根據我聽說的情況來看，這倒也不足為奇。當然嘍，發電報的蘇特羅就是主顧的律師。我沒有讓你住在主顧家裏充當警衛，恐怕是有點兒失算。事實證明，蘇特羅這個傢伙顯然是一根折斷的蘆葦*。好了，咱們別無他法，只能再往哈羅荒地跑一趟啦。」

三尖別墅頭一天還是一戶井然有序的人家，眼下卻已經面目全非。花園的門口聚起了一小群閒人，兩名警員正在檢查窗戶和種着天竺葵的花床。進屋之後，我們見到了

---

* 「折斷的蘆葦」典出《聖經·以賽亞書》：「看哪，你拿埃及當撐腰的拐杖，可它不過是一根折斷的蘆葦。」

一位頭髮花白的老先生，他向我們自報家門，說自己就是那個律師。此外還有一位忙忙叨叨、臉色紅潤的督察，他跟福爾摩斯打了個招呼，口氣像老朋友一樣熟絡。

「咳，福爾摩斯先生，要我說，這件案子恐怕沒有你發揮的餘地。這不過是一件普普通通的竊案，我們這些本領低微的警察完全可以應付，用不上專家的幫助。」

「我完全相信，案子已經到了非常能幹的人手裏，」福爾摩斯說道。「你說這只是普通竊案，對吧？」

「一點兒不錯。我們非常清楚是誰幹的，也知道該上哪兒去抓他們。作案的是巴尼·斯托克代爾那幫子人，那個黑大漢也在其中——有人看見他們在這一帶活動。」

「幹得好！他們偷了甚麼呢？」

「呃，好像是沒偷多少東西。他們用氯仿麻醉了麥博雷太太，還把房子翻得——哈！太太本人已經來了。」

我們昨天結識的那位友人已經由一名小女僕攙進了房間，臉色慘白、面有病容。

「您的建議非常明智，福爾摩斯先生，」她苦笑着說道。「唉，我竟然沒聽您的！我不想麻煩蘇特羅先生，所以就沒有請他來保護我。」

「我今天早上才聽說這件事情，」律師解釋道。

「福爾摩斯先生建議我請一些朋友到家裏來住，可我沒有理會他的建議，結果就為此付出了代價。」

「您好像病得很厲害啊，」福爾摩斯說道。「恐怕您精神不濟，沒法講述事情的經過吧。」

「事情的經過都在這裏，」督察說道，敲了敲他那個厚厚的記事本。

「即便如此，如果太太的精神不是特別衰弱的話——」

「其實也沒甚麼可講的。我敢肯定，可惡的蘇珊替他們安排好了進門的路線，他們一定是對我的房子瞭如指掌。我意識到有人把一團浸過氯仿的破布捂在了我的嘴上，緊接着就失去了知覺，也不知道自己昏睡了多長時間。醒過來的時候，我發現一個男的站在我的床邊，另一個剛剛從我兒子的遺物當中站起身來，手裏拿着一捆東西。那人已經把我兒子的遺物拆開了一些，東西扔得滿地板都是。他還沒來得及逃走，我就撲過去抓住了他。」

「您這樣可太冒險啦，」督察說道。

「我揪着他不放，可他甩開了我，另一個興許打了我一下，因為我不記得後面的事情。女僕瑪麗聽見了動靜，於是就衝着窗外大聲呼救。警察聞聲趕來，可那些流氓已經跑了。」

「他們拿走了甚麼呢？」

「呃，我看這屋裏沒少甚麼值錢的東西。我可以肯定，我兒子的箱子裏沒有油水。」

「那些人沒留下甚麼線索嗎？」

「有一張紙，興許是我從那個被我揪住的人手裏奪下來的。那張紙皺巴巴地攤在地上，上面的文字是我兒子的筆跡。」

「這就說明它沒有甚麼用處，」督察說道。「如果是竊賊的筆跡的話——」

「說得對，」福爾摩斯說道。「不愧是老江湖，真有常識！話是這麼說，我還是有點兒好奇，想看看那張紙。」

督察從記事本裏拿出了一張折疊起來的富士紙*。

「我從不放過任何細節，再小的細節也不例外，」他的口氣多少有點兒洋洋自得。「我建議你也這麼做，福爾摩斯先生。我幹了二十五年的警察，學到了不少東西。紙上總是有可能留下指紋之類的線索的。」

福爾摩斯仔細地看了看那張紙。

「你覺得這是甚麼東西呢，督察？」

「據我看，這好像是一部古怪小說的結尾。」

「說不定，它確實會成為一個古怪故事的結尾，」福爾摩斯說道。「你肯定注意到了這張紙頂端的頁碼吧。頁碼是二百四十五，前面的二百四十四頁到哪裏去了呢？」

「呃，我看是讓竊賊給拿去了。但願他們能拿它派上大用場！」

「闖到別人家裏去偷這樣的紙片，事情好像有點兒古怪啊。你沒有從中得到甚麼提示嗎，督察？」

「有的，先生，提示就是這些竊賊手忙腳亂，碰到甚麼就拿甚麼。但願他們會對自己的收穫感到滿意。」

「他們幹嗎要衝我兒子的東西下手呢？」麥博雷太太問道。

---

* 富士紙 (foolscap) 是一種規格約為 13X16 英寸的書寫紙，略大於 A3 紙。

「這個嘛，他們發現樓下沒有值錢的東西，於是就到樓上去碰運氣。這就是我的看法。你有甚麼高見呢，福爾摩斯先生？」

「我還得好好想想，督察。到窗子邊上來吧，華生。」接下來，我倆一起站在窗邊，他把紙上的殘篇讀了一遍。紙上的文字從一個半截的句子開始，內容如下：

……臉上的刀口和毆傷血流如注，然而，跟他那顆淌血的心相比，這樣的傷痛又算得了甚麼呢，因為他看到了屋裏那張可愛的臉龐、那張他願意為之獻出生命的臉龐，那張臉正在隔著窗子觀看他的痛苦和屈辱。她微微一笑——是啊，老天作證！他抬起頭來看她的那一刻，她竟然微微一笑，露出了冷血惡魔的本來面目。就從那一刻開始，愛情凋謝，仇恨萌芽。人活著總得有個目標。如果不是為了您的擁抱，我親愛的女士，那就只能是為了您的毀滅、為了討回我全部的公道。

「好怪的文法！」福爾摩斯微微一笑，把那張紙還給了督察。「『他』突然變成了『我』，這一點你注意到了嗎？作者深深地陷進了自己寫下的故事，寫到高潮之處，竟然把自己當成了故事中的主人公。」

「我覺得這玩意兒蹩腳之極，」督察一邊說，一邊把那張紙放回了記事本裏。「甚麼？你這就要走嗎，福爾摩斯先生？」

「依我看，案子既然落到了這麼能幹的人手裏，我待在這兒也是多餘。對了，麥博雷太太，您是說您打算出去旅行嗎？」

「這一直都是我的夢想，福爾摩斯先生。」

「您想去哪兒呢——開羅、馬德拉*，還是里維埃拉？」

「噢，要是有那麼多錢的話，我倒想環遊世界呢。」

「想法不錯。環遊世界。好了，再見，晚上我興許會捎信給您。」我倆經過窗邊的時候，我瞥見了那位督察，只見他面帶微笑、大搖其頭，彷彿是在說，「這些聰明的傢伙啊，身上總帶着一點兒瘋子的味道。」

「好了，華生，咱們這次短暫的旅程已經進入了最後的一個階段，」再一次回到倫敦市中心的喧囂街巷之後，福爾摩斯說道。「依我看，咱們最好趕緊解決這件事情。你跟我一塊兒去吧，跟伊薩多拉·克萊因這樣的女士打交道，還是有個見證比較保險。」

我們已經坐上了一輛出租馬車，正在飛速趕往位於格羅斯夫納廣場†的某個地點。福爾摩斯一直在沉思默想，眼下卻冷不丁地打開了話匣子。

「對了，華生，事情的原委，你應該已經完全明白了吧？」

「沒有，我可不敢這麼說。我只想明白了一件事情，咱們去見的這位女士正是所有這些壞事的主謀。」

「一點兒不錯！不過，難不成，伊薩多拉·克萊因這個名字沒有讓你聯想到甚麼嗎？當然嘍，她就是**那個**眾

---

* 馬德拉 (Madeira) 是北大西洋上的一個群島，為著名旅遊勝地。

† 格羅斯夫納廣場 (Grosvenor Square) 位於倫敦西區，是當時倫敦最上流的住宅區之一。

所周知的美人兒，從來沒有哪個女人能跟她相提並論。她擁有純粹的西班牙血統，是那些作威作福的美洲殖民者留下的嫡系苗裔，她的族人已經在伯南布哥＊統治了幾個世代。她先是嫁給了年邁的德國糖業大王克萊因，沒多久就變成了世界上最有錢也最美貌的寡婦。這之後，她進入了一段為所欲為、豔遇不斷的時期，有過好幾個情人，其中之一就是道格拉斯・麥博雷、全倫敦數一數二的美男子。種種跡象表明，這對道格拉斯來說可不只是一場豔遇。他不是社交場上的花蝴蝶，而是一個意志堅定、心高氣傲的男人，可以為對方付出一切，也要求對方用一切來回報。她呢，卻是個傳說當中的『無情尤物』†。瞬間的激情得到滿足之後，她就不會再有繼續的興致，如果對方不聽她的勸告，她也有迫使對方認清形勢的方法。」

「這麼說的話，他寫的是他自個兒的故事嘍——」

「哈！你終於把各種事實拼成了一個整體。我聽說她正要跟洛蒙德公爵結婚，公爵的年紀小得都可以做她的兒子啦。如果只是年齡的差距，公爵大人的母親興許還可以視而不見，要是有一樁巨大的醜聞，那就是另外一回事了，所以呢，不可避免的是——哈！咱們到了。」

眼前的房子是倫敦西區最精美的把角住宅之一，一名形同機器的男僕把我們的名片遞了進去，跟着就出來回覆

＊　伯南布哥 (Pernambuco) 是今日巴西的一個州，曾經是葡萄牙（葡萄牙在 1580 至 1640 年之間是西班牙的一部分）和荷蘭的殖民地。

†　「無情尤物」原文為法語「_belle dame sans merci_」，法國詩人阿蘭・夏蒂埃 (Alain Chartier, 1385 ？ –1430) 和英國詩人濟慈 (John Keats, 1795–1821) 都寫過以此為題的詩歌。

我們，女主人不在家。「那我們就在這裏等她回來好了，」福爾摩斯興高采烈地說道。

機器僕人頓時有點兒運轉不靈。

「不在家的意思就是，對**你們**來說不在家，」僕人說道。

「很好，」福爾摩斯回答道。「意思就是我們用不着等。麻煩你把這張條子交給你的女主人。」他從記事本上撕下一張紙，草草地寫了幾個字，然後就把紙折疊起來，遞給了那個僕人。

「你寫了些甚麼，福爾摩斯？」我問道。

「很簡單：『要不然，讓警察來？』依我看，這張條子應該能讓咱們通行無阻。」

條子果然見效，速度還快得出奇。一分鐘之後，我們已經走進了一間美奐美輪的大客廳，房間裏半明半暗，還打着烘托氣氛的粉色電燈光，讓人恍如置身於《一千零一夜》當中的奇異世界。按我的感覺，眼前的女士已經步入了某個特定的人生階段，到了這個階段，即便是最自矜容色的美人也會對半明半暗的光線產生偏愛。我們進房的時候，她從一張長椅上站了起來，只見她身材頎長、氣度雍容、線條完美，美麗的臉龐宛如面具，勾魂攝魄的西班牙眼睛殺氣騰騰地看着我們。

「為甚麼要來打擾我——這張出言不遜的條子又是怎麼回事？」她舉着那張紙片問道。

「這還用得着我來解釋嗎，夫人。我不想解釋，是因為我非常敬重您的智力——當然嘍，坦白說的話，最近這

段時間，您的智力出現了令我始料未及的故障。」

「這話怎麼講，先生？」

「因為您竟然以為，僱幾個打手就可以嚇得我停止工作。可想而知，要不是喜歡冒險的話，誰也不會挑上我這個行當。如此說來，我之所以要調查麥博雷這個小伙子的事情，全都是讓您給逼的。」

「我壓根兒就不知道您在說甚麼。那些受人僱傭的打手跟我有甚麼關係？」

福爾摩斯不勝其煩地轉過了身。

「沒錯，我確實低估了您的智力。好吧，再見！」

「站住！您這是要去哪兒？」

「蘇格蘭場。」

我們往門口還沒走到一半，她已經追了上來，拽住了福爾摩斯的胳膊。就這麼一眨眼的工夫，她已經從鋼鐵變成了絲絨。

「回來坐下吧，兩位，咱們好好談談這件事情。我覺得我可以跟您實話實說，福爾摩斯先生，因為您一看就是一位紳士。要判斷這些事情，女人的直覺是很靈的。我會把您當朋友看的。」

「我可不敢保證投桃報李，夫人。我雖然不能代表法律，可我會盡自己的綿薄之力去充當正義的代言人。我可以聽您辯解，然後再把我的決定告訴您。」

「毫無疑問，我試圖恐嚇一個像您這麼勇敢的人，確實是非常愚蠢。」

「真正愚蠢的是，夫人，您把自己交到了一幫流氓手

裏，隨時可能面臨他們的勒索和出賣。」

「不，不是這樣！我沒有那麼幼稚。既然已經答應跟您實話實說，那我可以告訴您，除了巴尼・斯托克代爾和他妻子蘇珊之外，其他人一點兒都不知道自個兒的東家是誰。至於他們兩個嘛，這又不是第一次——」說到這裏，她微笑着頜首示意，擺出了一種風情萬種的親暱姿態。

「我明白，您以前就考驗過他倆的忠誠。」

「他倆都是光咬人不出聲的好狗。」

「這樣的狗遲早會沾上反咬主人的習性。他倆都會因為這一次的竊案遭到逮捕，警察已經盯上了他倆。」

「他倆會坦然面對後果的，我僱他倆為的就是這個。我不會牽連進去的。」

「除非我把您送進去。」

「不，不會，您不會那麼做的。您是一位紳士，這可是女人的隱私啊。」

「首先，您必須歸還那部手稿。」

她發出一陣銀鈴般的笑聲，走到壁爐跟前，用撥火棍攪散了壁爐裏的一堆餘燼。「您要我拿這個去還嗎？」她問了一句。她站在我倆面前，臉上帶着挑釁的微笑，那副模樣實在是極其無賴、極其嫵媚，致使我油然覺得，在福爾摩斯緝拿過的所有罪犯當中，最讓他頭疼的肯定就是眼前的這一個。然而，他這個人是沒有感情的。

「既然如此，您的結局就算是注定了，」他冷冷地說道。「您的動作確實快，夫人，這一次卻快得過了頭。」

「咣噹」一聲，女士扔掉了手裏的撥火棍。

「您可真是鐵石心腸！」她大叫一聲。「需要我把整個兒的故事講給您聽嗎？」

「依我看，我倒是可以講給您聽。」

「可您必須從我的視角來看一看這件事情，福爾摩斯先生，必須設身處地地想一想，一個眼看畢生抱負功敗垂成的女人會怎樣理解這樣的事情。女人在這樣的情形之下奮起自衛，又有甚麼可指責的呢？」

「您這是自作孽不可活。」

「是，是！這一點我也承認。道格拉斯是個惹人疼愛的孩子，不巧的是，他跟我的計劃水火不容。他想要婚姻——婚姻哪，福爾摩斯先生——自己卻只是一個身無分文的平頭百姓。除了婚姻之外，其他的東西他一概不要。然後呢，他開始糾纏不休。他似乎是以為，既然我曾經給予，那就得繼續給予，而且只能給他一個人。這可真讓我受不了啦。到最後，我不得不讓他認清形勢。」

「方法就是僱來幾名暴徒，在您自個兒的窗子底下毆打他。」

「看樣子，您真的是甚麼都知道啊。呃，您說得沒錯，巴尼帶着幾個伙計趕走了他，方式嘛，我承認確實有點兒粗暴。可是，接下來，他又是怎麼幹的呢？一位紳士竟然能幹出這樣的事情，叫我怎麼相信呢？他把自己的事情寫成了一本書，按照書裏面的說法，我當然是一頭惡狼，他則是一隻小羊羔。我倆的事情都在裏面，人的名字固然變了，可是，全倫敦有誰看不出來呢？您覺得他這種行為怎麼樣，福爾摩斯先生？」

「呃，他只是在行使自己的正當權利。」

「情形就像是意大利的空氣滲進了他的血液，讓他染上了意大利人那種古老的殘忍性情。他寫了封信給我，還寄來了一部書稿，為的是讓我預先領略禍事臨頭的煎熬。他告訴我，書稿一共有兩部，一部給了我、一部給了他的出版商。」

「您怎麼知道他的出版商沒有收到書稿呢？」

「我知道他的出版商是誰，他又不是只寫過這一本小說，對吧。我發現他的出版商並沒有收到從意大利寄來的東西，後來又聽到了道格拉斯突然去世的消息。只要另一部書稿還在世間，我就沒有安全可言。當然嘍，書稿肯定是在他的遺物之中，而他的遺物必然會回到他的母親那裏。於是我就讓那幫人行動起來，其中一個還以僕人的身份混進了他母親的房子。我本來想用正當的方法解決這件事情，我確確實實是這麼想的。我願意買下那座房子，還有房子裏的所有東西，她要甚麼價，我就給甚麼價。其他辦法全都宣告失敗之後，我才用上了另外一種辦法。好啦，福爾摩斯先生，我承認我對道格拉斯太過殘忍——還有啊，老天作證，我真的覺得很內疚！——可我全部的前程都面臨着付諸流水的危險，我還能怎麼辦呢？」

歇洛克·福爾摩斯聳了聳肩。

「好吧，好吧，」他說道，「照我看，我又得用上往常那種賠錢私了的辦法啦。按頭等的標準環遊世界，得要多少錢才夠呢？」

女士莫名其妙地盯着他。

「五千鎊夠嗎？」

「呃，我看是夠了，不夠才怪！」

「很好。我建議您按這個數目開張支票，我負責把它轉交麥博雷太太。您有義務幫她換換環境。還有啊，夫人」——他豎起食指，正顏厲色地晃了晃——「小心哪！小心！老是擺弄一些帶尖帶刃的玩意兒，總有一天會割破您那雙纖纖玉手的。」

薩塞克斯吸血鬼

　　福爾摩斯仔仔細細地讀完了上一班郵差送來的一封短束，跟着就把它扔給了我，同時還無聲無息地乾笑了一下，在他而言，這已經是最接近於啞然失笑的舉動了。

　　「按我看，作為現代氣息與中古風貌、務實精神與荒唐異想的混合體，這封短束真可謂登峰造極，」他說道。「你怎麼看呢，華生？」

　　這封短束內容如下：

事由：吸血鬼

敬啓者：

　　敏星巷弗格森－繆黑德茶行之羅伯特・弗格森先生為敝行主顧，是日曾向敝行垂詢吸血鬼事宜。敝行專業機械估價，經營事項之中並無此等名目，有鑑於此，敝行已介紹弗格森先生前往貴處求教。尊駕曾成功偵辦瑪蒂爾達・布里格斯一案，敝行至今銘感。

莫里森－莫里森－多德律師行謹上

E.J.C 執筆

十一月十九日於老猶太街 46 號

　　「華生啊，『瑪蒂爾達・布里格斯』可不是甚麼妙齡女子，」福爾摩斯的聲音浸透了往事的回憶。「那是一艘船，跟蘇門答臘巨鼠有關，那件案子還沒到可以公之於世

的時候。可是，咱們對吸血鬼又有多少了解呢？這能算是咱們的經營事項嗎？管他呢，有事做總比閒着好，話說回來，咱們真的有點兒像是突然走進了格林童話哩。麻煩你伸伸胳膊，華生，讓我瞧瞧『V』字頭下面有些甚麼東西＊。」

我往後一仰，把他說的那本大部頭索引拿了下來。索引裏有他那些舊案的記錄，還有他用畢生精力搜集來的各種資料。福爾摩斯把索引擱在膝上，飽含深情地慢慢瀏覽着那些條目。

「『蘇格蘭之星號』航行記錄†，」他念道。「那件事情真是糟透了。華生啊，我還記得你把它寫成了故事，只可惜我對那篇作品不敢恭維。維克托·林奇，貨幣偽造犯。帶毒蜥蜴，又名大毒蜥。要我說，那可真是件不尋常的案子！維托利亞，馬戲團女演員。范德比爾特和金庫竊匪。蝰蛇。維戈爾，漢默史密斯街區的非凡人物。嘿！嘿！好一本索引，簡直是無與倫比。聽聽這個，華生，匈牙利的吸血鬼迷信。接下來還有呢，特蘭西瓦尼亞的吸血鬼‡。」他興沖沖地繼續往下翻，不過，他只是聚精會神地研讀了一小會兒，跟着就大失所望地咆哮一聲，扔下了那本大部頭。

＊　這篇故事首次發表於 1924 年 1 月；吸血鬼的英文是「vampire」，下文當中的「航行記錄」、「維克托」、「有毒的」、「維托利亞」、「范德比爾特」、「蝰蛇」和「維戈爾」等詞的英文首字母也是「v」。

†　相關記載可參見《「蘇格蘭之星號」三桅帆船》。

‡　漢默史密斯 (Hammersmith) 是倫敦的一個街區；特蘭西瓦尼亞 (Transylvania) 是羅馬尼亞北部的一個地區，曾經屬於奧匈帝國。愛爾蘭作家布熱姆·斯托克 (Bram Stoker, 1847–1912) 的吸血鬼驚悚小說《德拉庫拉》(*Dracula*, 1897) 即以此地為背景。

「胡扯，華生，全是胡扯！據說，要想讓那些行屍走肉老老實實地待在墳墓裏，唯一的辦法就是把尖樁釘進他們的心臟，這種貨色跟咱們能有甚麼關係呢？這純粹是瘋子的胡言亂語嘛。」

「不過，」我說道，「吸血鬼並不一定都是死人，對吧？活人也有可能沾上吸血的習性。舉個例子說吧，我曾經讀到過一些記載，說有些老人會去吸年輕人的血，靠這個來留住青春。」

「你說得對，華生。我這本索引也提到了這個傳說。可是，這樣的事情能當真嗎？我這家偵探社 * 穩穩當當地立在地面上，以後也不會飛到天上去。對咱們來說，現實的世界就已經夠大的了，用不着添上甚麼鬼魂。依我看，咱們可不能把羅伯特‧弗格森先生的話太當回事。這兒還有一封信，說不定就是他寫來的，可以讓咱們知道他究竟在擔心甚麼。」

之前他光顧着研究前面所說的那封短柬，沒有理會擺在桌上的另一封信，到這會兒才把它拿了起來。剛開始讀的時候，他臉上帶着興致盎然的笑容，讀着讀着，他的笑容漸漸褪去，取而代之的是一種緊張專注的神情。讀完之後，他坐在那裏沉思了一小會兒，夾在指間的信紙晃來晃去。接下來，他猛一激靈，回過了神。

---

* 「我這家偵探社」的原文是「this agency」，故事下文也出現過一次。福爾摩斯的「偵探社」從未在其他故事當中出現，這裏也應該只是開玩笑。當然，把貝克街 221B 理解為一家只有一名偵探的偵探社，亦無不可。

「蘭伯里的奇斯曼宅邸。蘭伯里在甚麼地方呢，華生？」

「在薩塞克斯郡，霍舍姆的南邊*。」

「不算太遠，對吧？奇斯曼宅邸又是怎麼回事呢？」

「那一帶我很熟悉，福爾摩斯。那邊有很多幾百年前建造的老宅，宅子的名字都是建房者的姓氏，比如奧德利宅邸、哈維宅邸、卡瑞頓宅邸——建宅子的人早已湮沒，姓氏卻借着宅子傳了下來。」

「的確如此，」福爾摩斯不鹹不淡地説道。他驕傲內斂的天性之中包含着一個特異之處，也就是説，他會不聲不響地把新的知識變成腦子裏的精確記憶，但卻很少會向知識的提供者表示任何謝意。「按我看，事情結束之前，咱們對奇斯曼宅邸的了解肯定會比現在多得多。不出我的預料，這封信確實是羅伯特・弗格森寫來的。對了，他還説他認識你呢。」

「認識我！」

「你自己讀一讀吧。」

他把信遞給了我，抬頭的地址如前所述。信中寫道：

親愛的福爾摩斯先生：

　　我的律師建議我向您請教，不過，這件事情實在是極其敏感，簡直讓人難於啟齒。事情牽涉到我的一個朋友，我是代表他來跟您聯繫的。大概五年之前，這

---

* 薩塞克斯 (Sussex) 是英格蘭東南部一片歷史悠久的地域，當時雖然分為東西兩部，名義上卻是一個郡，到 1974 年才分為東薩塞克斯和西薩塞克斯兩個郡；霍舍姆 (Horsham) 是薩塞克斯郡的一個城鎮 (今屬西薩塞克斯郡)，東北距倫敦約 50 公里。

位先生娶了一位秘魯商人的女兒，他跟這位商人的交情是通過進口硝酸鹽業務建立起來的。他的妻子非常美麗，只可惜出身異國，信的又是異教，以致夫妻之間總是有點兒志趣不合。這樣一來，一段時間之後，他興許已經不再像以前那樣深愛他的妻子，興許還覺得這場婚姻是個錯誤。按他的感覺，妻子的性情之中包含着一些他永遠無法觸及、永遠無法理解的因素。這樣的局面格外讓人痛苦，因為她是個再癡心不過的好妻子，從各方面來看都對丈夫死心塌地。

接下來我打算講一講大致的情況，詳情可以等我們見面的時候再談。說實在的，這封信只是想讓您對事態有一個整體的了解，同時也想問一問您，是否願意介入此事。他的妻子已經表現出了一些怪異的毛病，跟她平常那種溫柔可愛的性情大相逕庭。這位先生結了兩次婚，前妻給他留下了一個兒子。這孩子已經十五歲了，非常惹人疼愛，而且非常孝順，只可惜童年的時候遇上過一次意外，受到了嚴重的傷害。有人兩次撞見這個做妻子的無緣無故地痛打這個可憐的孩子，有一次還用上了手杖，把孩子的胳膊打出了一道可怕的血印。

不過，跟她對待親生兒子的方法相比，前面這些都只能算是小事一樁。她的兒子將近一歲，是個非常可愛的嬰孩。有那麼一次，時間大概是一個月之前，保姆去了別處，讓這個嬰孩自個兒待了幾分鐘。嬰孩突然大聲哭喊，似乎是覺得疼痛，嚇得保姆趕緊跑了回

去。跑進房間的時候，她發現女主人趴在嬰孩身上，顯然是正在咬嬰孩的脖子。嬰兒的脖子上有個小小的傷口，還有一道血跡。保姆驚駭萬分，當時就想去叫男主人，女主人卻懇求她不要這麼做，還實實在在地給了她五鎊封口費。女主人沒作任何解釋，這場風波就算是暫時平息了。

不過，這件事情給保姆留下了可怕的印象，她從此就密切地留意着女主人的舉動，對嬰孩的看護也更加仔細，因為她很疼這個孩子。按她的感覺，她監視着孩子的母親，孩子的母親也在監視她，每當她被迫撇下孩子的時候，孩子的母親總是在等着接近孩子。保姆日日夜夜地保護着孩子，這位無聲無息、全神戒備的母親也日日夜夜地守在一旁，彷彿是一頭窺伺羊羔的惡狼。讀到這裏，您一定覺得難以置信，可我懇求您務必認真對待，因為這件事情關係到一個孩子的生死，還關係到一個男人能否保全自己的神智。

可怕的日子終於降臨，因為保姆無法再對男主人隱瞞真相。她已經精神崩潰，再也承受不起這樣的壓力，於是就向男主人坦白了一切。您興許覺得這些都是天方夜譚，他剛開始的感覺也跟您一樣。他知道妻子對他情深愛重，對孩子也是呵護備至，只有毆打繼子的事情是個例外。既然如此，她怎麼會傷害她親生的小寶貝呢？他斥責保姆白日做夢，說她的懷疑全都是瘋子的妄想，還說她這種誹謗女主人的行為實在是讓人無法容忍。話還沒有說完，屋裏突然響起了一聲

痛苦的叫喊，他就和保姆一起衝進了兒童房。他看見她妻子正從嬰兒床的旁邊直起身來，又看見孩子的脖子露在外面，脖子和床單上都有血跡，想想吧，福爾摩斯先生，他當時是一種怎樣的感覺。男主人驚駭地大叫一聲，把妻子的臉轉到亮處，立刻發現妻子的嘴上沾滿了鮮血。是她，絕絕對對是她，剛剛吸了這個可憐嬰孩的血。

他家的情況就是這樣。眼下呢，做妻子的把自己關在了房間裏，沒有提供任何解釋，做丈夫的則處於神經錯亂的邊緣。對於吸血鬼，他跟我都是只聞其名，本來還以為這僅僅是異國他鄉的無稽之談呢。沒想到，這樣的事情竟然出現在了英格蘭薩塞克斯郡的心臟地帶。算了，這些事情還是等明天上午見面的時候再談吧。您願意見我嗎？願意用您的非凡本領幫助一個六神無主的人嗎？願意的話，麻煩您發封電報到蘭伯里的奇斯曼宅邸，收報人就寫弗格森。收到電報之後，我會在明天上午十點鐘登門求教。

您忠實的朋友，羅伯特·弗格森

又：據我所知，您的朋友華生曾經是布萊克希斯橄欖球俱樂部的隊員，當時我是里奇蒙俱樂部的中衛 *。

---

* 布萊克希斯 (Blackheath) 是倫敦南部的一片區域，布萊克希斯俱樂部始創於 1858 年，是英格蘭歷史最悠久的橄欖球俱樂部；里奇蒙俱樂部 (Richmond) 始創於 1861 年，位於當時屬於薩里郡的里奇蒙區，離倫敦很近；《失蹤的中衛》當中的主人公戈德弗雷·斯坦頓同時是劍橋大學校隊和布萊克希斯俱樂部的隊員。在《失蹤的中衛》當中，華生對當時的頂尖橄欖球運動員一無所知，似乎與他在這個故事裏的橄欖球運動員履歷不太吻合。

關於這次會面，我只有這麼一點兒引見之資。

「我當然記得他，」我一邊說，一邊把信放回了桌子上。「大塊頭鮑勃‧弗格森＊可是里奇蒙俱樂部有史以來最棒的中衛呢。他這個人一向熱心，像這樣為朋友的事情牽腸掛肚，確實是他的作風。」

福爾摩斯若有所思地看着我，搖了搖頭。

「我真不知道你智力的底線在哪裏，華生，」他說道。「你總是能拋出一些讓我驚異的想法。好了，乖乖地幫我寫封電報吧，電文是『樂意調查您的事情。』」

「**您的**事情！」

「咱們可不能讓他以為，我這家偵探社是一個收容低能兒的慈善機構。這當然是他自個兒的事情。把電報發給他吧，明早再談這件事情。」

第二天上午十點整，弗格森大步走進了我們的房間。我記憶中的他是個頎長瘦削的人，憑借敏捷的身手和飛快的速度突破過不知道多少名敵方後衛的攔截。可想而知，如果你見過一位優秀運動員全盛時期的模樣，眼下卻發現他僅餘骸骨，人生之中的憾事莫過於此。他偉岸的身形已經坍塌，亞麻色的頭髮稀稀拉拉，肩背也佝僂如弓。要我說，看到我的時候，他恐怕也產生了同樣的感覺。

「嗨，華生，」他開口說道，聲音倒是跟以前一樣渾厚熱忱。「那一次在老鹿公園†，我把你隔着繩子扔進了

＊ 「鮑勃」(Bob) 是「羅伯特」(Robert) 的暱稱。
† 老鹿公園 (Old Deer Park) 真實存在，位於里奇蒙。

人群，要我説，你眼下的樣子可跟那時大不一樣啦。依我看，我自個兒肯定也變了一點兒。不過，最近這一兩天才真是讓我老了不少。福爾摩斯先生，您的電報已經讓我明白，假裝別人的代表是一件毫無用處的事情。」

「還是直來直去比較簡單，」福爾摩斯説道。

「那是自然。可您肯定能夠理解，我談論的是我最應該保護、最應該幫助的那個女人，確實是很難開口。我能怎麼辦呢？總不能把這樣的事情交給警察吧？可是，孩子們的安全也不能不保護啊。這只是一時的瘋狂嗎，福爾摩斯先生？會不會是天生的呢？您以前見過類似的事情嗎？看在上帝份上，給我一些指點吧，我真的已經一籌莫展了啊。」

「您這種反應十分正常，弗格森先生。好了，您到這邊坐下，打起精神好好回答我幾個問題。我可以跟您打包票，我不僅是遠遠沒到一籌莫展的地步，而且有信心找出一個解決的辦法。首先，請您把您已經採取的措施告訴我。您的妻子還在孩子們的身邊嗎？」

「當時的場面可怕極了。她是個情深愛重的女人，福爾摩斯先生。要説這世上有哪個女人全心全意地愛過一個男人的話，她就是這麼愛我的。看到我撞破了她那個毛骨悚然、匪夷所思的秘密，她傷心到了極點。她連話都不肯説，根本不反駁我的指責，只是直勾勾地看着我，眼神又狂野又絕望。接下來，她一頭衝進自己的房間，把自己鎖了起來，再也不肯跟我見面。她有個從娘家帶來的女僕，名字叫做多蘿蕾絲，不像是她的僕人，倒像是她的朋友。這個女僕負責給她送飯。」

「如此説來，那個孩子暫時沒有危險嘍？」

「保姆梅森太太已經發了誓，日日夜夜都不會離開孩子。保姆那邊倒沒有甚麼不放心的，我只是有點兒擔心我可憐的小傑克，我不是在信裏説了嘛，我妻子打過他兩次。」

「可他應該沒有傷着吧？」

「傷倒是沒傷着，可她下手很重。更讓她這種行為顯得可怕的是，傑克不過是可憐的小瘸子，從來都不招人討厭，」説到兒子的時候，弗格森憔悴的面容變得柔和起來。「按常理説，誰看見這個乖孩子的殘疾都會心軟啊。這是因為他小的時候摔過一跤，脊柱受了損傷，福爾摩斯先生。他身體雖然有殘疾，性情卻乖巧極了、孝順極了。」

福爾摩斯已經把前一天的信拿了起來，重新讀了一遍。「您的宅子裏還有些甚麼人呢，弗格森先生？」

「還有兩個剛來不久的僕人。此外就是馬夫邁克爾，他也睡在我們那座宅子裏。再算上我妻子、我自己、我兒子傑克、小傢伙、多蘿蕾絲和梅森太太，別的就沒有了。」

「依我看，結婚的時候，您對您的妻子並不是非常了解吧？」

「那時我剛認識她幾個星期。」

「這個名叫多蘿蕾絲的女僕跟了她多久呢？」

「好些年了。」

「如此説來，多蘿蕾絲應該比您更了解您妻子的性格吧？」

「是的，這麼説也不為過。」

福爾摩斯把這一點記在了本子上。

　　「按我看，」他說道，「我去蘭伯里應該會比待在這兒有用。這件案子顯然需要親身調查。既然這位女士待在房間裏不露面，我們的到場也不會對她造成冒犯和不便。當然嘍，我們會住在旅館裏的。」

　　弗格森做了個如釋重負的手勢。

　　「這正是我的期望，福爾摩斯先生。您要是能去的話，維多利亞車站有一班兩點鐘的火車，時間正合適。」

　　「我們當然能去。這一陣的業務比較清淡，我可以全力調查您的事情。當然，華生也會跟咱們一起去的。不過，出發之前，還有一兩個細節需要徹底弄清。按我的理解，這位不幸的女士似乎對兩個孩子都下過手，一個是她親生的嬰孩，一個是您年少的兒子，對吧？」

　　「確實是這樣。」

　　「不過，她對兩個孩子下手的方法不一樣，不是嗎？對於您的兒子，她用的是毆打的方法。」

　　「一次是用手杖，另一次是用手狠狠地打。」

　　「她沒有說她為甚麼打孩子嗎？」

　　「沒有，她只是說她恨這個孩子，說了一遍又一遍。」

　　「呃，當後媽的經常都是這樣。過世之人也會成為嫉妒的對象，咱們不妨這麼解釋。這位女士是個喜歡嫉妒的人嗎？」

　　「是的，她的嫉妒心非常強烈，跟她那份火辣辣的熱帶深情不相上下。」

　　「再來說這個孩子——您剛才說了，他已經十五歲

了。既然他在身體活動方面受到了一定的限制，心智方面多半會相當早熟。他沒有說他為甚麼挨打嗎？」

「沒有，他說是無緣無故的。」

「他們兩個平常關係好嗎？」

「不好，他們兩個一點兒都不親。」

「您不是說他很孝順嗎？」

「世上再不會有像他那麼孝順的兒子。我的生命就是他的生命，他時時刻刻都關注着我的一言一行。」

福爾摩斯又做了一條筆記，然後就坐在那裏沉思了一會兒。

「毫無疑問，再婚之前，您跟這個孩子是一對非常好的伙伴。你們兩個形影不離，對吧？」

「形影不離。」

「還有啊，這孩子既然如此孝順，肯定也對他的母親念念不忘吧？」

「念念不忘。」

「照我看，他顯然是一個很有意思的孩子。關於繼母打孩子的事情，還有個細節我想問一問。嬰孩遭受的詭異攻擊，還有您兒子遭受的毆打，兩件事情是不是同時發生的呢？」

「第一次是這樣的，情形就像是她突然發了狂，同時拿兩個孩子出氣。第二次則只是傑克一個人吃了苦頭，小傢伙並沒有遇上甚麼讓梅森太太擔心的事情。」

「這樣的話，事情自然會顯得更加複雜。」

「我不太明白您的意思，福爾摩斯先生。」

「不明白也是情有可原的。人難免會產生一些初步的假設，等着接受時間和深入調查的檢驗。這個習慣並不好，弗格森先生，沒辦法，人性就是這麼軟弱。要我説，您這位老朋友對我那些科學方法的形容恐怕有點兒誇大。不管怎麼樣，眼下我只想説一句，我並不覺得您這個問題無法解決，還有啊，兩點鐘的時候，您會在維多利亞車站見到我們的。」

這是十一月裏一個陰沉多霧的日子，傍晚時分，我倆已經把行李寄在蘭伯里的切克斯旅館*，驅車碾過薩塞克斯郡的粘土地面，沿着一條漫長曲折的鄉間小路趕到了弗格森居住的那座孤零零的古老農莊。這是一座枝枝蔓蔓的大宅子，中央的建築非常古老，廂房則非常新，都鐸式†的煙囪高聳入雲，陡峻的霍舍姆石板‡屋頂苔痕點點。門口的台階已經凹陷，門廊牆壁的古老花磚上刻着一塊奶酪和一個人形，暗示着宅子建造者的姓氏§。屋裏的天花板上排列着一根根沉重的橡木椽子，地板則起伏不平，呈現出一個個深深的凹坑。整座宅子搖搖欲墜，瀰漫着一股陳舊衰朽的味道。

---

* 這個旅館的名字「切克斯」(Chequers) 與從 1921 年開始成為英國首相鄉間別墅的切克斯宅邸相同。

† 都鐸王朝 (Tudor) 是 1485 至 1603 年間統治英國的王朝，都鐸式即指這一時期的建築風格，特徵之一是頂部帶有裝飾的大煙囪。

‡ 霍舍姆出產一種堅硬致密的砂岩，因漣漪狀紋理而著名，自古即是建築良材。

§ 「奇斯曼」這個姓氏的英文是「Cheeseman」，可直譯為「做奶酪的人」。

弗格森把我們領進了宅子中央那個十分寬敞的房間，房間裏有一個巨大的老式壁爐，爐膛裏的鐵護柵標着「1670」這個年份。壁爐裏柴火熊熊、噼啪作響。

環顧四周，我發現這個房間從時代和地域上都可以說是一盤奇異至極的大雜燴。下半部鑲有橡木牆板的黃色灰泥牆壁多半是十七世紀那個自耕農的原作，牆板上卻點綴着一排精挑細選的現代水彩畫，與此同時，牆板上方的壁掛則是一些精美的南美器皿和武器，顯然是樓上那位秘魯女士帶來的東西。見此情景，急性子的福爾摩斯立刻產生了抑制不住的好奇，於是他站起身來，仔仔細細地檢查了一遍房裏的陳設，然後才帶着意味深長的眼神走了回來。

「嘿！」他嚷道。「嘿！」

牆角的籃子裏躺着一條斯班尼犬 *，眼下正在舉步維艱地慢慢走向主人。它的後腿一瘸一拐，尾巴也耷拉在地上。走到近前之後，它舔了舔弗格森的手。

「您看到甚麼了呢，福爾摩斯先生？」

「這隻狗。它怎麼啦？」

「獸醫也說不清楚，只是說這可能是某種麻痺症，興許是髓膜炎。不過，它的病正在痊愈，很快就會恢復正常的——對吧，『卡羅』†？」

小狗抖了抖耷拉的尾巴，似乎是對主人的話表示同意。它用可憐巴巴的眼神挨個兒打量着我們，顯然是知道我們正在討論它的病情。

---

* 　斯班尼犬 (spaniel) 是一類中小型的短腿垂耳狗。
† 　《銅色山毛櫸》當中，傑夫羅·盧卡索養的獒犬也叫「卡羅」(Carlo)。

「它的病來得突然嗎？」

「一夜之間就變成這樣了。」

「那是多久以前的事情？」

「大概是四個月之前吧。」

「非常古怪，很有啟發。」

「這事情給了您甚麼啟發呢，福爾摩斯先生？」

「證實了我原有的想法。」

「看在上帝份上，您的想法到底是甚麼啊，福爾摩斯先生？這對您來說可能只是一次智力測驗，但卻關係到我的生死啊！我妻子沒準兒是個兇手，我孩子又時刻面臨着危險！別拿我開玩笑，福爾摩斯先生，這事情實在是太嚴重了。」

這位身材魁梧的橄欖球中衛急得全身發抖，福爾摩斯把手搭在了他的胳膊上，想要安撫他的情緒。

「依我看，弗格森先生，這事情恐怕會給您造成痛苦，怎麼解決都是一樣，」他說道。「我會盡量減輕您的痛苦的。眼下我只能說到這個程度，不過，離開這座房子之前，我應該能拿出一個明確的解釋。」

「但願如此！恕我失陪，兩位，我得到樓上去一趟，看看我妻子那邊有沒有甚麼變化。」

他走了之後，福爾摩斯繼續檢查牆上的新奇物件。過了幾分鐘，主人垂頭喪氣地走了回來，顯然是碰了一鼻子灰。跟他一起來的還有一個身材瘦高的褐皮膚姑娘。

「茶點準備好了，多蘿蕾絲，」弗格森說道。「你得把你的女主人照顧好，不能讓她缺東少西。」

「她病得很厲害，」姑娘叫道，義憤填膺地看着主人。「她沒有要吃的。她病得很厲害，得看醫生才行。沒有醫生的話，我可不敢單獨跟她待在一起。」

弗格森用詢問的眼神看着我。

「能幫上忙的話，我樂意效勞。」

「你的女主人願意見華生醫生嗎？」

「我帶他去吧。我不用徵得她的同意，因為她必須得看醫生。」

「那我現在就跟你去。」

我跟着這個激動得渾身顫抖的姑娘上了樓，沿着一條古老的過道往前走，過道盡頭是一扇鐵皮加固的厚重門扉。看到這扇門，我突然想到，即便弗格森打算強行闖入妻子的房間，恐怕也不是一件容易的事情。姑娘從口袋裏掏出一把鑰匙，沉重的橡木門板繞着古老的門樞吱吱呀呀地轉動起來。把我讓進房間之後，她飛快地跟了進來，隨手閂上了門。

床上躺着一個女人，顯然是發着高燒。她處於半昏迷的狀態，不過，聽到我進房之後，她還是抬起頭來，用她那雙驚惶卻不失美麗的眼睛畏怯地瞪着我。看到來的是個陌生人，她反倒像是如釋重負，跟着就嘆了一聲，把腦袋靠回了枕頭上。我走到她的身邊，說了幾句安慰的話，於是她一動不動地躺在那裏，聽憑我給她量脈搏和體溫。她脈搏很快、體溫也很高，可我覺得她並不是真的發了甚麼急症，症狀都是因為情緒波動和精神壓力。

「她就這麼躺着，一天，兩天。我擔心她活不了啦，」姑娘説道。

床上的女人把她那張潮紅的秀麗臉龐轉向了我。

「我丈夫在哪兒？」

「他就在樓下，正想來看看您呢。」

「我不想見他，不想見他。」接下來，她似乎陷入了一種譫妄狀態。「好一個惡魔！好一個惡魔！唉，我該拿這個妖孽怎麼辦哪？」

「需要我幫忙嗎？」

「沒用的，沒人能幫我的忙。完了，全完了。我怎麼做也沒用，全完了。」

這個女人肯定是產生了某種古怪的幻覺，我可看不出來，為人正派的鮑勃・弗格森怎麼能跟惡魔和妖孽扯到一起。

「夫人，」我説道，「您的丈夫非常愛您，這次的事情弄得他非常傷心。」

她那雙美麗動人的眼睛又一次轉向了我。

「他確實愛我，沒錯。我就不愛他嗎？我寧可犧牲自己也不願意傷他的心，不就是因為愛他嗎？我愛他愛到這種程度，他竟然能把我想成——竟然能把我説成那樣。」

「他覺得非常痛苦，可他想不明白這是怎麼回事。」

「是啊，他是想不明白。可他應該信任我。」

「您能見見他嗎？」我如是提議。

「不，不行，我忘不了他那些惡毒的話、忘不了他臉上的那種表情。我不想見他。走吧，您幫不了我的忙。就

有一件事情，您替我告訴他。我要我的孩子，這是我的權利。我對他無話可說，只有這麼一句。」說到這裏，她轉臉衝着牆壁，再也不肯開口。

我回到樓下的時候，弗格森和福爾摩斯仍然坐在壁爐旁邊。弗格森悶悶不樂地聽我講完了見面的情形。

「我怎麼敢把孩子交給她呢？」他說道。「我怎麼知道她會發甚麼樣的怪病呢？她帶着滿嘴的鮮血從小傢伙身邊站起來的情景，我怎麼忘得掉呢？」想到當時的情景，他不由得打了個寒顫。「孩子在梅森太太身邊才會安全，我只能讓他繼續待在那兒。」

說話間，一名女僕已經把茶點端了進來。這名女僕衣着入時，可說是我們進門之後看到的第一件摩登事物。女僕還在斟茶遞水的時候，房門開了，一個少年走進了房間。少年的模樣引人注目，臉色蒼白、頭髮金黃。一看到自己的父親，他那雙敏感的淡藍色眼睛立刻閃出了驚喜的火花。他衝上前來，張開雙臂摟住了父親的脖子，親暱得就像一個撒嬌的女兒。

「噢，爸爸，」他大聲喊道，「沒想到您回來得這麼早，我應該在這兒等您才對呢。噢，看到您我真是高興極啦！」

弗格森輕輕地掙脫了少年的擁抱，神色多少有點兒尷尬。

「好小伙子，」他一邊說，一邊輕撫金髮少年的腦袋。「我回來得早，是因為我說動了這兩位朋友今晚過來作客，一位是福爾摩斯先生、一位是華生醫生。」

「就是當偵探的那個福爾摩斯先生嗎？」

「是的。」

少年直勾勾地看着我倆，目光不只是十分銳利，照我看還不太友好。

「您另外那個孩子呢，弗格森先生？」福爾摩斯問道。「我們能看看那個小傢伙嗎？」

「叫梅森太太把小傢伙抱下來吧，」弗格森説道。少年蹣跚着走出了房間，步態十分古怪，憑我當醫生的眼光，一眼就可以看出他脊柱受過損傷。他很快就走了回來，身後跟着一個又高又瘦的女人。女人懷裏的嬰孩非常漂亮，黑眼睛、金頭髮，堪稱是撒克遜血統和拉丁血統的絕妙融合。弗格森從女人手裏接過嬰孩，無比輕柔地撫弄起來，顯然是對他疼愛有加。

「想想吧，有人連他都忍心傷害，」他低頭看着小胖墩兒脖子上那個鮮紅刺目的小小疤痕，不由得喃喃自語。

就在這個時候，我無意中瞥了一眼福爾摩斯，發現他臉上帶着一種極其古怪的專注神情。他的面容凝固不變，如同一件古老的牙雕，他的眼睛只在父子倆的身上停留了一個瞬間，這會兒已經充滿好奇地盯住了房間對面。我順着他的目光看了看，但卻只能推想他看的是窗外那個水珠滴答的陰鬱花園。窗外的景色確實已經被窗板遮掉了一半，可我仍然能夠斷定，他專心凝望的正是那扇窗子。接下來，他微微一笑，目光回到了嬰孩身上。嬰孩的脖子胖乎乎的，上面印着那個小小的疤痕。福爾摩斯不聲不響地把傷疤仔細檢查了一遍，然後就握了握嬰孩的小拳頭。肉嘟嘟的小拳頭漾着小渦，一直在他面前晃來晃去。

「再見，小傢伙。你的人生起點可真是不同尋常啊。保姆，我想跟你私下聊兩句。」

他把保姆帶到一邊，鄭重其事地聊了幾分鐘。我只聽見了他最後的一句話：「照我看，你很快就不用再擔心啦。」從外表上看，保姆是一個性情乖僻、沉默寡言的人。聊完之後，她抱着嬰孩離開了房間。

「梅森太太這個人怎麼樣呢？」福爾摩斯問道。

「您也看見了，她的樣子不怎麼討人喜歡，可她有一顆金子般的心，對小傢伙也非常疼愛。」

「你喜歡她嗎，傑克？」福爾摩斯突然轉向了那個少年。少年搖了搖頭，表情豐富的臉龐陰雲密佈。

「傑克是個愛憎分明的孩子，」弗格森一邊說，一邊把少年摟在懷裏。「還好，我屬於他喜歡的那一類。」

少年哼哼唧唧地一頭扎進父親懷裏，弗格森輕輕地推開了他。

「去吧，小傑克，」他說了一句，然後就深情地目送着兒子走出房間。「好了，福爾摩斯先生，」少年出去之後，他接着說道，「我真的覺得，這次我讓您白跑了一趟，除了同情之外，您還能給我甚麼呢？從您的角度來看，這肯定是一件格外難辦、格外複雜的事情。」

「難辦是肯定的，」 我朋友被主人的話逗得笑了起來，「複雜嘛，我到現在還沒覺得。我的想法原本只是主觀演繹的成果，然而，互不相關的眾多細節已經一點一點地證明了我的演繹成果，這樣一來，主觀就變成了客觀，咱們也就可以胸有成竹地宣佈，咱們的目標已經實現。事

實上，早在咱們離開貝克街之前，我已經實現了這個目標，剩下的工作僅僅是觀察和確證而已。」

弗格森大手一舉，捂住了緊皺的額頭。

「看在上帝份上，福爾摩斯，」他急得嗓子都啞了。「既然您看到了事情的真相，那就別讓我擔驚受怕了吧。我面臨的是甚麼樣的處境？究竟該怎麼應付？我並不關心您的真相是怎麼來的，只要它確實是真相就行。」

「我確實欠您一個解釋，您也肯定能聽到我的解釋。不過，您總得允許我按我自己的方法來處理問題吧？那位女士可以見咱們嗎，華生？」

「她雖然病了，神智還是挺清醒的。」

「很好。她不在場的話，咱們就沒法澄清這件事情。咱們上樓看她去吧。」

「她不會見我的，」弗格森叫道。

「噢，會的，她會見的，」福爾摩斯說道。他拿起一張紙，草草地寫了幾行字。「不管怎麼樣，你還是有通行證的，華生。能不能麻煩你把這張條子帶給那位女士呢？」

我又一次上了樓，多蘿蕾絲如臨大敵地打開了房門，我把條子交給了她。一分鐘之後，房間裏響起一聲驚喜交集的呼喊，多蘿蕾絲探出頭來。

「她願意見他們，願意聽他們解釋，」她如是說道。

聽到我的召喚，弗格森和福爾摩斯也上了樓。我們走進房間的時候，弗格森的妻子已經從床上坐起身來。弗格森趕緊往床邊走了兩步，做妻子的卻抬手止住了他，他只好頹然坐進了一把扶手椅。福爾摩斯衝女士躬身施禮，然

後就在弗格森的身邊坐了下來。女士雙眼圓睜，驚異地看着福爾摩斯。

「依我看，這裏沒有多蘿蕾絲的事了，」福爾摩斯說道。「呃，好吧，夫人，您要是希望她留下的話，我看也未嘗不可。好了，弗格森先生，我是個俗務纏身的勞碌命，因此就只能採用直截了當的方法。手術越快，痛苦越少。容我首先跟您說一句寬心的話，您的妻子是一位非常善良、非常體貼、非常冤屈的女人。」

弗格森歡呼一聲，挺起了腰板。

「說說您的理由，福爾摩斯先生，我一輩子都對您感激不盡。」

「我這就說，只不過，為了把這個方面的理由說清楚，我只能讓您在另一個方面承受巨大的傷害。」

「只要您能洗清我妻子的冤屈，別的事情我都不在乎。跟我妻子相比，世上的一切都只能說是無關緊要。」

「那我就跟您講講，在貝克街的時候，從我心頭掠過的是怎樣一串環環相扣的演繹。我一向覺得，吸血鬼的說法純屬荒誕無稽。那樣的事情絕不會出現在英格蘭的犯罪活動當中。話又說回來，您的觀察結果倒是準確無誤。您看見的事情是這位女士從嬰兒床旁邊直起身來，嘴上還沾着鮮血。」

「確實如此。」

「可是，吮吸流血的傷口不一定是為了吸血，沒準兒是另有目的，您難道沒有想到嗎？英格蘭的一位

王后 * 就曾經用這種方法把傷口裏的毒吸出來，不是嗎？」「毒！」

「您這戶人家跟南美有點兒淵源，所以呢，眼睛還沒看到您牆上那些武器的時候，直覺就已經讓我意識到了它們的存在。小傢伙中的也可能是其他類型的毒，可我當時想到的確實是南美武器。等我看到那張小小的射鳥弓、看到它旁邊那個空箭壺的時候，感覺不過是意料中事而已。那種箭浸過箭毒 † 之類的歹毒藥物，如果有人用它扎傷了小傢伙的話，不把毒吸出來是會致命的。

「還有那條小狗！如果有人打算使用這樣的毒物，肯定會通過試驗來確定它沒有失效，這不是理所當然的嗎？小狗的事情並不在我的意料之中，可我至少是一眼看清了它的遭遇，而它的遭遇也跟我的推測不謀而合。

「現在您應該明白了吧？您的妻子一直都在擔心這樣的襲擊。她曾經親眼看見小傢伙遭受襲擊，還救了小傢伙的命，可她不敢把全部的真相告訴您，因為她知道您有多疼那個大孩子，怕的是傷您的心。」

「傑克！」

「剛才您撫弄小傢伙的時候，我特意觀察了一下傑克

---

*　這裏說的是英王愛德華一世 (Edward I, 1239–1307) 的王后，亦即卡斯蒂利亞公主埃蓮諾 (Eleanor of Castile, 1241–1290)。她與丈夫情好甚篤，曾跟隨丈夫參加第八次十字軍東征 (1270)。根據傳說，在這次戰爭期間，她曾經替丈夫吸毒療傷，救了丈夫的命。

†　箭毒 (curare) 是源自南美的幾種毒藥的統稱，可由毒馬錢子 (Strychnos toxifera) 等植物提取而得。南美土著用它來浸制毒箭，作用是使獵物麻痺或者窒息。在《暗紅習作》當中，傑弗遜·霍普用的就是這一類的毒藥。

的反應。有了窗板的襯托，他的臉清清楚楚地映在了窗玻璃上。他臉上寫着那麼強烈的妒忌、那麼刻毒的仇恨，我還很少在其他人的臉上看到呢。」

「我的傑克！」

「您只能面對現實，弗格森先生。格外讓人痛苦的是，他的舉動恰恰是出自一種扭曲的愛、一種膨脹到了瘋狂地步的愛，這種愛的目標不光是您，興許還包括他去世的母親。仇恨的烈火吞噬了他的靈魂，他恨那個漂亮的小傢伙，因為小傢伙的健美正好襯出了他自個兒的缺陷。」

「老天啊！這不可能！」

「我說的是事實嗎，夫人？」

女士已經抽泣起來，把臉埋在了枕頭裏面。聽到福爾摩斯的問話，她轉向了自己的丈夫。

「我怎麼敢告訴你呢，鮑勃？我完全能夠體會到，這樣的事情會對你造成多大的打擊。我覺得我應該守口如瓶，等別人來把這件事情告訴你，這樣才會好一些。剛才啊，這位魔法師一般的先生寫條子說他全都知道了，看到他的條子，我真是高興極了。」

「依我看，為期一年的海上航行應該會對傑克少爺有所幫助，」福爾摩斯一邊說，一邊站了起來。「只有一件事情我仍然不太明白，夫人。我們完全可以理解您毆打傑克少爺的事情，母親的忍耐終歸是有限度的。可是，前面這兩天，您怎麼敢撇下小傢伙不管呢？」

「我跟梅森太太說了，她知道這件事情。」

「這就對了，跟我的推測一樣。」

站在床邊的弗格森已經泣不成聲，向妻子伸出了顫抖的雙手。

　　「照我看，華生，咱們退場的時候已經到了，」福爾摩斯輕聲說道。「多蘿蕾絲未免有點兒忠誠過頭啦，麻煩你攙住她的一隻胳膊，我來攙另外一隻。好了，」帶上房門之後，他又補了一句，「要我說，剩下的事情都可以讓他倆自己解決。」

　　這件案子只有一點需要補充，那便是福爾摩斯針對故事開頭那封短柬的最終答覆。他的回信全文如下：

　　　　　　　　事由：吸血鬼

敬啟者：

　　尊駕十九日大函已悉，特此冒昧告知，貴行主顧敏星巷弗格森－繆黑德茶行之羅伯特·弗格森先生所詢之事，敝人業已斟酌辦理，所得結局亦洽人意。承蒙引薦，不勝感激。

　　　　　　　　　　　歇洛克·福爾摩斯謹啟
　　　　　　　　　　　十一月二十一日於貝克街

三個加里德布

不知道是喜劇還是悲劇，這件事情總歸是讓一個人精神錯亂，讓我破皮見血，還讓另一個人銀鐺入獄。話又說回來，它確實帶有一點兒喜劇色彩。究竟如何，還是由讀者諸君自己判斷吧。

事發的日子我記得非常清楚，因為它剛好發生在福爾摩斯拒絕接受爵位的那個月。將來我興許會動筆敍寫他獲頒爵位的緣由，這裏只打算一筆帶過，因為我是他的搭檔和密友，自然應該格外小心，不能有任何草率的言行。不過，我不妨重覆一遍，就是他拒絕爵位的事情讓我牢牢記住了事發的日子，日子就是南非戰爭剛剛結束不久的時候，一九零二年六月底的某一天 *。在此之前，福爾摩斯又撿起了那種不時發作的壞習慣，一連幾天都沒有下床。還好，事發當天的早上，他終於下床露面，手裏拿着一份寫在富士紙上的冗長文件，冷峻的灰色眼睛裏閃着一抹興致勃勃的光芒。

「給你介紹一個發財的機會，華生老兄，」他說道。

---

* 這篇故事首次發表於 1925 年 1 月；這裏說的「南非戰爭」即第二次布爾戰爭，戰爭結束時間為 1902 年 5 月 31 日；1902 年 10 月，亞瑟・柯南・道爾本人在再三猶豫之後接受了爵士的封號。據他自己認為，獲頒爵位的原因是他寫了一本小冊子來為英國在布爾戰爭當中扮演的角色進行辯護。

「你聽說過『加里德布』這個姓氏嗎？」

我立刻承認，不曾聽說。

「是嗎，如果能找到一個姓『加里德布』的人，那你就有錢賺啦。」

「為甚麼？」

「哦，說起來話就長了，聽起來嘛，還有點兒異想天開。按我看，咱們雖然對複雜的人性作過不少探究，比這更古怪的事情還真是沒有見過。這傢伙一會兒就會送上門來接受咱們的盤問，所以呢，我打算等他來了再着手調查這件事情。不過，他還沒來的時候，咱們不妨查一查這個姓氏。」

電話簿就擺在我旁邊的桌子上，於是我翻開電話簿查了起來，心裏並沒有存着多大的希望。沒想到，相應的頁面確實有這個古怪的姓氏，我禁不住得意洋洋地歡呼了一聲。

「在這兒，福爾摩斯！這兒就有一個！」

福爾摩斯把電話簿拿了過去。

「『N. 加里德布，』」他念道，「『西區小賴德街136號。』我不想掃你的興頭，親愛的華生，可是，這個加里德布就是要來的那個人，這個地址就在他的來信上寫着呢。咱們得另找一個加里德布來配他才行。」

哈德森太太已經端着托盤走了進來，盤子裏擺着一張名片。我拿起名片瞥了一眼。

「咳，這不就是嘛！」我驚叫一聲。「這個人名字的

首字母可跟他不一樣 *。約翰·加里德布，律師，美國堪薩斯州穆爾維爾 †。」

福爾摩斯看着名片笑了起來。「依我看，恐怕你還得再找一個，華生，」他說道。「這位先生也已經算在裏面啦，當然嘍，我倒沒想到他今天早上會來。也好，他應該能帶來一大堆我想要了解的情況。」

片刻之後，這個人已經走進了房間。身為律師的約翰·加里德布先生矮小精壯，生氣勃勃的圓臉刮得乾乾淨淨，許許多多的美國生意人都是他這副模樣。他整個人顯得圓滾滾的，還帶着強烈的孩子氣，讓人油然讚嘆，好一個滿臉堆笑的棒小伙子。另一方面，他的眼睛卻格外地引人注目。我很少看到誰的眼睛裏包含着比他眼睛裏更為激烈的內心活動，他的眼睛無比明亮、無比機警，應答如響地折射着內心的思緒。他說話帶着美國口音，措辭倒沒有甚麼怪裏怪氣的地方。

「哪位是福爾摩斯先生？」他一邊問，一邊來回打量我們。「嘿，沒錯！恕我冒昧，先生，您本人跟您的畫像還挺像的。據我看，您應該已經收到了我同宗內森·加里德布先生的信，對吧？」

「請坐，」歇洛克·福爾摩斯說道。「要我說，咱倆應該有很多事情可聊。」說到這裏，他拿起了那幾張富士紙。「當然嘍，您肯定就是這封信裏說的那個約翰·加里

---

*　「約翰」的英文是「John」，首字母是「J」，前面那個加里德布的名字縮寫是「N」。

†　「穆爾維爾」原文是「Moorville」，堪薩斯州沒有這個地名。

德布先生。還有啊，您到英國的時間已經不短了吧？」

「為甚麼這麼說呢，福爾摩斯先生？」突然之間，他那雙富於表情的眼睛裏似乎閃出了一絲懷疑。

「您一身的行頭都是英國的啊。」

加里德布先生擠出了一個笑容。「我讀到過您的那些本事，福爾摩斯先生，可我從來都沒有想到，我竟然會成為您施展本事的對象。這您是怎麼看出來的呢？」

「您這件外套的肩部款式，還有您靴尖的式樣——誰敢說它們不是英國的呢？」

「好啦，好啦，我倒是沒想到，自個兒的英國人模樣這麼明顯。不過，因為生意上的事情，我來這裏已經有一段時間了，所以呢，就像您說的那樣，我全身上下幾乎都是倫敦的裝扮。好了，我知道您時間寶貴，再者說，咱們見面也不是為了研究我襪子的式樣。咱們還是談談您手裏的那封信吧，怎麼樣？」

看樣子，福爾摩斯已經不知不覺地攪亂了客人的心緒。到這會兒，客人那張胖乎乎的臉已經遠不像當初那麼和顏悅色了。

「別着急！別着急，加里德布先生！」我朋友用安撫的語氣說道。「華生醫生可以作證，有些時候，事實會證明我這些零碎的題外話並不是完全不着邊際。對了，內森·加里德布先生為甚麼沒跟您一塊兒來呢？」

「他把您扯進來，究竟是為了甚麼呢？」我們的客人怒不可遏，脫口而出。「這件事情跟您到底有甚麼關係呢？這只是兩位紳士之間的一點兒業務來往，其中一位卻

非得去把偵探找來！今早我見過他，他跟我説了他玩的這套蠢把戲，所以我才過來找您。他雖然坦白説了，我還是覺得很不痛快。」

「他並不是對您有甚麼看法，加里德布先生。他只是迫不及待地想幫您達到目的——據我所知，這個目的對你們兩位都是至關緊要。他知道我有一些收集情報的渠道，找我幫忙也是理所當然的嘛。」

客人的臉色漸漸地由陰轉晴。

「呃，這麼看的話，事情就不一樣了，」他説道。「今早我去找他，他説他給一名偵探寫了封信，於是我問他要了您的地址，跟着就趕了過來。這是件私人的事情，我不希望看到警察跑來摻和。不過，如果您只是想幫我們找人的話，那就一點兒也不妨事啦。」

「沒錯，本來就是這麼回事，」福爾摩斯説道。「好啦，先生，既然您已經來了，我們倒想聽您親口把事情説個明白。我這位朋友還不知道其中的細節哩。」

加里德布先生上上下下地打量着我，眼神算不上特別友善。

「他有必要知道嗎？」他問道。

「我倆平常都是一起工作的。」

「好吧，這事情也沒有必要藏着掖着。我盡量長話短説吧。如果你們在堪薩斯州待過的話，那就用不着我來介紹亞歷山大·漢密爾頓·加里德布這個人。他先是倒騰地產，後來又在芝加哥的谷物市場做買賣，就這麼發了大財。可他並沒有就此罷手，又用他的錢買下了大片的

土地，名下的土地沿着道奇堡西邊的阿肯色河岸綿延不絕*，足足有你們的一個郡那麼大。他又有牧場又有林地，又有耕地又有礦場，各種各樣的地產都讓他日進斗金。

「他沒有甚麼親戚朋友，這麼說吧，就算他有，那我也從來沒聽說過。不過，他似乎很為自個兒的罕見姓氏感到自豪，我跟他的交道就是這麼來的。當時我在托皮卡†當律師，有一天，這位老爺子跑來找我，而且高興得要命，因為他見到了一個同姓的人。他這個人有個怪癖，拼死拼活地想知道世上還有沒有別的姓『加里德布』的人。『再找一個給我看看！』他這麼跟我說。我跟他說我很忙，不可能一輩子都滿世界地尋找姓『加里德布』的人。『這我不管，』他告訴我，『如果事情按我的計劃發展的話，那你肯定會去找的。』當時我以為他只是開玩笑，可我很快就發現，他這些話簡直是認真極啦。

「事情是這樣的，說完這些話之後，他沒到一年就去世了，留下的遺囑堪稱是堪薩斯州有史以來最古怪的一份。他把自己的財產分成了三份，我可以得到其中一份，前提是我能找到兩個同姓來領受其餘的兩份。每一份的數額換成錢就是五百萬美元，可我們必須得是三個人一起去領，要不就沾不上邊。

「看到這麼難得的一個機會，我索性把自己的律師業

---

* 　阿肯色河 (Arkansas River) 是美國中部的一條河流，為密西西比河支流、美國第六大河；堪薩斯州道奇城 (Dodge City) 附近有一個名為道奇堡 (Fort Dodge) 的小地方，地名自十九世紀中葉即已存在，位置確在阿肯色河附近，或係此處所指。

† 　托皮卡 (Topeka) 為堪薩斯州東部城市及州府所在地。

務扔在一邊，展開了搜尋『加里德布』的行動。美國那邊一個也沒有，先生，我拿一把篦子仔仔細細地篦過一遍，結果是一無所獲。這麼着，我就到這片古老的土地來碰運氣。果不其然，倫敦的電話簿上真的有這個姓氏。兩天之前，我找到了那個同宗，把整件事情講給他聽了一遍。只可惜他跟我一樣孤苦伶仃，女性的親戚倒有幾個，男的卻一個也沒有，遺囑的要求又偏偏是三個成年男性。你們明白了吧，我們還有一個空缺需要填補，如果你們能幫上這個忙的話，我們是非常樂意支付酬金的。」

「瞧啊，華生，」福爾摩斯笑着說道，「我早說過這事情有點兒異想天開，對吧？照我看，先生，對您來說，最簡單的辦法就是在報紙的私人啟事欄裏登一則啟事。」

「登過啦，福爾摩斯先生。沒有人來應徵。」

「我的天！好吧，這個小問題確實是非常古怪，有空的話，我會幫您留意一下的。對了，說來也巧，您剛好是從托皮卡來的。我有個已經過世的筆友，也就是萊森德·斯塔老博士*，一八九零年的時候，他還是你們那兒的市長呢。」

「斯塔博士可是個大好人！」我們的客人說道。「大家到現在都還對他念念不忘呢。好了，福爾摩斯先生，我看我們也沒有甚麼更好的辦法，只能隨時向您通報我們這邊的進展。據我估計，一兩天之內，您就能聽到我的消息。」說完這句信誓旦旦的話之後，我們的美國客人欠身施禮，揚長而去。

---

* 「萊森德·斯塔」(Lysander Starr) 這個姓名跟《工程師的拇指》當中的「萊森德·斯塔克」(Lysander Stark) 非常相似。

福爾摩斯已經點起了煙斗，這會兒就坐在那裏沉思了一陣，臉上帶着古怪的笑容。

「怎麼樣？」我忍不住問了一句。

「我想不通，華生——僅僅是想不通而已！」

「想不通甚麼？」

福爾摩斯把嘴裏的煙斗拿了下來。

「我想不通，華生，這傢伙跟咱們說了這麼一大篇瞎話，究竟想達到甚麼目的。剛才我差一點兒就問出了口——有些時候，不留餘地的正面進攻確實是最好的策略——可我轉念一想，更好的策略還是讓他自以為騙過了咱們。瞧瞧這個人吧，身上那件英國外套的肘彎已經起了毛，那條英國褲子的膝蓋也已經鬆垮變形，至少是穿了一年，這封信卻說他是個剛來倫敦的美國鄉巴佬，他自個兒也這麼說。還有啊，各家報紙的私人啟事欄都沒有登過他說的那則啟事。你也知道，我從來不會放過私人啟事欄裏的任何東西。那可是我最喜歡的打鳥場地啊，裏面要是出現了一隻毛色這麼鮮豔的雉雞，我怎麼可能視而不見呐。此外，我從來沒認識過甚麼托皮卡的萊森德‧斯塔博士。你瞧，隨便你去戳他身上的哪個地方，一戳就是一個漏洞。我覺得這傢伙確實是個美國人，只不過已經在倫敦待了好些年，口音不那麼重了。既然如此，他要的究竟是甚麼把戲，他這麼豈有此理地尋找甚麼『加里德布』，肚子裏打的究竟是甚麼算盤呢？咱們應該留意一下這件事情，原因在於，這傢伙如果是個惡棍，那就必然是個老謀深算、詭計多端的惡棍。好了，眼下咱們得查一查，另一個

聯繫人會不會也是騙子。給他掛個電話吧，華生。」

我打通電話，電話線的另一頭傳來了一個纖細顫抖的聲音。

「是的，是的，我就是內森・加里德布。福爾摩斯先生在嗎？麻煩您讓我跟福爾摩斯先生說句話。」

我朋友接過了聽筒。跟往常一樣，我聽到的只是一些斷斷續續的對話。

「是的，他來過我這裏。據我所知，您跟他認識的時間並不……多長？……才兩天啊！……是啊，是啊，這個機會確實是再誘人不過啦。今晚您在家嗎？您那位同宗不會去您那裏吧？……很好，那我們就過去找您，因為我希望單獨跟您聊聊，不需要他的參與……華生醫生也會跟我一起去……從您的信上看，您並不經常出門……好吧，我們大概六點到。您不用跟那位美國律師提這件事情……很好。再見！」

這是個宜人的春日黃昏 *，落日斜暉映照之下，就連小賴德街也變成了一個金燦燦的美好所在，儘管它只是埃吉沃爾路的一條小支脈，距離恐怖的「泰本樹」曾經所在的位置又只有咫尺之遙 †。按照信上的地址，我們找到了

---

* 原文如此，不過，按照本故事開篇的說法，這件事情發生在「六月底的某一天」。

† 埃吉沃爾路 (Edgware Road) 是倫敦市中心的一條通衢；「泰本樹」(Tyburn Tree) 實際上是絞架，因所在古村「泰本」而得名。「泰本樹」在埃吉沃爾路和牛津街交會的地方，建於 1571 年，於十八世紀晚期廢棄。

一座喬治王時代*早期的古樸大宅，宅子有着平板似的磚牆立面，打破沉悶的只有底樓那兩扇深深的凸肚窗。我們的主顧剛好住在底樓，事實上，那兩扇離地很近的窗子正是他日間活動的那個巨大房間的正面。從宅子跟前走過的時候，福爾摩斯指了指牆上的一塊黃銅牌子，小小的牌子上刻的正是那個古怪的姓名。

「這塊牌子已經有些年頭啦，華生，」他指着年久失色的銅牌表面說道。「不管怎麼說，他確實姓這個姓，這倒是個值得注意的細節。」

宅子的樓梯是公用的，門廳裏標着一些住戶的名字，有的是商戶，有的是私人住家。這裏並不是有家有口的人安居樂業的地方，更像是浪蕩不羈的單身漢臨時棲身的所在。我們的主顧自己出來應門，同時還抱歉地告訴我們，幫他料理家務的女傭四點鐘就離開了。見面之後，我發現內森·加里德布先生是個年紀六十掛零的禿子，身材很高、骨架支離、弓腰駝背、瘦骨嶙峋。他的臉像屍體一般慘白，死沉沉的晦暗膚色說明他壓根兒就不知道身體鍛煉是個甚麼東西。他戴着一副碩大的圓框眼鏡，蓄着一小撮捲翹的山羊鬍子，再加上佝僂的姿勢，看上去就有點兒像個好奇心太重的包打聽。不過，總的說來，他的模樣雖然稀奇古怪，倒也算得上和藹可親。

房間裏的光景跟房客本人一樣古怪，看起來就像一座小型的博物館。房間又大又深，到處都是各式各樣的櫥

---

* 　喬治王時代即英王喬治一世至喬治四世在位的時代，亦即 1714 至 1830 年。

櫃，櫃子裏塞滿了形形色色的地質學和解剖學標本。門兩邊排列着一個個裝有蝶蛾標本的盒子，房間中央的大桌子上散放着應有盡有的零碎，一架高倍顯微鏡的黃銅鏡筒高高地聳立在零碎之間。環顧四周，我不由得暗自驚嘆，這個人的興趣真可謂無所不包。這兒是一盒子古代鑄幣，那兒又是一櫃子燧石工具，中央的大桌子背後立着一個裝有化石骨骼的大櫥櫃，櫃頂上擺着一排石膏做的頭骨模型，模型下方標着「尼安德特人」、「海德堡人」、「克羅馬農人」*之類的名稱。一望而知，這個人的研究領域橫跨許多學科。眼下他站在我倆面前，右手拿着一塊麂皮，正在細心地擦拭一枚硬幣。

「這是錫拉丘茲錢幣，來自錫拉丘茲古國†最興盛的年代，」他舉着硬幣解釋道。「接近古國末期的時候，錢幣的質量就大不如前啦。按我看，鼎盛時期的錫拉丘茲錢幣堪稱無與倫比，當然嘍，也有些人更喜歡亞歷山大的錢幣‡。您坐這把椅子好了，福爾摩斯先生，我來幫您挪開這些骨頭。還有您，先生——呃，想起來了，是華生醫生——麻煩您自便，把那個日本花瓶挪開就行。你們瞧，周圍這些都是我這輩子的小小愛好。我的醫生叮囑我不要

---

* 尼安德特人 (Neanderthal)、海德堡人 (Heidelberg) 和克羅馬農人 (Cro-magnon) 都是生活在歐洲的古人類，均因化石發現地而得名。

† 錫拉丘茲古國 (Syracuse) 是古希臘人於公元前八世紀在西西里島東岸建立的一個殖民地，公元前五世紀達到鼎盛時期，公元前212 年亡於羅馬人之手。古希臘科學家阿基米德 (Archimedes, 前287？–前 212) 出生在這裏，最終又在這裏被破城的羅馬士兵殺死。

‡ 「亞歷山大的錢幣」不詳所指，應該與亞歷山大大帝 (Alexander the Great, 前 356–前 323) 或因之得名的古埃及亞歷山大城有關。

出門，可我倒想知道，屋裏既然有這麼多讓我着迷的東西，我幹嗎還要出門呢？不怕告訴你們，要想給哪怕是一個櫥櫃裏的東西整理出一份像樣的目錄，我就得花上整整三個月的時間呢。」

福爾摩斯好奇地四下打量了一番。

「您是說您**從來都不**出門嗎？」他問道。

「我偶爾會坐車去一趟蘇富比或者佳士得 *，其他時間幾乎是足不出戶，因為我身體不是特別好，研究工作又需要大量的時間。不過您可以想像，福爾摩斯先生，這個千載難逢的天賜良機對我造成了多麼可怕的震撼，雖然說是驚喜，終歸還是非常可怕。實現目標的條件不過是再找一個加里德布，咱們肯定能辦到這件事情。我本來有個兄弟，只可惜他已經過世，女性的親戚又不符合條件。不過，世上肯定還有其他的加里德布。我聽說您專辦疑難案件，所以才給您寫了封信。當然嘍，那位美國紳士說得對，我應該先徵求一下他的意見，可是，我這麼做不也是一片好心嘛。」

「按我看，您這麼做可謂明智之極，」福爾摩斯說道。「可是，難道您真的想跑到美國去承繼產業嗎？」

「當然不是，先生。甚麼東西也不能讓我拋下我的收藏。不過，那位紳士已經向我保證，一旦我們取得繼承權，他馬上就會買下我名下的那份產業，價錢是五百萬美元。眼下的市面上有那麼十幾件標本，可以填補我收藏的空白，可我手頭短了那麼幾百鎊，沒辦法買下來。想想吧，

我可以拿這五百萬美元來派些甚麼用場。不是嗎，我掌握了建立一份國家級收藏的資本，肯定能成為當代的漢斯‧斯隆*。」

他的眼睛在碩大的鏡片背後閃閃發光。顯而易見，內森‧加里德布先生一定會不遺餘力地尋找自己的同宗。

「我來只是想跟您認識認識，沒理由打攪您的研究工作，」福爾摩斯說道。「我喜歡跟主顧進行一些面對面的交流。我要問的問題不多，因為您那封敍事詳明的信就在我兜裏裝着呢，信裏沒說清楚的地方，那位找上門來的美國紳士也幫我補上啦。我沒弄錯的話，這個星期之前，您壓根兒就不知道他的存在呢。」

「是啊，他這週二才來找我的。」

「今天他跟我見過面，他有沒有告訴您呢？」

「是的，他從您那裏直接趕了過來。本來他是非常生氣的。」

「他幹嗎要生氣呢？」

「他似乎是覺得我懷疑他的為人。不過，從您那裏回來的時候，他又跟當初一樣興高采烈了。」

「他說沒說下一步的打算呢？」

「沒有，先生，他沒說。」

「他拿沒拿您的錢，有沒有問您要過錢呢？」

「沒有，先生，從來沒有！」

---

* 漢斯‧斯隆 (Sir Hans Sloane, 1660–1753) 為愛爾蘭裔醫生及大收藏家，身後將個人藏品贈予英國，條件是英國向他的繼承人支付兩萬英鎊的低廉價格，由是成為大英博物館 (1759 年開館) 奠基人之一。

「您沒覺得他有甚麼其他目的嗎？」

「沒有，只有他說的那個目的。」

「我打電話約您見面的事情，您跟他說了嗎？」

「是的，先生，我說了。」

福爾摩斯陷入了沉思，顯然是有點兒迷惑。

「您的藏品裏有甚麼特別值錢的東西嗎？」

「沒有，先生。我並不是甚麼富翁。我的收藏很有價值，但卻算不上特別值錢。」

「您不擔心東西失竊嗎？」

「一點兒也不擔心。」

「您在這裏住了多久了呢？」

「差不多五年了。」

一陣迫不及待的敲門聲打斷了福爾摩斯的盤問。我們的主顧剛剛拔去門門，那個美國律師就激動萬分地衝進了房間。

「找到了！」他大喊一聲，把一張報紙舉在頭頂晃來晃去。「我覺得我應該及時通知您這件事情。內森·加里德布先生，祝賀您！您已經是個富翁啦，先生。咱們的工作圓滿完成，一切都很順利。至於您嘛，福爾摩斯先生，我們只能給您賠個不是，如果我們給您添了甚麼不必要的麻煩的話。」

他把報紙遞給了我們的主顧，主顧站在那裏，直愣愣地盯着一則做了記號的啟事。福爾摩斯和我探過身去，隔着主顧的肩膀看了看那則啟事。啟事是這麼寫的：

霍華德‧加里德布

農用機械製造商

供應打捆機、收割機、汽動及手動犁具、條播機、耙
地機、農用馬車、四輪平板馬車等一應農具。

提供自流井開掘預算諮詢服務

有意請洽阿斯頓 * 格羅斯夫納大樓

「太好啦！」主人倒吸了一口涼氣。「加上他剛好是
三個。」

「我在伯明翰那邊展開了調查，」美國人說道，「替
我辦事的人把刊登在當地報紙上的這則啟事寄給了我。咱
們得趕緊把這件事情辦完。我已經給這個人寫了信，說您
明天下午四點鐘會到他辦公室去找他。」

「您覺得我去見他比較好，對嗎？」

「您說呢，福爾摩斯先生？您不覺得這樣的安排比較
明智嗎？瞧瞧我吧，我只是一個漂泊異鄉的美國人，要說
的又是一件異想天開的事情。人家憑甚麼相信我呢？您就
不同了，您是個來歷可靠的英國人，他肯定會認真對待您
說的話。您希望我去的話，我倒是願意跟您同行，只可惜
我明天忙得脫不開身，還有啊，如果您遇上了麻煩的話，
我肯定會趕過去的。」

「咳，我可是好多年沒出過這樣的遠門了啊。」

「沒甚麼大不了的，加里德布先生。我已經盤算好
了，您十二點鐘出門，兩點多一點兒就能到伯明翰，當天
晚上就可以趕回來。您要做的事情僅僅是去見見這個人，

---

* 　阿斯頓 (Aston) 是伯明翰東北部的一片區域。

跟他説明情況，再拿一份確有其人的證明書回來。老天在上！」他萬分激動地補了一句，「想想吧，為了辦成這件事情，我不遠萬里地從美國內陸趕了過來，相比之下，您這段百把英里的路程又算得了甚麼呢。」

「沒錯，」福爾摩斯説道。「我也覺得這位先生的話非常在理。」

內森·加里德布先生愁苦不堪地聳了聳肩。「好吧，既然您非要我去，那我就去吧，」他説道。「您給我的生活帶來了這麼大的希望，我確實不好拒絕您的任何請求。」

「那就這麼説定了，」福爾摩斯説道，「還有啊，您肯定會盡快通知我見面的情況吧。」

「這件事包在我身上，」美國人説道。「好啦，」他看着自己的錶補了一句，「我必須得走了。明天我也會過來，內森先生，送您去伯明翰。您跟我一起走嗎，福爾摩斯先生？那好，再見，明晚聽我們的好消息吧。」

美國人走出房間的時候，我發現我朋友的臉上已經雲開霧散，不再有先前那種若有所思的困惑神情。

「我倒想好好看看您的藏品，加里德布先生，」他説道。「所有類型的冷門知識都能在我的行當裏派上用場，您這間屋子呢，剛好是一座裝滿了這種知識的寶庫。」

聽了這話，我們的主顧頓時滿面春風，大眼鏡背後的眼睛也亮了起來。

「我總是聽別人説，先生，您是個智力超群的人，」他説道。「您要有時間的話，我這就帶您好好地參觀一下。」

「很不巧，我沒有時間。話又説回來，這些標本的標

籤做得這麼完善，分類又分得這麼細緻，哪裏還需要勞煩您親自介紹呢。明天我要是有時間過來看看的話，您應該不會有甚麼意見吧？」

「哪裏話，歡迎還來不及呢。當然嘍，這間屋子明天是鎖着的，不過，桑德斯太太會在地下室裏待到四點鐘，她有鑰匙，會幫您開門的。」

「好的，明天下午我剛好有空。麻煩您跟桑德斯太太打個招呼，事情就不會有甚麼岔子了。對了，您的房產經紀是誰呢？」

聽到這個沒頭沒腦的問題，我們的主顧非常詫異。

「霍洛維－斯蒂爾經紀行，就在埃吉沃爾路。您問這個來幹甚麼呢？」

「說到房產方面的事情嘛，我自個兒也有點兒考據癖，」福爾摩斯笑着說道。「剛才我一直在琢磨，這房子究竟是屬於安妮女王時代＊，還是喬治王時代。」

「喬治王時代，錯不了。」

「真的啊，我倒覺得它的年代比這要早一點兒呢。沒關係，這件事情很容易搞清楚。好了，再見，加里德布先生，祝您的伯明翰之行一切順利。」

經紀行就在附近，不巧的是已經打烊，於是我們就回到了貝克街。一直到吃完晚飯之後，福爾摩斯才再次談起了這件事情。

「咱們這個小問題就快解決了，」他說道。「當然嘍，

＊　安妮女王時代指英國安妮女王 (Queen Anne, 1665–1714) 執政的時代，即 1702 至 1714 年。

你肯定也已經看出眉目來了吧。」

「我一點兒也摸不着它的來龍去脈。」

「來龍顯然是清清楚楚，去脈嘛，明天就會見到分曉。你沒覺得那則啟事有甚麼古怪嗎？」

「我發現啟事裏的『犁』字寫得不對 *。」

「喵，還真讓你看見了，不是嗎？行啊，華生，你天天都有長進嘛。沒錯，這種寫法不受英國人的待見，可那些美國人就是愛用。印報紙的人也不知道改改，就這麼原封不動地登了出來。還有啊，『四輪平板馬車』† 是一種美國玩意兒，『自流井』也是在美國比較常見，咱們這兒可不多。那是一則典型的美國啟事，落款卻自稱英國公司。你覺得這是怎麼回事呢？」

「我只知道啟事肯定是那個美國律師自己登的，他這麼做的目的我就不知道了。」

「呃，這事情可以有幾種解釋。不管怎麼樣，他想把這個老古董打發到伯明翰去，這一點是非常清楚的。我本來想告訴咱們的主顧，這顯然是一趟冤枉路，轉念一想，讓他去也好，省得他礙手礙腳。明天，華生——行啦，明天自然會有分曉的。」

　　第二天，福爾摩斯一大早就出了門。直到吃午飯的時候，他才神色嚴峻地回到了家裏。

---

* 　華生這麼說，是因為英國人習慣用「plough」這個詞來指「犁」，啟事裏用的卻是同一個詞的美國拼法「plow」。

† 　這個「四輪平板馬車」(buckboard) 指的是十九世紀普遍使用於美國鄉間的一種馬車，大致特徵如名字所述。

「事情比我想的嚴重啊，華生，」他説道。「我有責任讓你知道事情的嚴重性，儘管我也知道，這只能增添你以身犯險的積極性。時至今日，我不可能不了解我的華生。不過，這次的事情確實危險，我必須讓你知道。」

「咳，咱們可不是第一次並肩冒險了啊，福爾摩斯。我還希望這不是最後一次呢。這一次的危險究竟是甚麼呢？」

「咱們得對付一塊非常難啃的骨頭。我已經識破了自稱律師的約翰·加里德布先生，他不是別人，正是以心狠手辣著稱的『殺人魔』埃文斯。」

「恐怕我還是沒聽明白。」

「是啊，你的行當可不要求你把《紐蓋特紀事》*裝在腦子裏。今天我去蘇格蘭場探望了一下雷斯垂德老兄。蘇格蘭場雖然會隔三岔五地碰上想像力和直覺不夠的問題，工作的細緻性和條理性倒可以説是世界領先。所以我就想，沒準兒能在他們的檔案裏查到咱們那位美國朋友的蛛絲馬跡。果不其然，他那張胖乎乎的臉就在蘇格蘭場的罪犯肖像檔案裏面，正在衝我笑呢。肖像下方的説明是『詹姆斯·溫特，別名莫克羅夫特，又名「殺人魔」埃文斯。』」説到這裏，福爾摩斯從兜裏掏出了一個信封。「喏，我從他的檔案裏抄來了一些材料：現年四十四歲，原籍芝加哥，據知曾在美國槍擊三人，通過政界干預逃脱

---

* 《紐蓋特紀事》(*Newgate Calendar*) 因倫敦的紐蓋特監獄而得名，指的是十八至十九世紀在英國出現的一系列講述罪犯經歷的通俗出版物，尤指 1774 年出版的一部以此為名的五卷彙編本。這個彙編本雖然有許多誇大不實之處，但卻生動有趣，很受時人歡迎。

監禁，並於一八九三年來到倫敦。一八九五年一月因牌桌爭執在滑鐵盧路的一家夜總會槍擊一人。受害者雖然死亡，種種證據卻表明受害者動手在先。受害者驗明為羅傑・普雷斯科特，是芝加哥著名的偽幣行家。『殺人魔』埃文斯於一九零一年獲釋，此後一直受到警方監控，只不過迄今未見劣跡。此人十分危險，通常攜有武器，用起來也絕不手軟。這就是咱們要逮的鳥兒，華生——而你肯定不會否認，這還是一隻非常好鬥的鳥兒哩。」

「可是，這回他搞的是甚麼名堂呢？」

「他的名堂嘛，眼下已經有了眉目。我上那家經紀行去了一趟，結果發現咱們的主顧沒說假話，他確實在那裏住了五年。他住進去的時候，那間屋子已經空了一年。在他之前的租客是一位無所事事的先生，名字叫做瓦爾德隆，經紀行裏的人至今都還清楚地記得他的相貌。瓦爾德隆突然間不知去向，之後就杳無音訊。他是個身材很高的大鬍子，一張臉黑黝黝的。好了，按照蘇格蘭場的說法，死在『殺人魔』埃文斯手裏的那個普雷斯科特正好是一個身材很高、膚色黧黑的大鬍子。依我看，咱們不妨暫時假定，美國罪犯普雷斯科特以前的住所，剛好就是咱們這位清白朋友用來充當博物館的那個房間。你瞧，咱們的演繹鏈條終於有了第一個環節。」

「下一個環節呢？」

「這個嘛，咱們現在就得去找。」

他從抽屜裏拿出一把左輪手槍，遞到了我的手裏。

「我還是用我最喜歡的那把老槍。萬一那位來自狂野

西部的朋友打算把他的綽號落到實處，咱們就必須得有應對的辦法。你可以睡一個小時的午覺，華生，然後呢，咱們就得踏上前往小賴德街的冒險之旅啦。」

下午四點整，我們趕到了內森‧加里德布的古怪寓所。照管房子的桑德斯太太正準備下班回家，但卻還是痛痛快快地給我們開了門，因為門上裝的是彈簧鎖*，福爾摩斯又保證會在離開之前做好所有的安全措施。不一會兒，房子的大門關了起來，桑德斯太太的帽子也從凸肚窗前晃了過去，說明宅子的底樓已經只剩下我們兩個人。接下來，福爾摩斯迅速地檢查了一下房間。有個櫥櫃立在黑暗的角落裏，跟牆壁之間隔着一點兒距離。到最後，我倆就蜷在了這個櫥櫃背後，福爾摩斯開始低聲解釋他的打算。

「埃文斯想讓咱們那位和藹可親的朋友走出家門——這一點非常明顯，然後呢，由於這位收藏家足不出戶，他不得不費了一番手腳。顯而易見，這一整套關於加里德布的瞎話不會有甚麼別的目的。老實說，華生，儘管這個機會來自房客的古怪姓氏，並不在他的意料之中，可他這個點子還是有那麼一點兒鬼機靈的，他制訂的計劃嘛，也可以說是格外狡猾。」

「可他到底想要甚麼呢？」

「呃，咱們到這兒來，正是為了查明他想要甚麼。根據我對形勢的判斷，他要的東西絕對不會跟咱們的主顧有半點關係，肯定是跟死在他手裏的那個人有點兒牽連，那

---

* 這句話在此處的實際意思是，不用鑰匙也能鎖上房門。

個人沒準兒跟他一起作過案。這間屋子裏埋藏着某種罪惡的秘密，我就是這麼看的。一開始，我還以為咱們的朋友收藏了甚麼自己不知道的貴重東西——貴重得能讓一名巨匪盯上的東西。不過，既然聲名狼藉的羅傑・普雷斯科特也住過這間屋子，事情就不會那麼簡單了。好啦，華生，眼下咱們只能耐心等待，到時候自見分曉。」

沒過多久，見分曉的時候就到了。聽到外面的大門開了又關的聲音，我們趕緊往暗處縮了縮。接下來是一聲鑰匙開門的金屬脆響，那個美國人進了房間。他輕輕地帶上房門，機警地四下打量了一番。確信一切正常之後，他甩掉外套，邁着輕快的步伐走向房間中央的那張桌子，整個兒是一副目的明確、成竹在胸的架勢。他把桌子推到一邊，掀起桌子下面的那方地毯，把整張地毯捲了起來，然後就從衣服內袋裏拿出一根撬棍，跪在地板上大幹起來。不一會兒，我們聽到了板子滑開的聲音，緊接着，地板上出現了一個方形的洞口。「殺人魔」埃文斯劃燃一根火柴，點起一截蠟燭，從我們的視野當中消失了。

顯而易見，這正是我們的大好機會。福爾摩斯碰了碰我的手腕，發出了行動的信號，我倆便一起躡手躡腳地摸向那道打開的活門。儘管我們的腳步非常輕，古舊的地板多半還是發出了吱呀的聲音，因為我們那位美國客人突然把腦袋從活門裏探了出來，開始慌慌張張地四下窺視。看到我們的時候，他雙目圓睜，神情又是困惑又是暴怒。不過，意識到有兩把手槍指着自己的腦袋之後，他的表情漸漸地軟化成了一種相當羞慚的訕笑。

「好，好！」他三下兩下地爬了上來，泰然自若地説道。「要我説，您那邊的人可比我這邊多了一個啊，福爾摩斯先生。依我看，您肯定是識破了我的計謀，從一開始就在把我當猴耍。好啦，先生，我向您表示祝賀。您打敗了我，而且——」

電光石火之間，他已經飛快地掏出懷裏的左輪手槍，連着開了兩槍。我突然感到一陣火辣辣的劇痛，似乎是有人把一塊燒紅的烙鐵壓上了我的大腿。緊接着，福爾摩斯的手槍砸在了美國人的腦袋上，美國人轟然倒地。我模模糊糊地看到美國人四仰八叉地躺在地板上，臉上鮮血橫流，福爾摩斯則忙着收繳他身上的武器。接下來，我朋友用精瘦有力的雙臂抱住了我，扶着我走向一把椅子。

「你沒受傷吧，華生？看在上帝份上，説話啊，説你沒有受傷！」

受次傷也值得——受再多次傷都值得——只要能看到那張冷漠的面具背後埋藏着多麼深沉的忠誠和摯愛。有那麼一瞬間，那雙清澈堅定的眼睛蒙上了一層霧氣，那張堅毅的嘴巴也開始微微顫抖。就這麼一次，我不光是瞥見了一顆偉大的頭腦，還瞥見了一顆偉大的心靈。我付出了這麼多年卑微卻執着的犬馬之勞，終於換來了這個天啟一般的時刻。

「沒甚麼大不了的，福爾摩斯，破了點兒皮而已。」

説話間，他已經用小刀割開了我的褲腿。

「你説得對，」他大喊一聲，無比寬慰地吁了一口氣。「僅僅是皮外傷。」我們的俘虜一臉茫然地坐起身來，於

是他怒視着俘虜，臉板得跟燧石一樣。「老天作證，這一次算你運氣好。你要是殺死了華生，那你就別想從這間屋子裏活着出去。好了，先生，你還有甚麼可說的？」

他沒有甚麼可說的，只知道坐在那裏吹鬍子瞪眼睛。我靠着福爾摩斯的胳膊，我們一起走到那道隱秘的活門旁邊，往活門底下的那個小地窖裏張望。埃文斯帶下去的蠟燭照出了地洞裏的情形，我們看到了一大坨鏽跡斑斑的機械、一大卷一大卷的紙張、一堆亂七八糟的瓶子和一張小桌子，此外還有好幾個捆紮整齊的小包裹，整整齊齊地碼在小桌子上。

「這是印刷機——偽鈔製造者的行頭，」福爾摩斯說道。

「是的，先生，」我們的俘虜一邊說，一邊晃晃悠悠地站了起來，跟着又栽到了椅子上。「它屬於倫敦歷史上最了不起的偽鈔製造者。那是普雷斯科特的機器，桌子上那些包裹裏裝着兩千張普雷斯科特印制的鈔票，一張就是一百鎊，到哪兒都花得出去。隨便拿吧，兩位。就這麼說，放我開路吧。」

福爾摩斯笑了起來。

「我們可不是這麼辦事的，埃文斯先生。這個國家裏沒有你的容身之處。是你槍殺了這個名叫普雷斯科特的傢伙，不是嗎？」

「是我，先生，我還為這件事情蹲了五年呢，儘管是他先掏的槍。五年哪，可他們本來應該發給我一塊湯盤那麼大的獎章才對。世上沒有人能把普雷斯科特的鈔票跟英

格蘭銀行的鈔票區別開來，要不是我除掉了他的話，他的鈔票肯定會在倫敦泛濫成災的。世上只有我知道他在甚麼地方製造鈔票。我想到這個地方來，有甚麼好奇怪的嗎？還有啊，我發現那個姓氏古怪、又瘋又蠢的蟲豸專家一屁股坐在這上面，死活也不出門，所以才不得不竭盡全力讓他挪挪窩，有甚麼好奇怪的嗎？説不定，我直接把他幹掉還好一些呢。幹掉他容易得很，只可惜我這個人心腸軟，沒辦法衝手裏沒槍的人開槍。可是，福爾摩斯先生，説來説去，我究竟做錯了甚麼呢？我沒有動過那部機器，也沒有傷害那個老呆瓜。你能告我甚麼呢？」

「照我看，也就是謀殺未遂而已，」福爾摩斯説道。「不過，告你可不是我們的工作。接下來，他們會去辦這件事情。眼下嘛，我們只要把你這個可人兒抓到就行。麻煩你給蘇格蘭場掛個電話，華生，他們不會是一點兒思想準備都沒有的。」

「殺人魔」埃文斯的事跡，還有他那個關於「三個加里德布」的精彩構思，到這裏就算是全部講完。我們後來聽説，夢想破滅的事實對我們那位上了年紀的可憐朋友造成了永久性的打擊。他那座空中樓閣轟然坍塌，捎帶着把他埋進了瓦礫堆。他最後的音訊是從布萊克斯頓街區 * 的一家療養院傳來的。起獲普雷斯科特印鈔行頭的那一天，蘇格蘭場喜氣洋洋，因為他們早就知道有這麼一套行頭，在普雷斯科特死後卻一直沒能找到它的下落。這個偽幣專家算得上一種獨樹一幟的社會公害，如此説來，埃文斯確

---

* 布萊克斯頓 (Brixton) 是倫敦泰晤士河南邊蘭貝思區的一片區域。

實勞苦功高，還讓幾位可敬的刑事偵緝處探員睡上了安穩覺。探員們倒是願意接受埃文斯的意見、發給他一塊湯盤那麼大的獎章，只可惜法官不識好歹、對他的評價也不是那麼正面，於是乎，「殺人魔」又回到了他剛剛出來的那片蔭涼地界。

雷神橋謎案 *

　　查林十字科克斯銀行 † 的保險庫裏有一個滿載風塵、破舊不堪的馬口鐵 ‡ 公文箱，蓋子上寫着我的姓名：約翰·H. 華生，醫學博士，原屬印度軍團 §。箱子裏面塞滿了文件，絕大部分都是案卷，記錄着歇洛克·福爾摩斯先生在各個時期經手的怪異問題。其中的一些案子雖然不乏趣味，結局卻是徹底的失敗，相關的事情既然永無定論，自然不適合形諸筆墨。沒有答案的問題或許能引起研究者的興趣，只可惜必然招致普通讀者的怨聲。有頭無尾的故事包括詹姆斯·菲利莫爾先生的遭遇，他走回自己家裏去拿雨傘，就這樣從世上銷聲匿跡 ¶。獨桅帆船「艾麗西亞號」

---

* 這篇故事首次發表於 1922 年 2 至 3 月，分兩部分連載，篇名中的「雷神」英文為「Thor」，為北歐神話當中的雷神。

† 查林十字 (Charing Cross) 這個地名來自古代村莊查林以及英王愛德華一世為紀念亡妻埃蓮諾（參見前文注釋）而樹立的十字架，指倫敦斯特蘭街、白廳路等街道的交會處，當時也指大蘇格蘭場街和特拉法爾加廣場之間的一段街道；科克斯銀行 (Cox and Co.) 是當時的真實存在，二戰中毀於空襲。

‡ 馬口鐵 (tin) 即經過鍍錫防鏽處理的薄鋼板或鐵板，常用於製造各種容器。這種材料的確切名稱應為「鍍錫薄板」，考慮此書時代，仍採「馬口鐵」之舊名。

§ 原文如此，不過，嚴格意義的印度軍團 (Indian Army) 是指駐紮在印度的英軍，與此同時，按照《暗紅習作》當中的記述，華生服役的兩支部隊都是從英國本土派往印度的軍隊。

¶ 按照亞瑟·柯南·道爾在自傳《回憶與冒險》(*Memories and*

的遭遇同樣出奇，它在某個春日早晨駛入了一小團霧氣，進去就沒有出來，連同船上的人一起沒了下文。第三個值得一提的此類故事以伊薩多拉‧珀薩諾為主角，人們發現這位著名的記者兼決鬥好手徹徹底底地失去了神智，直勾勾地瞪着面前的一個火柴盒，盒子裏裝的是一條古怪的蠕蟲，據說是科學界聞所未聞的東西。拋開這些未曾破解的謎案不談，還有些案子涉及極其重大的私家隱秘，竟至於達到了這樣一種程度，一旦覺得這些案子有可能變成鉛字，許多高高在上的處所就會出現惶惶不可終日的場面。不用說，像這種辜負他人信任的事情連想都不能想，眼下也已經到了把這些案子的記錄挑出來銷毀的時候，原因是我朋友剛好有時間，可以動手處理這件事情。剩下還有許多趣味或大或小的案子，我本來可以加工出來，可我又擔心公眾多食傷胃，由此損及我最為敬重的那個人的名望。有一些案子我曾經親身參與，可以用目擊證人的口吻來講述，另一些則只能使用第三人稱，因為我要麼是未曾參與，要麼就是參與的程度極為有限 *。以下這個故事則是我的親身經歷。

十月裏一個風聲怒號的早晨，我一邊穿衣，一邊看狂風吹襲後園那株孤零零的懸鈴木、捲走枝頭的最後一些葉子。這之後，我走到樓下去吃早餐，滿以為會看到我室友

Adventures, 1924) 當中的記述，他曾經聽說過一個發生在美國的案件，星期日傍晚，一個男的正在跟家人一起散步，突然發現自己忘帶了甚麼東西，於是走回家去取，就此永遠失蹤。

* 　《福爾摩斯探案全集》當中只有兩個通篇第三人稱的故事，即《福爾摩斯謝幕演出》和《馬澤林鑽石》。《暗紅習作》和《恐怖谷》當中也有第三人稱的片斷。

鬱鬱不樂的模樣，因為他跟所有的藝術大師一樣，很容易受到環境的觸動。完全出乎我意料的是，他幾乎已經吃完了早餐，神情也格外地興高采烈，身上還帶着一種多少有點兒不懷好意的歡快勁頭，正是他輕鬆時刻的常態。

「手頭有案子吧，福爾摩斯？」我如是說道。

「演繹的本領顯然是具有傳染性啊，華生，」他回答道。「你也學會用演繹法來窺探我的秘密啦。沒錯，我手頭有件案子。連着過了一個月瑣碎無聊、停滯不前的日子，輪子終於又轉了起來。」

「能給我講講嗎？」

「可講的事情雖然不多，咱們倒不妨討論一下，不過你得先吃完那兩隻雞蛋。那兩隻雞蛋是咱們的新廚子賞給咱們的，煮得梆硬，它們的火候多半跟我昨天在門廳桌子上看到的那本《家庭信使》＊不無關係。即便是應付煮雞蛋這樣的瑣碎事情，你也得拿出一種準確把握時間的專注，與此同時，這樣的專注是跟那本絕妙期刊裏的言情故事水火不容的。」

一刻鐘之後，桌子已經收拾乾淨，我倆面對面地坐在了一起，他手裏拿着從衣兜裏掏出來的一封信。

「你聽說過金礦大王尼爾·吉布森嗎？」他問道。

「你是說那個美國參議員嗎？」

「沒錯，他一度是美國西部某個州的參議員，可他之

＊　《家庭信使》(*Family Herald*) 是十九世紀四十年代在英國問世的一本週刊，主要刊登情節誇張的浪漫故事，深受女性歡迎，1940 年停刊。

所以出名，主要是因為他是世界上最大的金礦巨頭。」

「是的，我知道他。他來英國不是有些日子了嘛，他的名字我聽着非常耳熟。」

「沒錯，大概五年之前，他在漢普郡 * 置下了一大片產業。他妻子慘遭橫禍，興許你已經聽說了吧？」

「那是當然，你一說我就想起來了。就是因為這件事情，我才會覺得他的名字耳熟。不過，其中的細節我確實是一無所知。」

福爾摩斯衝着椅子上的一堆報紙揮了揮手。「我完全沒想到這件案子會到我的手裏，不然的話，我肯定是一早就把資料準備好啦，」他說道。「事實上，這件案子雖然極其轟動，看上去卻沒有甚麼疑難之處。被告的個性雖然迷人，終歸也不能抹殺確鑿的罪證。驗屍官陪審團就是這種看法，地方法庭也是這種結論。到這會兒，案子已經轉到了溫徹斯特的巡回法庭†。照我看，這恐怕是一件費力不討好的活計。我有本事發現事實，華生，可我沒本事改變事實。除非是有了甚麼意想不到的全新發現，如其不然，我這個主顧是沒甚麼盼頭的。」

「你的主顧？」

---

* 漢普郡 (Hampshire) 是英格蘭南部的一個郡，首府溫徹斯特 (Winchester) 東北距倫敦約 100 公里。

† 在英格蘭和威爾士，驗屍官是由地方政府聘任的獨立司法官員，職責之一是對非自然死亡進行驗屍及死因調查，調查時可自行決定是否召集陪審團，情況特殊的時候則必須召集陪審團 (比如死者死於獄中或警方監管之下的時候)；地方法庭 (police court)，也稱警庭，是英格蘭和威爾士最低級的法庭；巡回法庭 (Azzizes) 為當時英格蘭和威爾士負責審理重大案件的定期巡回法庭，1972 年廢止，職責由皇家法庭 (Crown Courts) 取代。

「哦，我倒是忘了，這件事情我還沒跟你說呢。華生啊，我也染上了你那種莫名其妙的怪毛病，學會把故事倒過來講啦。好了，你還是先讀一讀這個吧。」

他把一封信遞給了我，信上的筆跡清晰醒目、咄咄逼人，全文如下：

克拉里奇酒店 *，十月三日

親愛的歇洛克·福爾摩斯先生：

　　我不能眼睜睜看着古往今來最好的女人走向死亡，一定要盡一切的努力來挽救她。我解釋不了這些事情，哪怕是試着解釋一下都做不到，可我確切無疑地知道，鄧巴小姐是無辜的。相關的事實您肯定已經知道了——誰不知道呢？這已經成了舉國上下的談資。可是，沒有一個人站出來替她説話！就是這種全無公道的該死局面把我逼到了瘋狂的邊緣。這個女人心軟得連蒼蠅都不忍傷害啊。這樣吧，我明天十一點鐘過去找您，看您能不能從黑暗之中找出一點光明。説不定，我手裏還有甚麼我自個兒都不知道的線索呢。不管怎麼樣，我所知的一切、我所有的一切，再加上我整個兒的人，全部都聽您差遣，只要您能救她就行。如果您確實擁有那些神奇的本領，那就把它們全部用到這件案子上吧。

您忠實的朋友

J. 尼爾·吉布森

---

*　克拉里奇酒店 (Claridge's Hotel) 是真實存在的一家豪華酒店。在《福爾摩斯謝幕演出》當中，福爾摩斯曾經説：「你明天再向我匯報吧，瑪莎，到倫敦的克拉里奇酒店去找我。」

「看到了吧，」歇洛克・福爾摩斯一邊說，一邊抖掉他那斗飯後煙草的灰燼，然後再慢條斯理地往煙斗裏添煙草。「我等的就是這位先生。至於這件事情嘛，我看你已經來不及讀完所有這些報紙啦，如果你對案情產生了探究興趣的話，我只能簡要地給你介紹一下。這個人是世界上最有勢力的財閥，據我所知還是個性情極其兇暴、極其可怕的傢伙。這次慘案的受害人就是他的妻子，可我對他妻子一無所知，只知道她已經過了盛年，讓局面雪上加霜的是，她那兩個年幼孩子的家庭教師是一個非常有魅力的女人。案子的主角就是這三個人，案發地點則是一座富麗堂皇的古老府第，那裏曾經是一個英格蘭古國的政治中心。再來說慘案本身，深夜時分，人們在庭園裏發現了他的妻子，那地方離宅子差不多有半英里。他妻子穿着晚裝，搭着披肩，一顆左輪手槍子彈打穿了她的腦子。屍體周圍沒有武器，也沒有關於這次兇案的任何線索。屍體周圍沒有武器，華生——記住這一點！兇案似乎是在入夜時分發生的。等到十一點鐘左右，一名獵場看守發現了屍體，警察和醫生隨即對屍體進行了檢查，之後才把屍體抬進宅子。我講得是不是有點兒過於精簡啊，你都聽明白了嗎？」

「你講得非常清楚，不過，他們為甚麼要懷疑這個家庭教師呢？」

「這個嘛，首先是因為他們找到了一些非常直接的證據。他們在家庭教師那裏找到了一把開過一槍的左輪手槍，口徑跟屍身上的子彈相符，手槍就擺在她那個衣櫥的底板上。」說到這裏，他突然雙眼發直，一字一頓地把

剛才的話重覆了一遍，「就——擺在——她——那個衣櫥——的——底板上。」接下來，他陷入了沉默，我看得出他腦子裏的思維列車已經啟動，自然不會去幹打擾他的蠢事。突然之間，他猛一激靈，恢復了先前那種興致勃勃的狀態。「沒錯，華生，他們找到了手槍。鐵板釘釘，對吧？那兩個陪審團反正是這麼想的。然後呢，死了的這個女人手裏有一張字條，字條表明有人跟她約在了死亡地點，末尾署的是家庭教師的名字。你覺得怎麼樣？最後，家庭教師確實有作案的動機。吉布森參議員是個很有吸引力的人物，種種跡象都表明他對家庭教師非常上心，如果他妻子死了的話，還有誰會比這位年輕女士更有可能接替妻子的位置呢？愛情、金錢、權勢，一切都取決於一個中年女人的性命。醜陋啊，華生——醜陋之極！」

「是啊，確實醜陋，福爾摩斯。」

「此外，家庭教師拿不出不在現場的證明。恰恰相反，她不得不承認，差不多就在慘案發生的那個時間，她確實是在雷神橋——也就是慘案現場——附近。這一點不容抵賴，因為一個路過的村民看見了她在那裏。」

「看樣子，這真的是一件鐵案啊。」

「然而，華生——然而！雷神橋是一座寬闊的石橋，兩邊都有欄杆。這座橋連着馬車道，橋下是一個又長又深的葦塘，名字叫做『雷神塘』。石橋從葦塘最狹窄的部位跨過，死了的這個女人就在橋頭躺着。主要的事實就是這些。好了，我沒搞錯的話，咱們的主顧已經來了，時間提前了很多啊。」

比利 * 已經推開了房門，通報的姓名卻出乎我們的意料。來的是馬洛・貝茨先生，我們兩個都不認識。他瘦骨伶仃、誠惶誠恐，眼睛裏驚魂未定，整個人抖抖索索、戰戰兢兢。以我的專業眼光來看，這個人已經走到了神經徹底崩潰的邊緣。

　　「您好像有點兒激動啊，貝茨先生，」福爾摩斯説道。「請坐。恐怕我給不了您多少時間，因為我十一點鐘有個約會。」

　　「我知道，」我們的客人倒吸一口涼氣，嘴裏迸出一連串短短的句子，就跟喘不上氣似的，「吉布森先生要上這兒來。吉布森先生是我的東家。我是他的莊園管事。福爾摩斯先生，他是個惡棍——是個地獄裏來的惡棍。」

　　「您的措辭很激烈啊，貝茨先生。」

　　「我不得不加重語氣，福爾摩斯先生，因為我的時間實在有限。我死也不能讓他看到我來了這兒，而他很快就要來了。可我趕得不巧，想早來也辦不到。今天早上，他的秘書弗格森先生才告訴我，吉布森先生跟您有約。」

　　「您不是他的管事嗎？」

　　「我已經跟他提出辭職了。用不了兩個星期，我就能擺脫他那種該死的奴役。他是個冷酷的人，福爾摩斯先生，對身邊所有的人都冷酷。他那些公開的善舉不過是一塊遮羞布，為的是掩蓋他私底下的罪孽。當然嘍，首當其衝的還是他的妻子。他對待妻子的方式慘無人道——真

---

* 　除了這個故事之外，名叫「比利」(Billy) 的小聽差還曾經在《恐怖谷》和《馬澤林鑽石》當中出現。參見《恐怖谷》當中的相關注釋。

的，先生，慘無人道！他妻子是怎麼死的我不知道，可我確切地知道，他把她的生活變成了痛苦的深淵。他妻子是熱帶地方的人，出生在巴西，這您肯定知道吧。」

「不知道，這我倒沒留意。」

「熱帶出身、熱帶性情，她是個豔陽哺育的火辣女子。她把她這類女人的火辣深情全部傾注在了丈夫身上，結果呢，等到她的美貌——我聽人說，她曾經貌美驚人——消褪之後，丈夫就徹底喪失了對她的興趣。大家都喜歡她、同情她，都為她丈夫對待她的方式感到義憤填膺。不過，她丈夫可是個能說會道、詭計多端的傢伙。我要說的就是這些。您不要光看他的表面，裏頭的東西還多着呢。好了，我得走了。別，別，別攔着我！他馬上就要來啦。」

這位奇異的客人驚慌失措地看了看鐘，實實在在地跑了起來，轉眼就消失在了門外。

「好啊！好啊！」片刻沉默之後，福爾摩斯說道。「看樣子，吉布森先生的家裏人還挺擁護他的哩。不過，這個人的警告還是有點兒用處的。好啦，等他本人來了再說吧。」

十一點整，樓梯上傳來了沉重的腳步聲，比利把這位著名的富豪領進了房間。看到他的模樣，我不光懂得了他那個管事的恐懼和厭惡，還懂得了無數個商場對手堆在他腦袋上的那些詛咒。如果我是個雕塑家，打算塑造一個心如鐵石、寡廉鮮恥的成功商人，尼爾‧吉布森先生就是最合適的模特。他那副又高又瘦、骨架嶙峋的身板訴說着飢渴與貪婪。把亞伯拉罕‧林肯身上的高貴替換成卑污，你

就可以大致想見他的模樣。他的臉就跟用花崗岩鑿出來的一樣，堅硬刻板、崎嶇不平、冷酷無情，一道道深深的溝壑見證着他人生之中的無數個危難時刻。他猬毛一般的濃眉之下是一雙冷漠的灰色眼睛，正在用老謀深算的目光來回打量我們。福爾摩斯介紹我的時候，他馬馬虎虎地欠了欠身，跟着就擺出一副飛揚跋扈的主子架勢，把一把椅子拖到我室友面前，自顧自地坐了下來，皮包骨頭的膝蓋幾乎頂到了我室友的身上。

「我直接說了吧，福爾摩斯先生，」他張嘴就說，「辦這件案子我絕不計較花費。只要能照亮您通往真相的道路，您儘管把鈔票當成生火的燃料。這個女人清白無辜，這個女人必須得到洗雪，這件事情得靠您來辦。說個數吧！」

「我的業務費用有一套固定的標準，」福爾摩斯冷冷地說道。「完全免費的情形倒是有，收費的標準是從來不會變的。」

「呃，不在乎錢的話，那您就想想由此而來的聲望吧。只要您辦成了這件事情，英美兩國的所有報紙都會把您往天上捧。兩個大洲的人都會把您掛在嘴上的。」

「謝謝您，吉布森先生，我並不覺得我需要吹捧。說出來您可能會覺得驚訝，可我喜歡隱姓埋名地工作，興趣所在僅僅是問題本身。算啦，說這些完全是浪費時間，咱們還是來說說案情吧。」

「依我看，主要的案情都已經上了報，我真不知道我還能補充甚麼有用的東西。不過，如果您有甚麼地方需要弄得更明白的話——瞧，我這不是來了嘛。」

「很好，我要問的只有一點。」

「哪一點？」

「確切地說，您和鄧巴小姐究竟是甚麼關係？」

金礦大王渾身一震，身子從椅子上起了一半。接下來，他恢復了先前那種泰然自若的神態。

「照我看，問這樣的問題是您的權利，甚至可以說是您的職責，福爾摩斯先生。」

「您這個看法我同意，」福爾摩斯說道。

「那我可以向您保證，我和鄧巴小姐之間的關係純粹是也始終是一個東家和一個受聘的年輕女士之間的關係，女士沒有和東家的孩子待在一起的時候，東家從來沒跟女士說過話，甚至從來沒有見過她。」

福爾摩斯起身離座。

「我這個人事情很多，吉布森先生，」他說道，「沒工夫也沒興趣進行不着邊際的談話。您請便吧。」

客人也已經站了起來，骨架鬆散的魁梧身形比福爾摩斯還要高上一頭，猬毛一般的濃眉之下射出了兩道憤怒的寒光，蠟黃的雙頰泛起了一抹鮮豔的顏色。

「這話到底是甚麼意思，福爾摩斯先生？您是要推掉我的案子嗎？」

「呃，吉布森先生，案子先不說，您這個人我是要推掉的。依我看，我已經說得夠明白的啦。」

「是挺明白的，可我倒想知道，您心裏打的是甚麼算盤？是坐地起價、是知難而退，還是另有圖謀呢？我有權得到一個明明白白的回答。」

「是嗎，興許您確實有這個權利，」福爾摩斯說道。「那我就給您一個回答吧。這件案子本來就已經夠複雜的啦，用不着再弄些假情報來添亂。」

「意思是我說了謊。」

「呃，我一直都在盡量把話往委婉裏說，不過，您要是非用這個字眼兒不可的話，我也不會反駁您的。」

我一下子跳了起來，因為這位富豪的表情已經變得跟惡魔一樣猙獰，那隻骨節嶙峋的碩大拳頭也已經舉到了空中。福爾摩斯懶洋洋地笑了笑，伸手去拿自己的煙斗。

「稍安毋躁，吉布森先生。根據我的經驗，剛吃完早飯的時候，就算是最輕微的口角也非常影響情緒。我看您不如出去走走，呼吸呼吸晨間的空氣，安安靜靜地想一想，肯定會受益匪淺的。」

金礦大王勉強壓住了心裏的火氣。片刻之間，無比強大的自制力就把他從一團熊熊燃燒的怒火變成了一座倨傲漠然的冰山，真叫我不得不佩服。

「好吧，悉聽尊便。按我看，您對自個兒的業務很有主見，我也不能勉強您接下您不願意接的案子。今天早上的事情對您沒甚麼好處，福爾摩斯先生，比您還難對付的人我也收拾過。跟我作對的人都沒有佔到甚麼便宜。」

「好多人都像您這麼說過，可我不還是這樣嘛，」福爾摩斯笑着說道。「好啦，再見，吉布森先生。您需要學習的東西還多着呢。」

客人山呼海嘯地退了場，福爾摩斯卻好像沒有聽見，只是默默地抽着煙，出神地望着天花板。

「有何高見，華生？」他終於開口發問。

「呃，福爾摩斯，說老實話，鑑於他顯然是個容不得任何絆腳石的人，而我還記得，那個名叫貝茨的人說得非常明白，他妻子沒準兒就是一塊不受他待見的絆腳石，所以我覺得——」

「沒錯，我也這麼覺得。」

「不過，他跟那個家庭教師究竟是甚麼關係，你又是怎麼看出來的呢？」

「詐唬，華生，靠的是詐唬！看到他信裏那種激情洋溢、不合常規的私事口吻，再跟他本人那種自制內斂的神情舉止作個對比，顯而易見，這件事讓他很是動情，動情還不是為了受害人，反倒是為了那個受到指控的女人。要想查明真相，咱們就必須弄清他們三個之間的確切關係。你看見了我向他發起的正面進攻，也看見了他是多麼地應付裕如。所以我只好詐他，讓他覺得我確定無疑地掌握了他倆之間的關係，實際呢，我只是非常懷疑而已。」

「沒準兒他還會回來吧？」

「他肯定會回來、**不得不**回來，因為他不能就這麼撒手不管。哈！是門鈴的聲音嗎？沒錯，我聽到他的腳步聲了。好啦，吉布森先生，剛才我還在跟華生醫生說，您怎麼還沒回來啊。」

金礦大王已經再次走進了房間，態度比離開的時候老實了一些。他的眼睛裏仍然帶着那種顏面受損的懊恨，可他的常識理性已經讓他明白，要想達到目的，不妥協是不行的。

「我一直在掂量這件事情，福爾摩斯先生，結論是您

的話不無道理，我的火氣未免有點兒草率。您確實應該探明事實，任何事實都不例外，您這麼做，我倒是對您更加敬重。不過我可以跟您保證，我和鄧巴小姐的關係對這件案子沒有甚麼影響。」

「有沒有影響得是我說了算，對吧？」

「對，我同意您的看法。您好比是一位醫生，一定要看清所有的症狀才能下診斷。」

「沒錯，這個比喻非常貼切。還有啊，病人如果向醫生隱瞞症狀，那就肯定是另有目的。」

「興許是吧，可您必須承認，福爾摩斯先生，如果有人直截了當地問起自己跟某個女人的關係，大多數男人都會有點兒躲躲閃閃，如果他確實對這個女人動了真情的話。要我說，大多數男人的心靈深處都有一小塊只屬於自己的私人領地，不歡迎別人跑來窺探。您倒好，突然之間就闖了進來。話又說回來，您這麼做只是為了救她，所以也情有可原。好吧，圍欄已經撤除，私人領地已經開放，您想看哪兒就看哪兒吧。您想知道甚麼呢？」

「真相。」

金礦大王沉默了片刻，似乎是正在整理自己的思緒。這時候，他那張溝壑縱橫的嚴峻面孔已經變得更加悲哀、更加陰沉。

「真相幾句話就可以說完，福爾摩斯先生，」他終於開了口。「有些事情不好講，講起來也讓人痛苦，所以我只會講到必要的程度，不會再往深裏講。在巴西淘金的時候，我認識了我的妻子。她閨名瑪麗亞・品托，是馬瑙

斯* 一位政府官員的女兒，長得非常漂亮。那時我很年輕，腦子裏充滿了激情。不過，即便到了現在，拿一種更加冷靜、更加挑剔的眼光回頭去看，我仍然覺得當時的她是一個少有的美人。除此之外，吸引我的還有她那種深沉飽滿的性情，她敢愛敢恨、全心全意、熱情奔放、行事衝動，跟我在美國見到的那些女人大不相同。長話短說吧，我愛上了她，後來又娶了她。等到當初的浪漫激情——那樣的激情持續了好些年——消退之後，我才認識到我倆之間沒有共同點，一丁點兒都沒有。這麼着，我對她的愛由濃轉淡。如果她的愛也淡了的話，事情倒還好辦，可您肯定知道，女人就是這麼奇妙！不管我怎麼做，她始終不肯疏遠我。即便我對她冷酷無情，按有些人的說法還達到了慘無人道的地步，那也只是因為我知道，如果能撲滅她的愛，或者是讓她由愛轉恨，我們兩個都會好過一些。可是，甚麼事情也不能改變她的心意。身處英格蘭的山林之中，她對我的愛依然跟二十年前在亞馬遜河岸的時候一模一樣。隨便我怎麼做，她始終對我死心塌地。

「然後呢，格蕾絲·鄧巴小姐來了。她來應徵我們登的啟事，接着就成了我們那兩個孩子的家庭教師。報紙上有她的相片，您興許已經看見了。所有的人都承認，她也是一個非常漂亮的女人。好啦，我並不打算裝出一副比別人高尚的樣子。我這就跟您坦白，天天跟這樣的一個女人待在同一個屋簷下，我不可能不對她產生強烈的感情。這有甚麼不對嗎，福爾摩斯先生？」

---

*　馬瑙斯 (Manaos) 是巴西北部的一個重要城市，坐落在亞馬遜河岸。

「我倒不覺得您這種感情有甚麼不對，可您要是把它表白出來的話，那可就不應該了，因為這位年輕的女士在一定程度上是託庇於您的。」

「呃，興許是吧，」富豪應了一句，只不過，福爾摩斯的譴責還是讓憤怒的光芒再一次從他眼裏一閃而過。「我沒打算往自個兒臉上貼金。要我說，我一輩子都是個想要甚麼就伸手去拿的人，而我最想要的就是這個女人的愛，還有她這個人。我照直跟她說了。」

「噢，您說了啊，真的嗎？」

真生起氣來的時候，福爾摩斯的樣子是非常可怕的。

「我跟她說，能娶她的話我一定會娶，只可惜我辦不到。我還告訴她，錢不是問題，只要能讓她過得舒心愜意，我不會吝惜任何東西。」

「不用說，您真是慷慨極啦，」福爾摩斯冷笑一聲。

「聽着，福爾摩斯先生，我找您只是為了澄清事實，並不是為了跟您探討道德問題。我不需要您對我指手劃腳。」

「完全是看在這位年輕女士的份上，我才會碰您這件案子，」福爾摩斯厲聲說道。「按我看，她身上的所有罪名都壞不過您自承不諱的那條罪名，因為您竟然打算毀掉一個託庇於您的無助姑娘。你們這樣的富人真應該受到一點兒教訓，好讓你們知道，並不是整個世界都會接受你們的賄賂、對你們的罪惡不聞不問。」

出乎我意料的是，金礦大王竟然老老實實地收下了這通訓斥。

「到這會兒，我自個兒也是這麼想的。謝天謝地，我的計劃沒有收到我預期的效果。她根本不聽我說的那些話，還打算立刻離開我的宅子。」

「她為甚麼沒有離開呢？」

「呃，這首先是因為她得養活她的親人，她不能隨隨便便地自斷生計，讓她的親人陷入困境。等我發誓保證——我確實發了誓——再也不騷擾她之後，她也就接受了我的挽留。不過，這當中還有另外的原因。她心裏明白，她對我的影響力超過了世上的任何一種力量，所以就想利用這種影響力來做點好事。」

「怎麼做呢？」

「這個嘛，她對我的生意略有所知。我的生意做得很大，福爾摩斯先生，大得超出了普通人的想像。我掌握着興造與摧毀的力量，不過我通常都是摧毀。毀在我手裏的不光是單個的人，還有一個又一個的群體、一個又一個的城市，甚至是一個又一個的國家。生意是一種冷血的遊戲，弱者只能承受失敗的結局。我全力以赴地玩着這種遊戲，自己從來不叫痛，也從來不管別人叫不叫痛。不過，她的看法跟我不一樣，我也覺得她的看法不無道理。她心口如一地認為，一個人的多餘財富絕不能建築在千萬人生活無着的基礎之上。她的看法就是這樣，按我的感覺，她能夠看到某種比財富更加持久的東西。她發現我肯聽她的話，所以相信自己可以通過影響我的行動來造福世人。這麼着，她留了下來，然後就出了這件事情。」

「您自個兒有沒有甚麼頭緒呢？」

金礦大王沒有立刻回答，而是用雙手捂住腦袋，沉思了一兩分鐘。

「局面確實對她非常不利，這一點我絕不否認。再者說，女人的心思深藏不露，往往會做出讓男人沒法預料的事情。剛剛出事的時候，我驚得慌了神，以至於願意相信她確實是受了甚麼匪夷所思的蠱惑、做出了這種完全違背本性的事情。後來呢，我想到了這麼一種解釋，不管它講不講得通，我還是說給您聽一聽。我妻子非常妒忌她，這是件毫無疑問的事情。對精神關係的妒忌也可以非常瘋狂，不遜於對身體關係的妒忌。雖說我妻子沒有理由產生後一種妒忌——照我看，她自己也明白這一點——可她確實知道，這個英國姑娘可以在很大程度上影響我的想法和行動，而她自己從來不曾擁有這樣的力量。儘管這是一種好的影響，事情也沒有任何改觀。仇恨把她逼到了瘋狂的邊緣，她的血液裏又始終流淌着亞馬遜河的剛烈性情。當時的情形興許是這樣的，她想要謀殺鄧巴小姐，要不就是拿槍威脅鄧巴小姐離開我們家。然後呢，她們兩個扭打起來，槍走了火，中槍的正好是拿着槍的那一個。」

「這種可能性我已經想到了，」福爾摩斯說道。「說實在的，這是唯一的一種可以替代蓄意謀殺的明顯解釋。」

「可是，鄧巴小姐徹底否認這種解釋。」

「這個嘛，她的否認並不能算是定論，對吧？可想而知，一個女人陷入了如此可怕的處境，完全有可能驚慌失措地拿着槍跑回家裏，甚至還可能把槍扔進自己的衣櫥，壓根兒沒有意識到自己在幹甚麼。等到事情敗露的時候，

她也完全可能來個一概不認、用謊言來給自己開脫，因為其他的説辭都幫不上忙。您能拿甚麼來推翻這樣的假設呢？」

「鄧巴小姐的人品。」

「是嗎，也許吧。」

福爾摩斯看了看錶。「我敢肯定，我們今天上午就可以拿到必要的許可，然後就可以坐晚班火車去溫徹斯特*。見到這位年輕女士之後，我多半可以更好地替您出力，不過我不能保證，我的結論一定會符合您的心意。」

官方的手續出現了一些延誤，結果呢，當天我們並沒有直接趕往溫徹斯特，而是先去了一趟雷神府邸，也就是尼爾・吉布森先生在漢普郡置下的那片產業。吉布森先生沒有親自作陪，只是把考文垂警長的地址給了我們。考文垂警長來自當地的警局，是這件案子的第一個經手人。他身材瘦高、面無血色，老是擺着一副神神秘秘的架勢，讓人覺得他知道或者猜到的事情還有很多很多，只是不敢説出來而已。他還有一種怪癖，那就是突然把嗓門兒壓到耳語那麼低，似乎是有了甚麼天大的發現，説出來的卻往往只是一些再平常不過的事情。另一方面，我們很快就發現，他外在的舉止雖然怪異，骨子裏卻是個正派誠實的伙計，態度也比較謙遜，能夠坦然承認自己束手無策，承認自己需要別人的幫助。

---

* 這個「許可」指的是探監的許可，因為鄧巴小姐已經被送進了溫徹斯特的監獄。

「不管怎麼樣，福爾摩斯先生，您來了總比蘇格蘭場來人要好，」他如是說道。「蘇格蘭場來了人的話，本地的警察就只有背黑鍋的份兒，甚麼功勞也別想分到。您不一樣，我聽說您辦事是非常公道的。」

「我壓根兒就不需要在這件案子當中露臉，」福爾摩斯說道，我們這位愁眉苦臉的新相識立刻露出了寬慰的表情。「如果我破了案，你們也不需要提我的名字。」

「呃，說實在的，您的肚量可真大。我還知道，你的朋友華生醫生也是個可靠的人。好了，福爾摩斯先生，既然咱們要去那邊，我倒有個問題想請教您。除了您以外，我跟誰也不會提這個問題。」說到這裏，他環顧四周，一副噤若寒蟬的模樣。「按您看，這件事情會不會是尼爾・吉布森先生本人幹的呢？」

「我也在想這個問題。」

「您還沒見過鄧巴小姐呢，她從哪方面來說都是個非常不錯的女人。吉布森先生很可能會嫌他妻子擋了路。再說了，那些美國人可比咱們這邊的人喜歡動槍。那把槍就是他的，您知道吧。」

「這一點得到確認了嗎？」

「是的，先生。他有一對那樣的手槍，兇器是其中的一把。」

「一對當中的一把？另一把在哪兒呢？」

「呃，這位先生有一大堆這樣那樣的火器。我們一直都沒能給那把槍配上對——不過，盒子確實是裝兩把槍的盒子。」

「既然它本來就是一對當中的一把，你們肯定能給它配上對啊。」

「這個嘛，我們把所有的槍都擺在了那座宅子裏，您想看就可以去看。」

「以後再看吧。要我説，咱們還是一起去慘案現場看看好了。」

前面這段對話發生在當地警局那間小小的前屋裏，所謂的當地警局則不過是考文垂警長那座簡陋的農舍而已。接下來，我們踏入了一片風聲瑟瑟的荒野，凋零的蕨類植物把荒野染成了黃金和青銅的顏色。步行大概半英里之後，我們走進了雷神府邸的庭園側門，然後就沿着一條小徑穿過雉雞獵場，進入一片空地，在那裏看到了佔地寬廣的雷神大宅。磚木結構的宅子矗立在小山頂上，一半是都鐸式，一半是喬治王時代的風格。我們的旁邊是一個長長的葦塘，中央的水面最為狹窄，上面架着一座石橋，庭園裏主要的馬車道就從橋上經過，石橋兩側的水面倒是比較寬闊，形成了兩個小小的湖泊。走到橋頭的時候，我們的警長嚮導停了下來，指了指地面。

「吉布森太太的屍體就是在這裏發現的，這塊石頭是我做的記號。」

「據我所知，您趕到的時候，屍體還沒有挪動過吧？」

「是的，他們馬上就通知了我。」

「誰通知您的呢？」

「就是吉布森先生本人。剛剛聽説出了事，他就帶着

幾個人從宅子裏衝了下來，並且嚴令他們保護現場、等警察來了再說。」

「這倒是明智之舉。我從報上看到了，子彈是從很近的距離射出來的。」

「是的，先生，非常近。」

「子彈是打在右邊的太陽穴附近嗎？」

「太陽穴後面一點點，先生。」

「屍體是甚麼樣的姿勢呢？」

「仰面朝天，先生。現場沒有打鬥的跡象。甚麼痕跡都沒有，也沒有武器。鄧巴小姐寫的那張條子是在太太身上發現的，太太把條子攥在了左手的手心。」

「攥在手心，是這樣嗎？」

「是的，先生，我們好不容易才掰開了她的手指。」

「這一點非常重要，它排除了有人在太太死後塞條子栽贓的可能性。我的天！按我的記憶，那張條子非常簡短，是這麼寫的：

我九點鐘到雷神橋。

格‧鄧巴

「對嗎？」

「對，先生。」

「鄧巴小姐承認條子是她寫的嗎？」

「承認，先生。」

「她怎麼解釋這件事情呢？」

「她的辯詞要留到巡迴法庭上去說，眼下她甚麼也不肯講。」

「這件案子還真是挺有趣的。條子的事情完全是不明不白，不是嗎？」

「呃，先生，」警長說道，「請允許我斗膽說一句，這好像是整件案子當中唯一的一個明明白白的地方啊。」

福爾摩斯搖了搖頭。

「假設條子是真的、條子的內容也是真的，太太收到條子的時間肯定得比出事的時間早那麼一兩個小時。既然如此，出事之後，條子為甚麼仍然在她的左手裏面呢？她為甚麼要這麼小心翼翼地攢着它呢？條子裏並沒有寫甚麼見面時還得拿着參考的內容啊。您不覺得這件事情很奇怪嗎？」

「呃，先生，聽您這麼一說，還真是有點兒奇怪。」

「我覺得我應該安安靜靜地坐幾分鐘，好好地想想這個問題。」他在石砌的欄杆扶手上坐了下來，敏銳的灰色眼睛飛快地四下掃視。突然之間，他一躍而起，跑到對面的欄杆跟前，飛快地掏出兜裏的放大鏡，研究起石頭來。

「奇怪，」他說道。

「是啊，先生，我們也看見了扶手上面的這塊鑿痕。依我看，這肯定是哪個過路人幹的。」

石砌的扶手是灰色的，眼前的這個位置卻有一塊白色的痕跡，只有一枚六便士硬幣* 那麼大。仔細看就可以發現，這是一次猛烈撞擊留下的痕跡。

「這可真需要一點兒蠻力才辦得到呢，」福爾摩斯若有所思地說道。他掄起手杖敲了幾下扶手，扶手完好

---

* 　1816 至 1920 年間的六便士硬幣是直徑 1.9 厘米的銀幣。

無損。「沒錯，之前的那次撞擊非常猛烈。還有啊，撞擊的位置也很古怪。那次撞擊不是來自上方，而是從下面來的，這不，痕跡是在扶手的**下緣**。」

「可是，這地方離屍體少說也有十五英尺啊。」

「沒錯，這地方跟屍體之間的距離就是十五英尺。這塊痕跡興許跟這件案子沒甚麼關係，但卻還是值得咱們留意一下。要我說，這兒已經沒甚麼可看的啦。您剛才說現場沒有腳印，對嗎？」

「案發當時的地面硬得跟鐵板一樣，先生，甚麼痕跡都沒有。」

「那咱們就走吧。我們準備到上面的宅子裏去看看您說的那些武器，接着就去溫徹斯特，因為我還是想先見見鄧巴小姐，之後再作打算。」

尼爾・吉布森先生還沒有從城裏回來，可我們倒是在宅子裏見到了上午的那位訪客，也就是神經兮兮的貝茨先生。他幸災樂禍地領着我們參觀了一大堆令人膽寒的火器，這些火器各式各樣、有大有小，全都是他的東家在驚險跌宕的一生中積攢起來的東西。

「吉布森先生樹敵很多，可您要是對他和他的手段有所了解，也就不會覺得奇怪啦，」他說道。「就算是睡覺的時候，他也會在床邊的抽屜裏擺上一把上了膛的左輪手槍。他這個人非常兇暴，先生，有些時候，我們大家都會被他弄得提心吊膽。我敢肯定，剛剛過世的那位可憐女士經常都被他嚇得夠戧。」

「您親眼見過他對她動手嗎？」

「沒有，這我倒沒見過。可我聽到過一些幾乎跟動手一樣傷人的話，那些話帶着一種冰冷刺骨的輕蔑，當着僕人的面他也說。」

「在私生活方面，這位富翁好像不怎麼高明啊，」去車站的路上，福爾摩斯如是說道。「好了，華生，咱們已經掌握了不少情況，有一些還是新發現的情況，即便如此，我依然拿不出甚麼結論。顯而易見，貝茨先生對他的東家深惡痛絕，可他還是告訴我，警報傳來的時候，東家確確實實是在圖書室裏。當天的晚餐是八點半結束的，之前也一切正常。警報傳來的時間雖然是在深夜，慘案發生的時間卻肯定是跟條子上寫的那個時間相去不遠。吉布森先生是下午五點從城裏回來的，沒有任何跡象表明他後來又出過門。反過來，從我了解到的情況來看，鄧巴小姐已經承認自己約了吉布森太太在橋上見面。其他的事情她一概不說，因為她的律師建議她把辯詞保留到巡迴法庭開庭的時候。咱們有幾個至關緊要的問題，需要這位年輕女士幫着解答，見到她之前，我心裏是踏實不了的。必須承認的是，要不是因為一件事情的話，我自個兒也會覺得，局面對她非常不利。」

「哪件事情，福爾摩斯？」

「在她衣櫥裏找到手槍的事情。」

「天哪，福爾摩斯！」我大叫一聲，「要我看，這件事情是最最確鑿的一條罪證啊。」

「不是這樣的，華生。剛開始有點兒粗略想法的時候，我已經覺得這件事情非常古怪，眼下我對案情有了更

多的了解，這件事情就成了我可以仰仗的唯一一座靠山。咱們必須替所有的事情找出邏輯，一旦有甚麼地方不合邏輯，咱們就得當心其中有詐。」

「我沒聽明白你的意思。」

「行啦，華生，咱們不妨暫時把你想像成一個女人。你打算通過一種預先安排的殘忍方法來除掉一個情敵。你訂好了計劃，寫好了條子，情敵如約趕來，你掏出武器實施了罪行，整個過程駕輕就熟、算無遺策。可是，完成了如此巧妙的一樁罪行之後，你竟然不把武器扔進近在咫尺的葦塘、永遠地隱藏罪證，非得小心翼翼地把武器帶回家，再把它放進自個兒的衣櫥，明知道那是警方搜查的第一個目標，你說說，你會用這樣的方式來敗壞自己在犯罪行當裏的名聲嗎？華生啊，真正了解你的人都不會管你叫做謀略大師，即便如此，我還是覺得你幹不出這麼拙劣的事情。」

「可是，情急之下──」

「不，不會的，華生，我絕不相信世上會有這樣的事情。出自冷靜預謀的罪行必然伴有出自冷靜預謀的滅跡方法。所以我才抱有一線希望，希望眼前的事情僅僅是一種嚴重的錯覺。」

「可是，需要澄清的疑點還很多啊。」

「這個嘛，咱們這就可以展開澄清疑點的工作。只需要換一換視角，你就會發現，特別不利的那些證據恰恰是提示真相的線索。例子之一就是那把左輪手槍。鄧巴小姐說她完全不知道手槍的事情，咱們的新假設又表明她

說的是實話，這樣一來，那把槍就必然是別人放在她衣櫥裏的。誰放的呢？自然是某個想要嫁禍於她的人。如此說來，嫁禍的人不就是真正的兇手嗎？你瞧，咱們馬上就看到了一條極有價值的調查線索。」

探監的手續仍然沒有辦妥，當晚我們只好住在了溫徹斯特。還好，次日早上我們就得到了入獄探視這位年輕女士的許可，陪我們去的則是受託為她辯護的律師界新秀喬伊斯‧康明斯先生。根據之前的所有傳聞，我早已知道這次要見的是一位美麗女子，即便如此，鄧巴小姐仍然給我留下了永生難忘的印象。怪不得，就連那個專橫跋扈的富豪都會在鄧巴小姐身上看到一種比自己還要強大的東西，看到一種可以約束他、指引他的東西。只需要看看她那張輪廓分明、堅定卻不失敏感的臉龐，誰都會覺得，即便她會有魯莽行事的時候，固有的高貴品格仍然能保證她始終把自身的力量用到善的方向。她膚色微黑、身材頎長、儀態優雅、氣勢逼人，可她烏黑的眼睛卻帶着一種哀懇無助的神情，彷彿是一隻明知羅網逼近卻無法找到出路的獵物。到這會兒，她意識到我那位大名鼎鼎的朋友已經趕來相救，蒼白的雙頰便泛上了一絲血色，投向我們的目光裏也亮起了一點希望的火花。

「尼爾‧吉布森先生已經把我和他之間的一些事情告訴了您，對嗎？」她惴惴不安地低聲問道。

「是的，」福爾摩斯回答道，「您不需要講述那些讓您難堪的事情。見到您之後，我樂意相信吉布森先生沒

說假話，您對他的影響力是真的、你們倆之間關係清白也是真的。可是，您為甚麼不把全部的情況講給地方法庭聽呢？」

「當時我覺得，如此荒謬的指控肯定是難以為繼。所以我就想，如果我們等一等的話，整件事情一定會自動澄清，用不着我們談論那些涉及家庭私隱的難堪細節。可是，現在我已經知道，事情不但沒有澄清，反倒是愈演愈烈。」

「親愛的小姐啊，」福爾摩斯語調懇切地高聲說道，「您可千萬不要抱這樣的幻想。這位康明斯先生可以明明白白地告訴您，桌上所有的牌都對您不利，咱們只有全力以赴才能擺脫困境。我要是硬說您面臨的危險不算太大，那就是一種殘忍的欺騙。所以呢，您一定要盡力幫助我查明真相。」

「我絕不隱瞞任何事情。」

「那好，說說您和吉布森太太的確切關係吧。」

「她恨我，福爾摩斯先生，用盡了她全部的熱帶烈性來恨我。她這個人做甚麼事情都是毫無保留，她對她丈夫有多愛，對我也就有多恨。她多半是誤會了我和她丈夫之間的關係。我不想說甚麼對她不公道的話，可她那種身體層面的愛情實在是太過強烈，因此就理解不了我和她丈夫之間這種精神層面乃至宗教層面的紐帶，同時也無法想像，我之所以留在她家，僅僅是想把她丈夫的力量引上為善之途。現在我知道自己想錯了，甚麼事情也不能成為我留下的理由，因為我已經變成了他人不幸的根源。話又說

回來，可以肯定的是，那種不幸並不會隨着我的離去而消失。」

「好了，鄧巴小姐，」福爾摩斯說道，「麻煩您把當天晚上的事情原原本本地講出來吧。」

「我可以把我知道的情況和盤托出，福爾摩斯先生，可我甚麼也證明不了，有一些細節——而且是至關緊要的細節——不光是超出了我自己所能解釋的範圍，在我看來還是根本無法解釋的事情。」

「只要您提供事實，別的人興許可以提供解釋。」

「好吧，當晚我之所以會去雷神橋，是因為我早上收到了吉布森太太的條子。條子就放在孩子課室的桌子上，興許是她親手放的。她懇求我晚餐之後到雷神橋去見她，說是有要事相告，還叫我把答覆放在花園裏的日晷上，因為她不希望別人知道這件事情。我不明白她為甚麼要做得這麼隱秘，可我還是按她說的方法給出了答覆，同意去見她。她要求我銷毀她的條子，我就把條子扔進了課室的壁爐。她非常害怕她丈夫，因為她丈夫對她非常冷酷，我還經常為這件事情譴責她的丈夫呢。所以我只能推測，她之所以這麼做，原因是她不想讓丈夫知道我倆見面的事情。」

「可她自己不是小心翼翼地保存着您的答覆嗎？」

「是啊。聽說她死的時候都還把條子捏在手裏，我真是吃了一驚。」

「好吧，後來又怎麼樣呢？」

「我如約前往見面地點。我走到橋頭的時候，她已經在那裏等着了。直到那一刻，我才真正認識到這個可

憐的婦人恨我恨到了甚麼程度。她簡直是一個瘋婆子——現在想來，我覺得她**就是**一個瘋婆子，只不過她擁有瘋子往往會有的那種高超的欺騙本領，瘋得不露痕跡。她心裏裝着如此狂暴的仇恨，但卻還是可以行若無事地跟我天天見面，不是瘋子又是甚麼呢？我不想重覆她當時說的那些話，總而言之，她把滿腔的瘋狂怒火都變成了無比激烈、無比可怕的言語。我甚至沒有回答——我沒法回答。她那副樣子真讓人看不下去，於是我捂着耳朵逃離了那裏。我跑開的時候，她仍然站在橋頭、仍然在衝我尖聲怒罵。」

「是在他們發現屍體的那個地方嗎？」

「離那個地方只有幾碼 * 的距離。」

「可是，既然她的死亡是您剛走不久的事情，您難道沒有聽見槍聲嗎？」

「沒有，我甚麼也沒聽見。不過，說真的，福爾摩斯先生，她這次可怕的爆發弄得我煩亂極了，所以我一心只想趕回自己的房間去圖個清靜，根本留意不到別的事情。」

「按您的說法，您立刻回房去了。第二天早上之前，您還出過門嗎？」

「是的，有人來報告這個可憐婦人的死訊，我就跟其他人一起跑了出去。」

「當時您看到吉布森先生了嗎？」

「看到了，他剛剛從橋那邊回來，那時他已經派了人去請醫生和警察。」

---

* 　1 碼約等於 0.9 米。

「按您的感覺，當時他顯得慌亂嗎？」

「吉布森先生是一個非常堅強、非常內斂的人，我覺得他從來都不會把心裏的感覺擺在臉上。可我對他非常了解，所以就看得出來，他確實深受打擊。」

「好了，咱們這就來談談最重要的那個問題，也就是他們在您的房間裏找到的那把手槍。您以前看見過那把槍嗎？」

「從來沒看見過，我可以發誓。」

「槍是甚麼時候找到的呢？」

「第二天早上，警察就是在那個時候來搜查的。」

「是在您的衣物當中找到的嗎？」

「是的，在我衣櫥的底板上，埋在我那些裙子下面。」

「您估計得出槍在您的衣櫥裏藏了多久嗎？」

「頭天早上還不在我的衣櫥裏。」

「您怎麼知道呢？」

「頭天早上我收拾過衣櫥。」

「這麼說的話，事情就沒有甚麼疑問了。也就是說，有人溜進了您的房間，把槍放在那裏嫁禍於您。」

「只能這麼解釋。」

「甚麼時候放的呢？」

「只能是在吃飯時間，要不就是我在課室裏教孩子的時候。」

「也就是您收到條子的時候嗎？」

「是的，從收到條子的時候開始，再加上接下來的一整個上午。」

「謝謝您，鄧巴小姐。還有甚麼能幫助我查案的情況嗎？」

「我想不到別的了。」

「橋欄的石砌扶手上有一塊猛烈撞擊的痕跡、一塊非常新的鑿痕，就在正對屍體的地方。這件事情您有甚麼解釋嗎？」

「應該只是一種巧合吧。」

「奇怪啊，鄧巴小姐，奇怪極了。鑿痕為甚麼偏偏出現在慘案發生的時候，為甚麼偏偏出現在慘案發生的地點呢？」

「可它能是甚麼東西造成的呢？只有非常猛烈的撞擊才能留下這種痕跡啊。」

福爾摩斯沒有回答。他那張熱切的蒼白臉龐突然帶上了一種專注悠遠的神情，根據我的經驗，這樣的神情往往出現在他將自己的天才發揮到了極致的時刻。他腦子裏那個千鈞一髮的時刻表現得如此明顯，以至於律師、囚犯和我一時間都不敢出聲，只能坐在那裏，全神貫注地盯着他看。突然之間，他從椅子上一躍而起，躍躍欲試，火急火燎，整個人都顫抖起來。

「快，華生，快！」他大叫起來。

「怎麼啦，福爾摩斯先生？」

「沒怎麼，親愛的小姐。康明斯先生，我會捎信給您的。仰賴正義之神的幫助，我會讓您贏下一件必將轟動全國的案子。鄧巴小姐，明天之前我就會給您消息，與此同

時，您儘管收下我的保證：烏雲正在消散，而我深信不疑，
真相的曙光終將到來。」

溫徹斯特和雷神府邸之間的距離並不算遠，可我心情
急迫，自然是覺得長路迢迢。福爾摩斯呢，顯然是覺得這
段旅程漫長無盡，因為他焦躁得根本就坐不住，一會兒在
車廂裏走來走去，一會兒又用修長靈敏的手指使勁兒地敲
打身邊的坐墊。不過，快到終點的時候，他突然坐到了我
的對面——我倆包下了一個頭等車廂——兩隻手分別搭在
我的兩個膝蓋上，直視着我的眼睛，眼神之中帶着格外強
烈的惡作劇意味，正是他頑童性情萌發之時的典型表現。

「華生啊，」他說道，「我似乎記得，跟我出來兜風
的時候，你總是帶着武器的。」

我帶武器也是為了他好。專心研究問題的時候，他
總是完全不顧自己的安全，這樣一來，我的左輪手槍就不
止一次地扮演了患難知交的角色。眼下他說到了武器的事
情，我便提醒他不要忘了這個事實。

「是，是，我對這些事情確實有點兒心不在焉。不說
這個，你那把左輪手槍在身上嗎？」

我從屁股兜裏把槍掏了出來。這把槍槍身很短，便於
攜帶，但卻是一件非常趁手的小小武器。他拉開保險扣，
抖出子彈，仔細地看了起來。

「挺沉的，沉得出奇，」他說道。

「是啊，這把槍做得非常結實。」

他看着槍想了片刻。

「你知道嗎，華生，」他說道，「據我看，你這把槍將會跟咱們手頭的謎案產生十分緊密的聯繫。」

「福爾摩斯老兄，你這是開玩笑吧。」

「不，華生，一點兒也不開玩笑。咱們得做一個實驗，實驗成功的話，案子就會水落石出。還有啊，實驗的成敗全得看這把小小武器的表現。好啦，一顆子彈留下，其餘五顆裝回去，再扣上保險扣。行了！這一來，槍的重量就會增加，實驗的結果也會更加準確。」

我完全不知道他打的是甚麼主意，他也不作進一步的解釋，只是坐在那裏沉思默想，直到火車開進那個漢普郡小站為止。接下來，我們僱來一輛行將散架的輕便馬車，一刻鐘之後就趕到了那位故作神秘的警長朋友家裏。

「有線索啦，福爾摩斯先生？甚麼線索呢？」

「全都得看華生醫生那把左輪手槍的表現，」福爾摩斯說道。「喏，槍就在這兒。好了，警官，您能給我十碼繩子嗎？」

村裏的商店供應了一團十分結實的繩子。

「依我看，咱們這就算是萬事俱備啦，」福爾摩斯說道。「好了，勞駕你們跟我一起上路吧，這應該是咱們這次旅程的最後一段了。」

斜暉映照之下，連綿起伏的漢普郡荒野呈現出一派令人讚嘆的秋日美景。警長拖着步子走在我倆身邊，一次又一次地投來了挑剔和狐疑的目光，顯然是對我朋友的神智產生了極大的懷疑。走近犯罪現場的時候，我發現我朋友雖然保持着慣常的鎮靜模樣，實際上卻已經心急如焚。

「是啊，」他回答的是我的目光，「華生，你是見過我失手的。我對這些事情的直覺非常好，可我有時也會上直覺的當。在溫徹斯特那間牢房裏的時候，我突然有了一種直覺，當時還覺得它準保沒錯，可是，活躍的頭腦也有一個壞處，總能讓你想到一些其他的解釋，讓你懷疑自個兒的判斷靠不住。然而——然而——呃，華生，沒辦法，只能一試。」

前行過程之中，他把繩子的一端牢牢地綁在了左輪手槍的槍把上。到這會兒，我們已經來到了慘案現場。在警長的指引之下，他仔仔細細地標出了屍體原先所在的精確位置。接下來，他在周圍的石南和蕨類植物叢中搜尋了一番，終於找來了一塊相當不小的石頭。他把繩子的另一端綁在石頭上，又把石頭從橋欄扶手上方往葦塘裏放，一直放到了貼近水面的地方。這之後，他站在了剛剛標出的那個不祥位置，跟橋邊稍微隔着一點兒距離，手裏仍然拿着我那把左輪手槍，拴在槍上的繩子已經被繩子另一端的沉重石頭繃得緊緊的了。

「來吧！」他大喊一聲。

話音未落，他已經把手槍舉到頭上，跟着就鬆了手。轉眼之間，手槍在石頭重量的作用之下飛快地衝向橋邊，「啪」的一聲擊中橋欄的扶手，跟着就越過欄杆、沉到了水裏。手槍剛剛消失，福爾摩斯已經迫不及待地跪在了欄杆旁邊，隨即歡呼一聲，顯然是看到了預期的效果。

「還有比這更準確的演示嗎？」他高聲說道。「瞧啊，華生，問題已經被你的左輪手槍解決啦！」說話的時候，

他一直用手指着剛剛出現在石砌扶手下緣的一塊鑿痕，鑿痕的大小和形狀都跟先前那塊鑿痕一模一樣。

「我們會在村裏的旅館住一宿，」他站起身來，衝着大驚失色的警長說道。「當然嘍，您可以去弄一套抓鉤，不費多少力氣就可以把我朋友的手槍撈起來。除此之外，您還會在他的手槍旁邊找到另一把左輪手槍，上面也連着繩子和重物，全都是那個報復心強的女人留下的工具，用途是掩蓋自己的罪行 *、同時把謀殺的罪名扣在一個無辜者的身上。麻煩您通知吉布森先生，我明天早上會去找他，以便為鄧巴小姐洗雪冤情。」

當天入夜時分，我倆坐在本村的旅館裏抽煙斗，福爾摩斯簡單地回顧了一下之前的事情。

「依我看，華生，」他說道，「你要是把雷神橋的謎案寫成了故事，恐怕也不能為我或許擁有的那點兒聲譽錦上添花。這次我反應遲鈍，揉合想像與現實的能力也有所欠缺，而它正是我這個行當必不可少的基本素質。說老實話，光是石頭欄杆上的那塊鑿痕就足以揭示真正的答案，我沒能更快地解決問題，完全是我自己的責任。

「不容否認的是，這個不幸女人的心機確實是淵深叵測，要識破她的陰謀並不是一件非常簡單的事情。依我看，關於扭曲愛情的可怕力量，咱們的辦案生涯當中還從來不曾有過比這件案子更為離奇的例證。看樣子，不管鄧

---

* 迄 1961 年《自殺法》(*Suicide Act 1961*) 頒佈為止，自殺在英格蘭和威爾士屬於違法行為。

巴小姐的情敵身份是不是只有精神層面的意義，在她眼裏都是同樣地不可饒恕。她丈夫用冷酷的態度和無情的話語來拒斥她那種過於直露的愛意，而她顯然是把所有的委屈都算成了這位無辜女士的罪過。她的第一個決斷是結束自己的生命，第二個決斷則是採用一種特定的自戕方式，借此為她的目標安排一種比猝然死亡還要可怕得多的命運。

「咱們可以清清楚楚地看到她實施計劃的各個步驟，這些步驟都體現着一顆老謀深算的頭腦。她通過非常聰明的手法從鄧巴小姐那裏騙來了一張條子，好讓旁人以為犯罪地點出自鄧巴小姐的安排。她急於讓人發現條子，到死都把它捏在手裏，這樣的做法多少有點兒過猶不及。單憑這一點，我就應該更早地看出其中有詐。

「這之後，她拿上她丈夫的一把左輪手槍——你也看見了，她家的宅子堪稱是一座武庫——把槍留在手邊備用。同一天上午，她將一把同樣的手槍藏進了鄧巴小姐的衣櫥，藏之前還用它放了一槍。放槍的事情她可以在樹林裏做，很容易就可以瞞過別人的耳目。然後呢，她去了雷神橋，預先安排好了這種隱匿武器的精妙方法。鄧巴小姐到場之後，她借着最後的一口氣發洩出了滿心的仇恨，等鄧巴小姐跑到聽不見槍聲的地方之後，她便將可怕的最後一步付諸實施。到這會兒，所有的環節都已就位，事件的鏈條也已經構築完整。記者們興許會追問，幹嗎不一上來就去葦塘裏打撈證據，不過，事後聰明可沒有甚麼了不起，更何況葦塘那麼大，如果沒有預先判定打撈的目標和位置的話，打撈證據再怎麼說也不是一件容易的事情。好

啦，華生，這次咱們幫到的是一個不一般的女人，再加上一個強有力的男人。如果事態按照眼前的趨勢發展、他倆將來走到了一起的話，金融世界興許會發現，尼爾·吉布森先生還是從那座教授人生課程的苦難課堂裏學到了一點兒東西的。」

爬行人

　　歇洛克・福爾摩斯先生始終認為，我應該把關於普雷斯伯里教授的那些離奇事實公之於眾，好歹可以一勞永逸地驅散那些難聽的流言。大概二十年之前，那些流言把一所大學攪得雞犬不寧，還在倫敦的知識圈子當中傳得沸沸揚揚。然而，公開事實的打算碰上了一些障礙，結果呢，這件奇案的真相至今都還埋藏在我那個馬口鐵箱子裏*，跟我保存的其他許多福爾摩斯案卷待在一起。時至今日，我們終於獲得了必要的許可，可以公佈這件來自福爾摩斯偵探生涯末期的案子。即便是到了現在，敍寫案情的時候也不能直言無隱，必須得用上一定程度的曲筆。

　　一九零三年九月初，一個週日的傍晚，我收到了福爾摩斯寫來的一張條子，條子跟平常一樣言簡意賅：

　　方便即來──不便亦來。

歇・福

　　到了福爾摩斯偵探生涯的末期，我和他之間的關係變得相當古怪。他是個謹守舊習的人，而我已經變成了他為數不多的頑固舊習之一，地位大致相當於他的小提琴、

---

*　這篇故事首次發表於 1923 年 3 月；「馬口鐵箱子」參見《雷神橋謎案》開篇部分。

粗切煙絲*、舊黑陶煙斗和索引簿，以及其他一些或許不那麼健康的習慣。一旦他遇到了一件用得上拳腳的案子，又需要一名勇氣值得信賴的同事，我的用場就變得顯而易見。當然，我的用場並不是僅此而已，因為我還是一塊砥礪他頭腦的磨石，可以刺激他的思維。他喜歡在我面前講述心裏的想法，但這並不意味着他是在對我說話，那些話當中有許多他都可以對着床架子去說，效果跟對着我說完全一樣。不過，既然他已經養成了對着我說的習慣，我就得用表情和插話予以配合，這樣的配合對他還是有點兒幫助的。即便我一向有點兒遲鈍的反應令他煩躁，煩躁的心情也只是催化了他那些火花一般的直覺和靈感，讓它們來得更加燦爛、更加迅疾。在我倆的友情之中，我扮演的就是這麼一個卑微的角色。

趕到貝克街的時候，我發現他蜷在扶手椅上，雙膝高聳、口銜煙斗，若有所思地皺着眉頭。一望而知，他正在搜腸刮肚地掂量某個大傷腦筋的問題。他把手一擺，指了指我平常坐的那把扶手椅，接下來卻再也沒有任何表示，就跟不知道我來了似的。半個鐘頭之後，他猛一激靈，似乎是終於回過了神，然後才換上他慣有的那種陰陽怪氣的笑容，歡迎我再次回到舊日的寓所。

「親愛的華生啊，剛才我有點兒走神，你務必擔待一下，」他說道。「不到二十四小時之前，有人向我報告了

---

* 粗切煙絲 (shag) 指的是一類切法粗糙、味道濃烈的細煙絲，通常被視為劣質煙絲，可以用來卷紙煙，也可以用來裝煙斗。本系列當中的《波希米亞醜聞》、《翻唇男子》、《巴斯克維爾的獵犬》也曾提及福爾摩斯與這種煙絲的瓜葛。

一些非常古怪的情況，促使我進行了一些更具普遍意義的思考。我實實在在地想寫一篇小小的專論，探討一下狗在偵探工作當中的作用。」

「可是，福爾摩斯，這個問題不是有人探討過了嘛，」我說道。「甚麼尋血獵犬啦──警犬啦──」

「不，我不是這個意思，華生。你說的那個方面嘛，自然是非常明顯，不過，問題還包含着另外一個方面，比那個方面複雜得多。以前有一件案子，你按你那種嘩眾取寵的套路給它安上了『銅色山毛櫸』的名稱。你興許還記得吧，辦理那件案子的時候，我對一個孩子的心理進行了分析，由此得出結論，他那個神氣活現的可敬父親具有罪犯的習性*。」

「是的，我記得非常清楚。」

「在關於狗兒的問題上，我的思路與此相似。狗可以反映主人的家庭生活。誰見過愁雲慘霧的人家養着歡蹦亂跳的狗，或者是幸福的人家養着喪氣的狗呢？張牙舞爪的主人必然有張牙舞爪的狗，兇險的狗也必然有兇險的主人。還有啊，即便只是一時之間的情緒，狗和主人之間也存在互為鏡鑑的關係。」

我不由得搖起頭來。「說真的，福爾摩斯，你這種說法有點兒牽強，」我說道。

他已經自顧自地給煙斗添好煙草，重新坐了下來，根本沒把我的反駁當回事。

---

* 相關記述可參見《銅色山毛櫸》，案子當中的歹徒傑夫羅・盧卡索有一個性情殘忍的兒子，福爾摩斯據此認為盧卡索本人的性情也很殘忍。

「我這套理論可以用於實際，而且跟我手頭的問題非常貼近。你知道嗎，擺在我眼前的是一團亂麻，我正在試着理出頭緒。可能的頭緒之一牽涉到這麼一個問題：普雷斯伯里教授那條名叫『羅伊』的獵狼犬 * 為甚麼要咬主人呢？」

　　我往椅子背上一靠，心裏多少有點兒失望。他叫我放下工作趕過來，為的就是這麼個雞毛蒜皮的問題嗎？福爾摩斯瞥了我一眼。

　　「沒長進的華生老兄！」他說道。「最重大的問題往往取決於最微小的細節，可你就是不明白這個道理。更何況，這麼一位莊重古板的老科學家——我說的是劍津大學 † 的著名生理學家普雷斯伯里，你肯定聽說過吧？——這樣的人物竟然兩次遭到自家獵狼犬的襲擊，而那條狗一直都是他的忠實朋友，即便是只看表面，這不也是一件稀奇古怪的事情嗎？你覺得這是怎麼回事呢？」

　　「那條狗生了病。」

　　「呃，這種可能性確實不容忽視。可它不咬別人，平常似乎也不咬主人，咬主人的事情都發生在非常特殊的情形之下。奇怪啊，華生——奇怪極啦。不過，摁門鈴的如果是本尼特先生的話，那就說明這個小伙子已經提前到了。我本來還以為，他來之前咱們能多聊會兒呢。」

　　樓梯上傳來一陣急匆匆的腳步聲，接着是一記清脆的

---

* 　獵狼犬 (wolfhound) 是愛爾蘭獵狼犬、俄羅斯獵狼犬等幾種大型犬的統稱，因原本用於捕獵狼之類的大獵物而得名。

† 　「劍津」(Camford) 是由「劍橋」(Cambridge) 和「牛津」(Oxford) 綜合而成的一個虛構地名。

敲門聲，轉眼之間，新主顧已經出現在了我們的眼前。這是個高大英俊的小伙子，年紀三十左右，衣着講究得體，舉手投足卻帶着一股靦腆的學生氣，並沒有成熟男人那種穩健的氣度。他跟福爾摩斯握了握手，然後就用驚疑的目光看了看我。

「我要談的是一件非常敏感的事情，福爾摩斯先生，」他說道。「想想我和普雷斯伯里教授在公務和私事上的關係吧。我要是當着第三者談論這件事情的話，實在是說不過去。」

「不用擔心，本尼特先生，華生醫生就是『慎重』這個字眼兒的化身，而我可以明確地告訴您，要辦您這件案子，我多半會需要一名助手。」

「悉聽尊便，福爾摩斯先生。我這麼顧慮重重，您應該不會見怪吧。」

「我一說你就明白了，華生，這位特雷弗·本尼特先生是那位大科學家的科研助手，就住在教授家裏，而且跟教授的獨生女兒訂了婚。當然嘍，我們必須承認，教授有權要求本尼特先生獻上忠誠。話又說回來，很有可能，忠誠的最好體現就是採取必要的措施來澄清這宗離奇的謎案。」

「但願如此，福爾摩斯先生，這正是我唯一的目的。華生醫生知道詳細的情況了嗎？」

「我還沒來得及跟他講呢。」

「這樣的話，我興許應該先把相關的背景複述一遍，然後再講新的情況。」

「還是我自己來講吧，」福爾摩斯說道，「也好讓您看一看，我是不是理清了事情的前後經過。是這樣，華生，教授是一位名聞全歐的人物，畢生從事學術研究，從來沒有鬧過一丁點兒醜聞。他是個鰥夫，膝下只有一個女兒，名字叫做伊迪絲。根據我的了解，他這個人非常陽剛、非常自負，幾乎達到了好鬥的地步。直到一兩個月之前，他的基本情況就是這樣。

「接下來，他的生活起了波瀾。他已經六十一歲，但卻跟墨菲教授的女兒訂了婚，墨菲教授是他的同事，教的是比較解剖學。據我所知，他這段感情不像是老年人那種深思熟慮的擇偶行動，倒像是年輕人那種昏天黑地的熱戀，原因嘛，他那股子癡狂勁頭真是無人能及。女方愛麗斯‧墨菲是一位心智和容貌都無可挑剔的姑娘，教授的癡迷可以說是理所當然。不過，教授的家裏人卻對這件事情有點兒看法。」

「我們覺得這件事情相當出格，」我們的客人說道。

「一點兒不錯。不光是出格，還有點兒極端和反常的味道。然而，普雷斯伯里教授非常有錢，女方的父親也沒有表示反對。但是，做女兒的卻另有想法，身邊也有了幾個其他的選擇，那些選擇的世俗條件雖然遜教授一籌，年齡卻好歹要般配一些。姑娘似乎對教授頗有好感，並不計較他那些與眾不同的表現。這門親事的障礙僅僅是年齡上的差距而已。

「大概就在這個時候，教授那種按部就班的生活當中突然出現了一團小小的疑雲。他幹了一件以前從來沒有幹

過的事情，沒打任何招呼就離開了家。他去了整整兩個星期，然後才風塵僕僕地回到了家裏。他隻字未提自己去了甚麼地方，儘管他一向是個再坦率不過的人。不過，咱們這位主顧，也就是本尼特先生，碰巧收到了一個同學從布拉格寫來的信，信裏說他有幸在布拉格看到了普雷斯伯里教授，只可惜沒有得到跟教授說話的機會。完全是因為這種巧合，教授的家裏人才弄清了他之前的去向。

「現在來說問題所在。外出歸來之後，教授發生了古怪的變化，整個人顯得鬼鬼祟祟、偷偷摸摸。身邊的人總覺得他不再是原來的那個人，而是受到了某種邪惡力量的控制，喪失了從前的高貴品性。他的智力倒是沒受甚麼影響，講起課來還是那麼才華橫溢。可是，他身上始終散發着一種陌生的氣息、一種出人意料的邪惡氣息。教授的女兒非常孝順，於是就一次又一次地試着修復受損的父女關係，一次又一次地試着揭開籠罩父親的這一層面具一般的東西。您呢，先生，據我所知也付出了同樣的努力，只可惜都是徒勞無功。好了，本尼特先生，您自己來講那件關於信函的事情吧。」

「您得知道，華生醫生，教授本來是甚麼都不瞞我的。即便我是他的兒子或者弟弟，從他那裏得到的信任也不會更多。我是他的秘書，他收到的所有文件都由我負責處理，他的信件也由我負責拆閱和分類。他回來之後不久，這些事情全部都變了模樣。他告訴我，他可能會收到一些來自倫敦的信，郵票下方畫着一個十字，這樣的信必須原封不動地留着，只供他本人過目。這麼說吧，確實

有幾封這樣的信從我手裏經過，蓋的是東中部郵區＊的郵戳，信封上的字一看就是沒文化的人寫的。這些信不知道他回沒回，總之他的回信沒有從我手裏過，也沒有出現在我們那個收發信件的籃子裏。」

「還有那個匣子的事情，」福爾摩斯說道。

「哦，對，那個匣子。外出歸來的時候，教授帶了個小小的木匣子回來。那是唯一的一件表明他去過歐洲大陸的東西，因為那種奇特的雕花匣子通常是德國的產品。他把匣子放在裝儀器的那個櫥櫃裏，有一天，我在那個櫥櫃裏找插管，順手把那個匣子拿了起來。沒想到，他立刻大發雷霆，還用相當粗暴的言語指責我不該這麼好奇。我從來沒有受到過這樣的待遇，自然是覺得非常委屈。我竭力跟他解釋，我只是無意之中拿起了那個匣子，即便如此，接下來的一整個晚上，我一直覺得他還在惡狠狠地盯着我、還在為這次意外耿耿於懷。」說到這裏，本尼特先生從口袋裏掏出了一個小小的日記本。「這是七月二號的事情，」他說道。

「您真是一個值得誇獎的證人，」福爾摩斯說道。「您記下的這些日子興許會對我有所幫助。」

「我從那位了不起的導師身上學了不少東西，其中之一就是注重條理。發現他舉止反常之後，我覺得自己有責任弄清他的問題。這不，我這個本子裏記得清清楚楚，就在匣子事件的同一天，七月二號，教授從書房走進大廳的時候，羅伊向他發起了襲擊。七月十一號，類似的場景再

＊　東中部郵區 (E. C.) 是倫敦市中心的一片郵政區域。

次上演。然後呢，我這兒記了一筆，七月二十號又有一次。那之後，我們只好把維伊關進了馬廄。它本來是隻討人喜歡的乖巧狗兒——我說這些，恐怕讓您厭煩了吧。」

本尼特先生的語氣帶着責備，因為福爾摩斯顯然已經神遊天外。他的臉僵硬呆滯，失神的眼睛死死地盯着天花板。接下來，他好不容易回過了神。

「怪事！咄咄怪事！」他咕噥了幾句。「這樣的事情我還是頭一回聽見呢，本尼特先生。要我說，背景情況咱們已經溫習得差不多了吧，對嗎？您剛才不是說有一些新情況嘛。」

客人那張愉快開朗的臉龐一下子陰雲密佈，顯然是想起了一些不堪回首的事情。「我說的新情況就出現在前天晚上，」他說道。「大概凌晨兩點的時候，我躺在床上睡不着，忽然聽見過道裏傳來一陣沉悶的聲響。我打開房門，往外面看了看。這裏我得補充一下，教授睡在過道盡頭——」

「具體的日期是——？」福爾摩斯問道。

聽到如此不着邊際的一句插話，我們的客人顯然有點兒着惱。

「我不是說了嘛，先生，事情發生在前天晚上——也就是說，九月四號。」

福爾摩斯點點頭，笑了一笑。

「麻煩您接着講吧，」他說道。

「他睡在過道盡頭的那間臥室裏，要去樓梯口就必須從我門前經過。當時的情景真是可怕極啦，福爾摩斯先

生。我覺得自個兒的膽子並不比別人小，可我確實被當時的情景嚇得夠戧。過道裏黑黢黢的，只有過道正中的那扇窗子透着一片光亮。我看到一個東西順着過道挪了過來，一個蜷成一團的黑東西。突然之間，那東西挪到了亮處，我立刻發現那不是別的，正是教授本人。他正在爬行，福爾摩斯先生——爬行！他倒不是用雙手和雙膝在爬，照我看，他用的是雙手和雙腳，腦袋則埋在雙手之間。即便如此，他的行動似乎相當靈便。我嚇得動彈不得，直到他爬到我門前的時候，我才大着膽子上前一步，問他需不需要幫助。他的回答可真是異乎尋常。他一躍而起，衝我說了一句不堪入耳的髒話，然後就急匆匆地從我身邊走過，自顧自地下樓去了。我等了大概一個鐘頭，可他始終沒有回來。依我看，他肯定是天亮之後才回房的。」

「呃，華生，你有甚麼高見？」福爾摩斯問道，口氣活像是一位病理學家，正在跟我討論一個罕見的病例。

「興許是風濕性腰痛吧。據我所知，這種病猛烈發作的時候，人走路的樣子就跟他剛才說的一模一樣，還有啊，再沒有比這更讓人情緒惡劣的病痛啦。」

「真有你的，華生！你總是能讓我們擯棄幻想、腳踏實地。不過，我們可接受不了風濕性腰痛的說法，因為他還有一躍而起的本事。」

「他的健康狀況比以往的任何時候都要好，」本尼特說道。「事實上，這些年我還沒見過他這麼健壯的模樣呢。好了，事實就是這些，福爾摩斯先生。我們不能把這樣的事情交給警察，可我們已經束手無策，而且莫名其妙地產

生了一種大禍臨頭的感覺。伊迪絲，我是説普雷斯伯里小姐，也有同樣的感覺，覺得我們不能再這麼聽天由命地等下去了。」

「這顯然是一個意味深長的奇特案件。你怎麼看呢，華生？」

「從醫生的角度來看，」我説道，「這件案子似乎屬於精神病學的範疇。戀愛事件擾亂了這位老先生的大腦活動，所以他出國旅行，為的是擺脱激情的控制。他那些信和那個匣子興許跟別的甚麼私人交易有關——説不定，匣子裏裝的是借據或者股票之類的東西。」

「這麼説，他那頭獵狼犬肯定是不贊成他的金融買賣嘍。不，不對，華生，這件事情沒有這麼簡單。好了，眼下我只能説——」

歇洛克・福爾摩斯接下來要説的話變成了一個永遠的謎題，原因是就在這個時刻，房門突然開了，僕人把一位年輕的女士領進了房間。她剛一進門，本尼特先生立刻驚呼一聲，跳將起來，跑上前去，用雙手接住了女士伸過來的雙手。

「伊迪絲，親愛的！沒出甚麼事吧？」

「我覺得我必須跟着你來。噢，傑克 *，我可真是嚇壞啦！自個兒待在那裏的滋味真讓人受不了。」

「福爾摩斯先生，這就是我剛才説的那位小姐，我的未婚妻。」

「我們也一點兒一點兒地看出來了，對吧，華生？」

---

* 　原文如此。不過，前文中本尼特的名字是「特雷弗」。

福爾摩斯笑着應了一句。「依我看，普雷斯伯里小姐，一定是事態又有了新的發展，您覺得應該通知我們一聲，對嗎？」

新來的客人是一位典型的英國姑娘，活潑開朗、模樣俊俏。她微笑着回應了福爾摩斯的笑容，在本尼特先生身邊坐了下來。

「我發現本尼特先生沒在旅館裏，估計他多半是上您這兒來了。當然嘍，他跟我說過他要來向您請教。可是，噢，福爾摩斯先生，您就不能幫幫我可憐的父親嗎？」

「我覺得大有希望，普雷斯伯里小姐，只不過，案情還不是十分明朗。說不定，您帶來的情況會讓我得到一些新的啟發。」

「那是昨天夜裏的事情，福爾摩斯先生。昨天一整天，我父親都顯得非常古怪。我敢肯定，有時候他根本不記得自己做過的事情，整個人就跟活在一個離奇的夢境當中一樣。昨天的情況就是這樣。我家裏的那個人已經不是我的父親了，軀殼雖然跟以前一樣，實際上卻不是他自己。」

「把事情的經過說來聽聽吧。」

「昨天夜裏，狗兒叫得非常厲害，把我給吵醒了。可憐的羅伊，眼下它一直都被我們拴在馬廄旁邊。是這樣，我睡覺的時候總是鎖着門的，原因嘛，傑克——本尼特先生——可以告訴您，我倆都有一種大禍臨頭的感覺。我的房間在三樓，昨晚我碰巧沒放百葉簾，外面的月光又很好。當時我躺在那裏，眼睛盯着明亮的方窗，耳朵聽着瘋

狂的狗叫，跟着就驚訝地發現，我父親的臉正在窗子外面看我。福爾摩斯先生，我差一點兒就被他嚇掉了魂兒。他的臉貼着窗子玻璃，一隻手抬了起來，似乎是想把窗子推上去。要是窗子真的開了的話，我肯定會瘋掉的。那不是幻覺，福爾摩斯先生，您可別讓這種想法給騙啦。我可以保證，當時我躺在那裏動彈不得，盯着那張臉看了二十秒鐘左右。這之後，那張臉消失了，可我根本沒辦法——根本沒辦法從床上跳起來追着看。我躺在那裏，渾身冰冷、瑟瑟發抖，就這麼一直捱到了早上。吃早餐的時候，他的神態又機警又兇惡，一點兒也沒提夜裏的事情。我也沒說甚麼，只是找了個借口進了城——這不，我上您這兒來了。」

聽完了普雷斯伯里小姐的講述，福爾摩斯顯得驚詫莫名。

「親愛的小姐啊，您説您的房間在三樓。你們家的花園裏有長梯子嗎？」

「沒有，福爾摩斯先生，怪就怪在這個地方。那扇窗子根本上不去——可他偏偏就上去了。」

「日期是九月五號，」福爾摩斯説道。「這一來，事情確實是更加複雜了。」

聽了這話，驚詫莫名的人換成了這位年輕的女士。「您這是第二次提到日期的事情了，福爾摩斯先生，」本尼特説道。「難道説，日期也可能對這件案子產生影響嗎？」

「確實可能——應該説是非常可能——不過，眼下我還沒有拿到足夠的資料。」

「您是覺得瘋病跟月相之間存在聯繫嗎*？」

「不是，絕對不是。我的思路與此大不相同。麻煩您把您那個本子留給我，好讓我核查一下日期。據我看，華生，咱們的行動策略已經一目瞭然。這位小姐告訴咱們——而我完全相信她的直覺——她父親不太記得或者是完全不記得某些特殊日子的事情。如此說來，咱們不妨去見見他，就說他在那種特殊的日子裏約了咱們見面。他雖然沒有印象，肯定也只能怪罪自個兒的記憶。這樣的話，咱們就可以好好地看看他，由此拉開這次行動的序幕。」

「這個辦法很不錯，」本尼特先生說道。「可我得提醒你們，有些時候，教授可是個一點就着、行為粗暴的人物哩。」

福爾摩斯笑了笑。「我們得立刻趕過去，這麼做是有理由的——理由還非常充足，如果我的假設站得住腳的話。明天，本尼特先生，明天我們肯定會趕到劍津。我沒記錯的話，那兒有一家名叫『切克斯』的旅館†，旅館供應的波爾圖葡萄酒比大路貨要好那麼一點兒，床單的狀況也沒到值得譴責的地步。依我看，華生，咱們注定要在不那麼舒服的地方待幾天啦。」

星期一早上，我們已經踏上旅途，目的地正是那座著名的大學城鎮。福爾摩斯這個人無牽無掛，自然是說走就

---

* 古希臘的亞里士多德和古羅馬博物學家普林尼 (Gaius Plinius Secundus, 23–79) 等人認為滿月有誘發瘋病的作用，今天仍然有人持有類似看法，不過，此類看法並未得到科學驗證。

† 這個旅館跟《薩塞克斯吸血鬼》當中的旅館名字相同。

走，可我卻得使勁兒盤算，搞得手忙腳亂，因為我已經有了一間規模不算太小的診所。一路之上，福爾摩斯對這件案子隻字不提，直到我們把行李存進他說的那家古老客棧之後，他才開始談論案情。

「依我看，華生，咱們可以在快吃午飯的時候去找那位教授。他十一點鐘下課，中午應該會在家休息。」

「咱們能拿出甚麼樣的訪問理由呢？」

福爾摩斯看了看自己的記事本。

「八月二十六號，他有過一段躁狂的表現。咱們不妨假定，他記不清楚自己在躁狂時期的舉動。如果咱們一口咬定他約了咱們，我看他也不敢公然否認。這麼幹需要相當厚的臉皮，你有嗎？」

「只能一試。」

「妙極了，華生！這句話集中了兢兢業業的蜜蜂精神和精益求精的不懈追求。『只能一試』——這就是本事務所的座右銘*。好了，找個態度和善的本地人領咱們去吧。」

一個態度和善的本地人坐在一輛漂亮雙輪馬車的後座†，帶着我們迅速地掠過一排古老的學院，最終轉進一條樹木成蔭的馬車道，停了一幢賞心悅目的宅子跟前。房子四周都是草坪，牆上則掛滿紫藤。顯而易見，普雷斯伯里教授的生活環境處處都透着奢侈，不僅僅是舒適而已。我們的馬車剛剛停住，一顆頭髮花白的腦袋就出現了

---

* 　《雷神橋謎案》當中，福爾摩斯也說過「只能一試」(We can but try) 這句話。

† 　當時雙輪出租馬車的車夫座位設在馬車末尾。

宅子的前窗裏面，而我們立刻感覺到，濃眉之下的一雙銳利眼睛正在隔着一副碩大的角制眼鏡上上下下地打量我們。片刻之後，我們已經實實在在地走進了宅子的書房，這位行止詭秘的科學家也已經站在了我們的面前，正是他的乖張舉動把我們從倫敦引到了這裏。毫無疑問，他的舉止和相貌都沒有任何古怪之處，因為他個子很高、儀表堂堂、臉龐寬大、神色嚴峻、身穿禮服，完全具備教授應有的威嚴氣度。他那雙眼睛是他身上最引人注目的地方，目光銳利、明察秋毫，精明到了接近狡獪的地步。

他看了看我們的名片。「請坐，兩位。有何貴幹？」

福爾摩斯露出了友善的笑容。

「我正打算這麼問您呢，教授。」

「問我，先生！」

「興許是搞錯了吧。我是聽別人說的，劍津大學的普雷斯伯里教授需要我幫忙。」

「噢，真的啊！」我似乎看見，他那雙咄咄逼人的灰眼睛裏閃出了一縷不懷好意的光芒。「您是聽別人說的，對嗎？我可以問問是誰說的嗎？」

「很抱歉，教授，這件事情需要保密。搞錯了也沒關係，我只能跟您賠個不是。」

「用不着賠甚麼不是。我倒是很想把這件事情弄個明白，因為我很感興趣。您說的事情有沒有甚麼書面的證據，有沒有信件和電報之類的東西呢？」

「沒有。」

「依我看，您總不至於告訴我，是我請您來的吧？」

「我看我還是不回答為好，」福爾摩斯說道。

「是啊，我看也是不回答為好，」教授尖刻地說道。「不過，我很容易就可以知道剛才這個問題的答案，用不着您幫忙。」

他走到房間對面，摁響了喚人鈴，我們在倫敦結識的本尼特先生應聲而至。

「進來吧，本尼特先生。這兩位先生覺得自己接到了邀請，所以就從倫敦趕了過來。我的函電都是由你負責處理的，按你的記憶，我們向一個名叫福爾摩斯的人寄過任何東西嗎？」

「沒有，先生，」本尼特紅着臉回答道。

「這下子就沒有疑問啦，」教授說道，惡狠狠地瞪着我的同伴。「好了，先生」——他雙手撐着桌子，把身子探了過來——「按我看，您來這裏的目的非常可疑。」

福爾摩斯聳了聳肩。

「我只能重覆一遍，很抱歉，我們給您造成了不必要的打擾。」

「光道歉可不行，福爾摩斯先生！」老頭子尖聲高叫，臉上的表情格外歹毒。他一邊說，一邊衝到門邊擋住了我們的去路，然後就怒不可遏地舉起雙手，衝着我們瘋狂地揮舞。「想走可沒那麼容易。」沒頭沒腦的暴怒使得他面容扭曲，一個勁兒地衝着我們齜牙咧嘴、狂喊亂叫。我敢肯定，要不是本尼特先生及時干預的話，我倆就只能打出門去了。

「親愛的教授啊，」本尼特叫道，「想想您的身份！

想想這事情會在學校裏鬧成甚麼樣子！福爾摩斯先生是一位名人，您千萬不能拿這麼無禮的方法來對待他。」

我們的主人——如果這個樣子也叫主人的話——氣沖沖地讓出了通往門口的道路，我們歡天喜地地離開宅子，走進了那條樹木成蔭的幽靜車道。看樣子，這段插曲讓福爾摩斯覺得心花怒放。

「咱們這位淵博的朋友多少有點兒神經錯亂，」他說道。「也許吧，咱們的闖入手法確實有點兒拙劣，可我總算是如願以償，得到了跟他親身接觸的機會。哎喲，我的天，華生，他保準兒是追上來啦。這個惡棍還不肯放過咱們呢。」

身後傳來了奔跑的腳步聲，還好，我如釋重負地發現，出現在車道轉彎處的並不是那位令人膽寒的教授，而是教授的助手。他氣喘吁吁地跑到了我們面前。

「真是抱歉，福爾摩斯先生，我是來跟您賠不是的。」

「親愛的先生啊，有甚麼好抱歉的呢。這不過是一種正常的職業經歷而已。」

「我從來沒見過他像今天這麼暴戾。不過，他確實是一天比一天兇惡。我和他女兒為甚麼擔驚受怕，現在您應該明白了吧。話說回來，他的腦子倒是非常清楚。」

「清楚得過頭啦！」福爾摩斯說道。「都是我自己失算。顯而易見，他的記憶要比我想的可靠得多。對了，臨走之前，我們能看看普雷斯伯里小姐的臥室窗子嗎？」

本尼特先生領着我們穿過一叢灌木，宅子的側面呈現在了我們眼前。

「就是那兒，從左邊數的第二扇窗子。」

「我的大，這怎麼爬得上去。不過，你們看，低處有一根藤蔓，高處又有一根水管，都可以作為落腳的地方。」

「我反正是爬不上去的，」本尼特先生說道。

「我看也是。毫無疑問，正常的人都會覺得這是一件危險的活計。」

「我還有一件事情要告訴您，福爾摩斯先生。我拿到了跟教授通信的那個倫敦人的姓名地址。教授今天早上似乎給他寫過信，地址是我從教授的吸墨紙上看來的。身負重託的秘書可不該幹這種下流的事情，可是，我還能怎麼辦呢？」

福爾摩斯拿起他遞過來的那張紙片看了看，把紙片裝進了口袋。

「多拉克——這個姓氏還挺古怪的，按我看應該是個斯拉夫語 * 姓氏。很好，這是事件鏈條當中的重要一環。本尼特先生，我們今天下午就回倫敦，依我看，我們留在這兒也起不了甚麼作用。我們不能逮捕教授，因為他沒有犯罪，也不能限制他的行動，因為我們證明不了他已經瘋了。到現在為止，我們無法採取任何行動。」

「可是，我們究竟該怎麼辦呢？」

「稍安毋躁，本尼特先生，事情很快就會有進展的。如果我沒弄錯的話，下週二應該是一個轉折關頭，屆時我們肯定會到劍津來的。在那之前，你們的日子確實是非

---

* 　斯拉夫語為斯拉夫人所用諸種語言的合稱，斯拉夫人主要分佈在東歐、中歐、東南歐及亞洲北部，比如俄羅斯人和捷克人。

常難捱，如果普雷斯伯里小姐能延長她這次倫敦之行的話——」

「這件事很好安排。」

「那就讓她留在倫敦吧，等我們確定危險已過再說。與此同時，教授那邊就由他去好了，不要去刺激他。只要他心情愉快，那就出不了甚麼亂子。」

「他就在那兒！」本尼特驚駭萬分地低聲說道。透過枝椏之間的縫隙，我們看見教授的高大身影從宅子大門裏整了出來，站在那裏四下張望。他身子前傾，雙手吊在身前甩來甩去，腦袋左顧右盼。秘書衝我們擺了擺手，趕緊溜進了樹叢。不一會兒，我們看到他回到了東家身邊，兩個人一邊往屋裏走，一邊展開了一場看架勢熱火朝天以至於火星四射的對話。

「依我看，這位老先生一直都在琢磨咱們的意圖，」走回旅館的路上，福爾摩斯說道。「這次見面雖然短暫，可我覺得他這個人的思維特別清晰、特別嚴謹。他的脾氣固然火爆，可你要是從他的角度來看的話，既然有偵探盯上了自己，這個偵探還很有可能是自己家的人請來的，那他也確實有爆發的理由。要我說，咱們的本尼特老兄可沒有好日子過啦。」

路過郵局的時候，福爾摩斯進去發了一封電報。回電當天傍晚就到了，福爾摩斯把電報扔給了我。

已往商業路 * 與多拉克相見。此人溫和可親，波希米

---

* 商業路 (Commercial Road) 是倫敦東區的一條路，不過，這條路今
　天並不在前文所說的「東中部郵區」範圍之內，當時是否屬於該
　郵區，譯者未見確證，只得闕疑。

亞裔*，已過中年，為大型雜貨鋪東主。

莫瑟爾

「莫瑟爾是在你搬出去之後才開始替我效力的，」福爾摩斯說道。「他是我的萬能幫手，專門料理日常雜務。這位教授跟多拉克保持着如此詭秘的通信往來，咱們就很有必要摸一摸多拉克的底細。現在看來，他的族裔跟教授的布拉格之行是對得上的。」

「謝天謝地，終於有了兩件彼此對得上的事情，」我說道。「在這之前，咱們遇上的似乎只是一長串無法解釋而又互不相關的事情。比方說吧，狂怒的獵狼犬跟波希米亞之行能有甚麼關係，這兩件事情跟深夜在過道裏爬行的人又能有甚麼關係呢？還有你一再提起的那些日期，那才是最讓人摸不着頭腦的事情呢。」

福爾摩斯笑了笑，興奮地搓起手來。我得補充說明一下，這會兒我們是在那家歷史悠久的旅館裏，身處那間古老的客廳，我倆之間的桌子上擺的正是一瓶福爾摩斯之前提過的名釀。

「呃，這樣吧，咱們不妨先說說日期的事情，」他說道，雙手的指尖頂在一起，擺出了一副講課的架勢。「根據這位大好青年的日記，七月二號出過一次亂子，打那以後，亂子似乎每九天就會重演一次，例外的情形嘛，按我的記憶是只有一次。這樣算下來，最近的一次亂子出在上週五，也就是九月三號，同樣符合這個規律，再上一次出

---

* 這裏的「波希米亞」(Bohemia) 是地理意義上的波希米亞，為歐洲中部的一個地區，今屬捷克。前文中的布拉格為波希米亞城市。

在八月二十六號，依然符合這個規律*。這樣的事情不可能只是一種巧合。」

我不得不表示同意。

「既然如此，咱們不妨暫時假定，教授每九天就會用一次藥，用的是某種烈性藥物，效力雖然短暫，但卻具有極大的毒副作用。這種藥使得他天生的暴烈性情火上澆油。他是在布拉格學會用這種藥的，眼下的藥物來源則是倫敦的一個波希米亞中間商。這些事情都可以對得上，華生！」

「可是，那條狗、窗子上的那張臉，還有在過道裏爬行的人，這些又該怎麼解釋呢？」

「好啦，好啦，咱們好歹也算開了個頭啊。依我看，下週二之前，事情是不會有甚麼進展的。在此期間，咱們只能跟本尼特老兄保持聯繫，同時盡情領略這個迷人小鎮的旖旎風情。」

第二天上午，本尼特先生偷偷跑來匯報最新的情況。不出福爾摩斯所料，他的日子確實很不好過。教授雖然沒有指名道姓地怪罪他把我們請進了家門，言語卻非常地粗暴無禮，顯然是懷有極大的怨氣。不過，到了今天早上，教授又恢復了常態，還對着滿堂的學生作了一次精彩如昔的講座。「拋開那些莫名其妙的爆發不說，」本尼特如是說道，「他的精力和活力確實比我記憶之中的任何時候都要旺盛，頭腦也是空前地清晰。可那並不是他——絕不是我們以前認識的那個他。」

---

* 關於這個「規律」，文中前前後後的日期確有不盡吻合之處，以致後來者眾說紛紜，細心的讀者或可留意。

「至少是在接下來的這個星期裏，我看您用不着擔心甚麼，」福爾摩斯回答道。「我這個人事情很多，華生醫生也有病人需要照顧，咱們現在就定下來吧，下週二，還是這個時間，咱們再在這裏碰頭。還有啊，下一次跟您作別之前，即便我們不能終結您的麻煩，至少也能把您的麻煩解釋清楚，要不就真是奇哉怪也。見面之前，請隨時向我們通報事態的發展。」

此後的幾天當中，我一直都沒有見到福爾摩斯。不過，接下來的星期一晚上，我收到了福爾摩斯的一張簡短便條，叫我第二天到火車上去跟他碰頭。前往劍津的路上，我從他那裏得知事態穩定，教授家裏風平浪靜，教授本人的行為也完全正常。到達劍津的當天傍晚，本尼特先生到我們再次下榻的切克斯旅館來找我們，帶來的也是同樣的消息。「今天早上，教授的倫敦筆友又有音訊。他給教授寄來了一封信和一個小包裹，信和包裹的郵票下方都畫着十字，警告我不得拆看。除了這一點之外，別的都很正常。」

「事實興許會告訴咱們，光是這一點就已經夠麻煩的啦，」福爾摩斯的口氣十分嚴峻。「好了，本尼特先生，按我看，咱們今晚就能有個結論。如果我的演繹正確無誤的話，咱們將會有機會展開最後的決戰。要把握這個機會，咱們就得密切留意教授的舉動。所以呢，我建議您不要睡覺，要始終保持警戒。聽到他從您門前經過的時候，您也不要去打擾他，跟在他後面就行了，盡可能不要弄出

動靜。我和華生醫生都會在附近守候。對了，您說到過他那個小匣子，匣子的鑰匙在哪兒呢？」

「在他的錶鏈上。」

「依我看，那就是咱們的主攻方向。萬不得已的話，匣子上的鎖應該也不至於特別難撬。宅子裏還有別的甚麼身手矯健的男人嗎？」

「有我們的車夫麥克費爾。」

「他睡在甚麼地方呢？」

「馬廄的頂棚裏。」

「咱們沒準兒會需要他的幫助。好啦，眼下咱們做不了別的，只能靜待事態發展。再見——不過，天亮之前，咱們肯定會再次碰面的。」

將近午夜時分，我們才在正對教授宅子大門的灌木叢中埋伏停當。夜色晴朗，天氣卻相當寒冷，我們不由得慶幸自己穿上了保暖的外套。微風吹拂，雲朵在天空裏飛奔，時不時地遮住半圓的月亮。這一次的守夜可謂十分無趣，好在我們有期盼的心情和興奮的神經作為支撐，而我朋友又信誓旦旦地向我保證，結局多半是已經近在眼前，攫住我們注意的這一連串離奇事件馬上就會見到分曉。

「如果九天的周期站得住腳的話，教授今晚一定會達到爆發的頂點，」福爾摩斯說道。「教授從布拉格回來之後才表現出那些古怪的症狀，眼下又跟倫敦的一個波希米亞商販保持着秘密通信，後者多半是某個布拉格人的代理，還有呢，他剛好在今天收到了那個商販寄來的包裹，前面這些事實都指着同一個方向。咱們雖說不知道他用的

是甚麼藥，也不知道他為甚麼要用，可他的藥是經由某種途徑從布拉格弄來的，這一點非常清楚。他遵照某種明確的指示用藥，所以才有了九天的周期，正是這個周期首先引起了我的注意。不過，他那些症狀可真是古怪極啦。你留意到他的指關節了嗎？」

我不得不承認我沒有留意。

「他的指關節又粗又大、滿是老繭，以前我還真沒見過那樣的東西。看人一定要先看手，華生，然後就得看袖口、褲子膝蓋和靴子。那樣的指關節非常古怪，來由只可能是某種特定的行走方式，那種行走方式屬於——」說到這裏，福爾摩斯頓了一頓，猛然拍了拍自己的腦門兒。「噢，華生啊，華生，我真是蠢到家啦！這種解釋看上去讓人難以置信，可它準保不會錯。所有事情都指着同一個方向，我怎麼就看不見它們之間的聯繫呢？那樣的指關節——我怎麼會對那樣的指關節視而不見呢？還有那條狗！那些常春藤＊！說實在的，我看我真的是到了歲數，應該到我夢想之中的小農莊去當隱士啦。瞧，華生！他出來了！咱們這就可以親眼看看啦。」

宅子的大門緩緩開啟，屋裏的燈光襯出了普雷斯伯里教授的高大身形。他身上穿着睡袍，雖然說是直立在門廊裏，但卻還是身子前傾，雙臂甩來甩去，跟我們上次看見他的時候一樣。

＊　原文就是「常春藤」(ivy)，下文亦然，不過，最初那段關於教授宅子的描述說的是「紫藤」(wistaria)，紫藤和常春藤雖然都不只一種，但紫藤都屬於豆科，常春藤都屬於五加科。也許，宅子正面種的是紫藤，側面是常春藤。

走進馬車道之後，他的模樣立刻發生了非比尋常的變化。他伏到地上，手足並用地爬了起來，其間還時不時地躥高蹦低，似乎是勁兒多得沒處使。他沿着跟宅子正面平行的方向爬了一陣，然後就繞到了宅子側面。他的身影剛剛消失，本尼特就從大門裏溜了出來，悄悄地跟了上去。

　　「快，華生，快！」福爾摩斯叫道。於是我們躡手躡腳地穿過灌木叢，走到了一個能夠看見宅子側面的位置。宅子的側面沐浴在半圓月亮的銀光之中，我們清楚地看見教授伏在牆根，牆上爬滿了常春藤。看着看着，教授突然開始往上爬，身手矯健得匪夷所思。他在藤蔓之間跳來跳去，腳不搖手不抖，一看就沒有甚麼特定的目標，純粹是為了享受大顯身手的樂趣。睡袍在他的身體兩側扇來扇去，他看着活像是一隻巨大的蝙蝠，牢牢地粘在自家宅子的側面，給灑滿銀光的牆壁打上了一塊碩大黝黑的方形補丁。不一會兒，他似乎是厭倦了這種遊戲，於是就踩着一根又一根的藤蔓下到地面，又擺出那種老姿勢，向着馬廄的方向爬了過去，動作跟先前一樣古怪。他家的獵狼犬已經跑了出來，正在那裏瘋狂吠叫。實實在在地看到主人之後，獵狼犬更是顯得空前激動。它把鎖鏈繃得緊緊的，又是焦灼又是狂怒，全身不停地顫抖。教授處心積慮地蹲到獵狼犬剛好夠不着的地方，跟着就開始千方百計地挑逗狗兒。他從馬車道上抓起一把又一把的小石子，把石子扔到狗兒的臉上，又用他撿來的一根棍子去捅狗兒，還把他的雙手伸到離狗嘴只有幾英寸的地方晃來晃去，總之是使盡了渾身解數，就為了撩撥那隻已然徹底失控的狗兒。這個

依然不失體面的冷漠人物像青蛙一樣蹲在地上，使出各種別出心裁、老謀深算的殘忍花樣，不停地刺激面前那隻人立起來咆哮不止的狗兒，拼命地想讓發狂的狗兒表現出更為強烈的野性，在我們全部的冒險生涯之中，哪一幕也不比眼前這一幕更加古怪。

轉眼之間，出事了！倒不是拴狗的鎖鏈斷了，而是狗的脖子從項圈裏脫了出來，因為那個項圈本來是為脖子很粗的紐芬蘭犬預備的。只聽得鐵鏈咣噹墜地，狗和人已經在地面上滾作一團，一個連聲咆哮，另一個尖聲慘叫，尖叫聲十分怪異，聽着就跟假聲一樣。教授命懸一線，因為那頭狂暴的畜生結結實實地咬住了他的喉嚨，尖利的牙齒深深地陷了進去。我們還沒來得及衝上去把人和狗分開，教授已經失去了知覺。解救教授本來是一件非常危險的任務，好在本尼特趕了過來，他的呵斥立刻讓那頭巨大的獵狼犬恢復了理性。喧囂的聲音驚醒了馬廄頂棚裏的馬夫，他睡眼惺忪、驚駭不已地出現在了現場。「我倒不覺得奇怪，」馬夫一邊搖頭一邊說。「我可不是第一次看見他這麼幹啦。我早就知道，狗兒早晚會夠着他的。」

拴好狗兒之後，我們一起把教授抬進了他自個兒的房間。本尼特也有醫學學位，這時便幫着我把教授那皮開肉綻的喉嚨包了起來。獵狼犬的尖牙險險地錯過了他的頸動脈，出血的情況卻仍然非常嚴重。半個小時之後，教授已經脫離生命危險，並且沉沉地睡了過去，因為我給他打了一針嗎啡。直到這時，我們才顧得上一邊面面相覷，一邊掂量眼前的局面。

「依我看，得給他請個一流的外科醫生才行，」我說道。

「看在上帝份上，這可不行！」本尼特叫道。「到目前為止，醜聞還沒有走出我家的門檻，咱們是不會往外說的。一旦它走出了這座宅子，那可就沒完沒了啦。想想他在大學裏的地位、他在整個歐洲的聲望，還有他女兒的感受吧。」

「說得對，」福爾摩斯說道。「按我看，咱們不但可以防止醜聞外洩，還可以利用這個自由行動的機會來防止醜聞再次爆發。把錶鏈上的鑰匙取下來吧，本尼特先生。麥克費爾可以看住傷者，有甚麼變化就過來通知我們。咱們這就過去看看，教授那個神秘的匣子裏到底裝着些甚麼東西。」

匣子裏東西不多，但卻足以解開我們的疑惑——一個空了的小藥瓶、一個幾乎滿着的小藥瓶、一支注射器，此外就是幾封信，筆跡潦潦草草，一看就是外國人寫的。信封上畫着十字標記，說明它們就是打亂秘書正常工作流程的那些特殊信件。信上的地址都是「商業路」，署名則是「A. 多拉克」。信封裏裝的不過是一些發票和收據，內容要麼是他又給普雷斯伯里教授寄了一瓶藥，要麼就是他已經收到貨款。不過，匣子裏還有一封與眾不同的信，筆跡顯得更有文化，貼的是奧地利郵票 *，蓋的是布拉格郵戳。「咱們要找的東西就在這裏！」福爾摩斯高喊一聲，把信紙扯了出來。信件全文如下：

---

* 一戰之前，波希米亞是奧匈帝國的一部分。

尊敬的同行：

自從您屈駕造訪之後，我已經反覆考慮過您的情況。儘管您確實有一些需要此種療法的特殊理由，可我仍然力勸您謹慎從事，因為我的試驗結果業已表明，此種療法存在一定的風險。

如果有類人猿血清可用的話，效果可能會好一些。可我已經告訴過您，我用的是黑面葉猴＊的血清，因為我正好有這樣的樣本。當然，葉猴是一種攀爬動物，類人猿則直立行走，從哪方面來說都比葉猴更接近人類。

我懇求您務必做到萬無一失，以免此種療法過早洩露。我在英國另有一位主顧，也是由多拉克代供藥品。請按週通報療效，感激不盡。

您卑微的朋友

H. 洛文斯坦

洛文斯坦！看到這個名字，我立刻想起了報上登過的一則簡訊，內容是某個寂寂無名的科學家正在通過某種未知的方法尋找返老還童的奧秘和長生不老的藥方。那個科學家不是別人，正是布拉格的洛文斯坦！洛文斯坦擁有效果神奇的強身血清，他和他的藥卻都變成了醫學界的禁忌，原因是他拒絕透露血清的來源。於是我簡單地介紹了一下我回憶起來的情況，與此同時，本尼特已經把架子上

＊　黑面葉猴 (black-faced langur) 可能是指灰葉猴 (gray langurs)，灰葉猴是廣泛分佈於南亞的幾種葉猴的統稱，大多具有灰毛黑臉的特徵，典型種是長尾葉猴 (Semnopithecus entellus)。葉猴共有 59 種，下文中關於葉猴的描述並不完全準確。

的一本動物學手冊拿了下來。「『葉猴，』」他念道，「『大型黑面猴類，分佈於喜馬拉雅坡地，為體型最大、最接近人類的攀爬猴類。』如此等等。好啦，謝謝您，福爾摩斯先生，顯而易見，咱們已經找到了邪惡的根源。」

　　「真正的根源，」福爾摩斯說道，「自然是那場不合時宜的戀愛，它讓咱們這位頭腦發熱的教授產生了一種想法，覺得自己只有重獲青春才能遂情達欲。人若是企圖凌駕於自然之上，結局多半是墮落到自然之下。一旦捨棄了人類命運的正途，最了不起的人也會倒退到動物的境地。」他坐在那裏沉思了一小會兒，把那個藥瓶拿在手裏，凝視着瓶裏的清澈液體。「我打算給這個傢伙寫封信，指控他犯有傳播毒藥的罪行，這樣一來，咱們的麻煩就算是斷了根。話說回來，復發的可能性還是有的，沒準兒會有人想出更高明的方法呢。這裏面潛藏着一種威脅，真真切切地威脅着整個人類。想想吧，華生，沉迷物欲的人、耽於淫樂的人、庸俗市儈的人，全都可以借此延長他們那一文不值的生命。反過來，注重精神的人倒不會竭力逃避來自高處的召喚。那樣的世道將會是一個劣勝優汰的世道。我們這個可憐的世界啊，究竟會墮落成怎樣的一個泥坑呢？」說到這裏，浮想聯翩的夢想家突然不見蹤影，說幹就幹的福爾摩斯從椅子上跳了起來。「依我看，該說的話都已經說完啦，本尼特先生。整體的脈絡既已理清，種種事件都可以輕而易舉地得到解釋。當然嘍，對於主人身上的變化，狗兒的感覺要比您靈敏得多，教授身上的氣味逃不過它的鼻子。所以說，羅伊咬的並不是教授，而是猴

子，道理就跟撩撥羅伊的也是猴子一樣。猴子天生就喜歡攀爬，依我看，他之所以爬到那位小姐窗前，不過是玩耍過程當中的一個巧合而已。清早就有一班去倫敦的火車，華生，可我覺得咱們還有時間，不妨在切克斯旅館喝杯茶再走。」

獅子鬃毛

漫長的偵探生涯之中，我碰上過許多離奇費解的案子。不可思議的是，收山歸隱之後，竟然還會有一件離奇費解程度不遜於任何舊案的案子找到我的頭上，而且實實在在地找到了我的家門口。事情發生的時候，我已經躲進我那座位於薩塞克斯的小小農莊*，全身心地投入了靜謐安神的田園生活。此前的許多個年頭，身處倫敦的陰霾之中，我時常都對這樣的生活充滿了渴望。我過上這樣的生活之後，華生老兄幾乎完全斷了音訊，充其量不過是偶爾跑來度個週末而已。這樣一來，我不得不自己記述自己的案子。唉！他要是在就好啦，這個案子的開端如此驚人，而我又排除萬難取得了最後的勝利，如果到了他的筆下，真不知道會有多精彩！事實呢，我只能按我自己這種平鋪直敍的方法把故事講出來，用我自己的文字寫出我調查「獅子鬃毛」謎案的始末，寫出這段艱辛旅程的每一步。

我的農莊坐落在薩塞克斯丘陵南麓，俯瞰着景色壯美的英吉利海峽。這個地方的海岸全都是白堊的峭壁，要想下到海邊，唯一的通道便是一條漫長曲折、又陡又滑的小

---

* 這篇故事首次發表於 1926 年 12 月；「薩塞克斯」參見前文注釋，《福爾摩斯謝幕演出》一書的前言、《第二塊血跡》和《福爾摩斯謝幕演出》都曾經提到福爾摩斯在薩塞克斯丘陵的隱居生活。

徑。小徑的底端有一片一百碼寬的卵石海灘，即便在滿潮的時候也不會沒入水下。不過，海灘上到處都有窪地和坑穴，形成了一個個非常適合游泳的池子，每一次潮汐都可以起到給池子換水的作用。這片令人讚嘆的海灘向左右兩邊各延伸了好幾英里，打破海灘平滑線條的只有中央的一個小灣，以及小灣側畔的法爾沃斯村 *。

我的房子獨處無鄰，農莊裏僅有的居民不過是我和我的老管家，再加上我的蜜蜂。不過，半英里之外就是哈羅德·斯戴克赫斯特那座名聲在外的山牆補習所 †，補習所佔地寬廣，成員包括幾位教員和幾十名正在為各種職業進行準備的年輕學生。斯戴克赫斯特本人是一位多才多藝的優秀學者，年輕時還是一名著名的校隊划艇選手 ‡。從我搬到海邊的時候開始，我倆的交情一直都很不錯。隨便哪個晚上，我倆無需邀請就可以去對方家裏串門，跟我有這種交情的人只有他一個。

一九零七年七月底的某一天，大作的狂風把英吉利海峽的海水堆到了峭壁的底部，退卻的潮水又在海邊留下了一個潟湖。第二天早上，狂風已經止息，自然萬物都顯得清新如洗。如此宜人的日子可不是工作的時候，於是我就利用早飯之前的時間出去散步，享受一下無比新鮮的空氣。我沿着峭壁上的小徑走向那道通往海灘的陡峻斜坡，

---

* 法爾沃斯村 (village of Fulworth) 為虛構地名。
† 這裏的「補習所」(coaching establishment) 指的是一種幫助學生突擊各種考試的小規模學校，類似於我國的補習班。
‡ 這裏的「校隊划艇選手」原文為「rowing Blue」，特指牛津大學或者劍橋大學的划艇選手，參見《三個學生》和《失蹤的中衛》的相關注釋。

忽然聽見有人在背後叫我，回頭一看，哈羅德‧斯戴克赫斯特正在興高采烈地衝我招手呢。

「好一個清爽的早晨，福爾摩斯先生！我就知道你會出來逛逛的。」

「你這是要去游泳吧。」

「又在玩你那套老把戲啦，」他一邊笑，一邊拍了拍鼓鼓囊囊的衣兜。「是啊。麥克弗森一早就去了，眼下他肯定還在那兒。」

菲茨羅伊‧麥克弗森是補習所的自然科學教員，更是個為人正直的好小伙子，美中不足的是得過一次風濕熱，心臟落下了一點兒毛病。不過，他是個天生的運動好手，只要是不超過他心臟承受限度的運動，他樣樣都玩得出類拔萃。他不分冬夏地堅持游泳，我自己也有這個愛好，所以就經常跟他一起游。

就在這個時候，我們看見了麥克弗森。他的腦袋從小徑盡頭的峭壁邊緣露了出來。接下來，他整個人都出現在了峭壁上方，步態像醉漢一樣跟跟蹌蹌。轉眼之間，他發出一聲可怕的叫喊，雙手往上一舉，一下子栽倒在地。我和斯戴克赫斯特離他大概有五十碼遠，這時便衝上前去，把他翻了過來。他顯然已經奄奄一息，凹陷無神的眼睛和可怖的青紫雙頰不會有甚麼別的含義。一縷生機從他臉上一掠而過，他便用急切的警告口吻咕噥了兩三句話。他的話含混不清，最後的兩個詞卻突然變成了尖叫，所以我清清楚楚地聽到他說的是「獅子鬃毛」。這兩個詞離題萬里、不知所云，可他的發音實在沒法作其他的解釋。這之後，

他半支起身子，雙臂往空中一舉，跟着就往前方一栽，側躺在地面上，就這麼咽了氣。

突如其來的恐怖情景把我同伴嚇得動彈不得，我呢，正如諸位可以料想的那樣，馬上進入了高度警覺的狀態。這樣的警覺實屬必要，因為形勢很快就變得一目瞭然，我們已經碰上了一件奇案。死者身上只有一件博柏利*風衣和一條長褲，外加一雙沒繫鞋帶的帆布鞋子。他倒下的時候，搭在肩上的博柏利風衣滑了下來，他的軀幹立刻暴露在我們的眼前，讓我們目瞪口呆。他的後背佈滿了暗紅色的線條，就跟被人用一根細細的鞭子狠狠地抽過一頓一樣。用於抽打的刑具顯然是有彈性的，因為那些長長的刺目鞭痕繞過他的肩頭，爬到了他的肋骨上。鮮血順着他的下巴往下流淌，因為他在痛苦的痙攣之中咬穿了自己的下唇。看看他那張扭曲變形的臉，你就知道他經受了多麼巨大的苦楚。

我跪到屍體旁邊，斯戴克赫斯特則站在一旁。正在這時，一個影子罩在了我們身上，伊恩·默多克已經來到了我們身旁。默多克是補習所的數學教員，身材瘦高、膚色黝黑，平日裏寡言少語、落落寡合，跟誰都算不上朋友。他似乎生活在某個高不可攀的抽象世界，生活裏只有無理數和圓錐截面，跟人間煙火沒有甚麼關係。學生們都把他看成怪物，本來還可能把他當成笑料，沒這麼幹的原因是他身上帶着一種古怪的異域性情，這種性情的體現不光是

---

* 博柏利 (Burberry) 為英國著名時裝品牌，亦譯「巴寶莉」，此處譯名來自該公司中文網站。

他烏黑的眼睛和黝黑的臉龐，還有他偶爾爆發的脾氣，而他的脾氣一旦爆發，那就只能用兇暴來形容。有一次，麥克弗森養的一隻小狗惹惱了他，他竟然一把抄起那隻小狗，從裝着平板玻璃的窗子裏面扔了出去。要不是念着他是個優秀教員的話，斯戴克赫斯特肯定會為這件事情開除他的。眼下這個時候，來到我們身邊的就是這麼個性格複雜的怪人。看到眼前的景象，他似乎確確實實地受到了震撼，儘管那次小狗事件已經表明，他跟死者之間並沒有甚麼特別深厚的交情。

「可憐的伙計！可憐哪！需要我做甚麼？我能幫甚麼忙嗎？」

「剛才你跟他在一起嗎？你能不能告訴我們，剛才發生了甚麼事情呢？」

「沒在一起，今早我出來得很晚，壓根兒就沒去海灘。我剛剛才從學校那邊過來。需要我做甚麼嗎？」

「你趕緊去法爾沃斯的警局報案吧。」

他二話不說，馬上就以最快的速度報案去了。接下來，我主動挑起了調查這件慘案的擔子，驚得暈頭轉向的斯戴克赫斯特則留在了屍體旁邊。可想而知，我的首要任務就是搞清楚海灘上有些甚麼人。站在小徑頂端，我可以看見整片海灘，近處絕對是空無一人，遠處才有兩三個正在走向法爾沃斯村的黑影。這個情況確定無誤之後，我沿着小徑慢慢地往下走。小徑上的白堊礫石夾雜着粘土和泥灰，到處都可以看見同一個人的腳印，方向有上有下。看樣子，這天早上並沒有其他的人從這條小徑走上海灘。

有個地方出現了一個五指箕張的手印，手指衝着路邊的斜坡，只能說明可憐的麥克弗森上來的時候摔了一跤。路上還有一些圓形的印跡，說明他不止一次膝蓋着地。小徑的底端便是海水退潮時留下的那個相當不小的潟湖。麥克弗森曾經在湖邊脫過衣服，因為他的浴巾就擺在湖邊的一塊石頭上。浴巾疊得整整齊齊，而且是乾的，由此看來，他到最後也沒有下過水。我在堅硬的卵石之間四處尋找，其間有一兩次碰上了小塊的沙地，沙地上留着他那雙帆布鞋子的印跡，此外還有沒穿鞋子的腳印。後一個事實表明他已經做好了下水之前的一切準備，只不過，他的浴巾表明他並沒有真的下水。

到這會兒，問題的輪廓已經非常清楚，離奇的程度絕不遜於我經手過的任何問題。死者在海灘上停留的時間最多只有一刻鐘，這一點不會有任何疑問，因為斯戴克赫斯特是跟着他從山牆補習所走過來的。他跑到這裏是為了游泳，而且脫了衣服，因為沙地上有他沒穿鞋子的腳印。然後呢，他突然手忙腳亂地套上衣服——他身上的衣服非常凌亂，扣子也沒有扣——跑了回來，之前並沒有下水，至少是沒有用浴巾擦拭身體。而他之所以突然改變主意，是因為他遭到了極為迅猛、慘無人道的鞭打，痛苦得咬破了自己的嘴唇，結果是只剩下了爬到崖頂的氣力，剛爬上來就咽了氣。這樁野獸一般的殘忍勾當是誰做的呢？峭壁底部固然有一些小小的洞穴，但卻被初升的太陽照得清清楚楚，根本藏不了人。還有呢，海灘上確實有幾個遙遠的身影，可他們離得太遠，似乎不可能跟這樁罪行扯上關係，

再者説，他們跟這邊還隔着麥克弗森打算游泳的這個浪濤拍岸的寬廣潟湖呢。不遠的海面上有兩三艘漁船，船上的那些人可以等有空的時候再去盤問。調查的道路倒是有那麼幾條，可惜的是，道路的盡頭都不是甚麼特別明確的目的地。

等我回來檢查屍體的時候，屍體旁邊已經聚起了一小群驚駭莫名的人。斯戴克赫斯特當然還在原地，伊恩‧默多克也剛剛帶着村裏的警員趕了回來。警員名叫安德森，塊頭很大，蓄着薑黃色的髭鬚，正是典型的薩塞克斯土產，慢慢騰騰、忠誠可靠，笨拙緘默的外表下潛藏着相當不錯的判斷力。他仔細聽完了所有的情況，把我們説的東西通通記在了本子上，然後才把我拉到了一邊。

「我非常樂意聽聽您的建議，福爾摩斯先生。這對我來説可是件大案子，出了差錯的話，魯伊斯 * 那邊會有話説的。」

我建議他打發人去找他的頂頭上司，再叫上一個醫生，同時要讓現場保持原狀，盡量別留下新的腳印，等他們來了再説。與此同時，我把死者的口袋翻了一遍。口袋裏有一張手帕、一把大折刀和一個小小的折疊式名片夾。一張紙片從名片夾裏支了出來，我拿出紙片，把它遞到了警員手裏。紙片上是兩行出自女人之手的潦草筆跡：

我會去的，你放心好了。

莫迪

---

* 魯伊斯 (Lewes) 當時是薩塞克斯郡首府，今天是東薩塞克斯郡首府。

看樣子，這張字條說的是情侶之間的一次約會，只不過沒有時間地點。警員把紙片重新裝進了名片夾，又把名片夾和其他的東西一起放回了那件博柏利風衣的各個口袋。眼看沒有甚麼其他的線索，我便叮囑警員把峭壁下面徹底地搜查一遍，然後就回家吃早飯去了。

一兩個小時之後，斯戴克赫斯特跑來告訴我，他們已經把屍體抬到了山牆補習所，準備在那裏進行死因調查*。除此之外，他還帶來了一些確切無疑的重要消息。不出我的預料，警方沒有在峭壁下面的小洞穴裏找到任何東西，他自己倒是翻了翻麥克弗森書桌裏的文件，並且找到了幾封信件，說明死者跟法爾沃斯村某個名為莫德†·貝拉米的小姐有親密的魚雁往還。這一來，我們就確定了字條作者的身份。

「警察把那些信拿走了，」斯戴克赫斯特解釋道。「所以我沒法帶給你看。不過我可以肯定，他倆之間的戀情是非常認真的。可是，我看不出它跟這一次的可怕事件有甚麼關係，實在要說的話也只有一點，那就是這位女士跟他有個約會。」

「約也不會約在你們大家總去的游泳池邊上吧，」我如是評論。

「有幾個學生本來要跟麥克弗森一起去的，」他說道，「沒去只是因為一個偶然的情況。」

---

* 死因調查是英格蘭的一個法律程序，由驗屍官主持，參見《雷神橋謎案》注釋。

† 前文的「莫迪」(Maudie) 是這個「莫德」(Maud) 的暱稱。

「**真的**只是偶然嗎？」

斯戴克赫斯特皺起眉頭想了片刻。

「是伊恩‧默多克把學生們留下的，」他說道。「他非要趕在早餐之前講一道代數證明題。可憐的傢伙，這次的事情弄得他難過極啦。」

「可我聽說他倆沒甚麼交情啊。」

「以前是沒甚麼交情。不過，最近這一年多，默多克跟麥克弗森走得非常近，換了以前的話，他跟誰也走不了那麼近。他的性情並不是特別地招人喜歡。」

「我也是這麼聽說的。我隱約記得你跟我說過，他倆曾經因為虐待小狗的事情起過爭執。」

「那件事情已經煙消雲散了。」

「沒準兒還有人懷恨在心呢。」

「不會，不會，我敢保證，他倆真的是好朋友。」

「呃，這麼說的話，咱們只能去查查那個姑娘啦。你認識她嗎？」

「誰不認識她呢，她可是這一帶的美人兒啊——如假包換的美人兒，福爾摩斯，走到哪兒都會引起大家的注意。我以前就知道麥克弗森對她有好感，可我倒沒想到，他倆之間的關係已經發展到了信裏說的那種程度。」

「她是幹甚麼的呢？」

「她是老湯姆‧貝拉米的女兒，法爾沃斯所有的小艇和游泳船＊都是她家的。她父親本來是個漁夫，如今已經有了不小的產業。老貝拉米和兒子威廉一起打理家裏的生意。」

＊ 　游泳船 (bathing-cot) 是一種用來載人去海裏游泳的小船。

「咱們能去法爾沃斯見見他們嗎？」

「拿甚麼理由去見呢？」

「咳，理由還不好找嘛。再怎麼說，這個可憐的人遭受了如此可怕的折磨，總不會是自己幹的吧。那根鞭子肯定是拿在某個人手裏的，如果他身上的印跡確實是鞭痕的話。這地方這麼偏僻，他的熟人絕對不會太多。咱們可以往各個方向去查，總歸能找出一點兒犯罪動機，由此找到真正的兇手。」

沿途的丘原瀰漫着百里香的芬芳，要不是親眼目睹的慘案壓在心頭的話，這段路想必可以走得十分愜意。法爾沃斯村坐落在半圓形海灣裏一個凹入的小灣旁邊，古樸的小村背後有一片高地，高地上已經有了幾座現代風格的房子，斯戴克赫斯特領我去的便是其中的一座。

「貝拉米管那座房子叫『港灣別墅』，就是帶有角樓和石板屋頂的那一座。對於一個白手起家的人來說，這也算相當不錯啦——天哪，快看！」

港灣別墅的花園大門已經打開，一個男的從裏面走了出來。錯不了，那個搖搖晃晃、瘦骨嶙峋的高個子不是別人，正是數學教員伊恩‧默多克。片刻之後，我們就在路上跟他打上了照面。

「喂！」斯戴克赫斯特說道。默多克點了點頭，斜着烏黑的眼睛狐疑地瞥了我們一眼。他本打算就這麼從我們身邊走過去，校長卻攔住了他。

「你來這兒幹甚麼呢？」他問道。

默多克氣得滿臉通紅。「我是您的下屬，先生，那是在您學校裏的時候。可我倒不知道，我還有義務向您匯報私人的事情。」

經歷了之前的那些事情，斯戴克赫斯特的神經已經緊張到了崩潰的邊緣。不然的話，他興許可以壓住火氣。眼下呢，他徹徹底底地失去了控制。

「考慮到目前的情況，你這個回答完全是蠻不講理，默多克先生。」

「您自個兒的問題也是一樣。」

「你這種藐視尊長的行為，我忍了不止一次了。毫無疑問，這一次就是最後一次。麻煩你抓緊時間，盡快另謀高就。」

「我正好有這個打算哩。就有那麼一個人讓我覺得山牆補習所還可以忍受，到今天也沒啦。」

他邁開大步繼續前行，斯戴克赫斯特仍然站在那裏，直勾勾地瞪着他的背影，眼睛裏怒火熊熊。「你說說，他這樣算不算不可理喻、無法容忍？」他高聲喊道。

看到這一幕，我禁不住產生了一種十分強烈的感覺，伊恩·默多克先生這是在不失時機地給自己安排一個逃離犯罪現場的借口。我腦子裏那些模模糊糊的懷疑漸漸地變得清晰起來。說不定，見到貝拉米一家之後，事情還會變得更加清楚呢。斯戴克赫斯特已經鎮定下來，我們便繼續走向前方的那座房子。

見面之後，我們發現貝拉米先生是個鬍鬚紅得像火一

樣的中年人。他似乎氣得要命，臉色很快就紅得跟頭髮一樣了。

「不，先生，我不想了解甚麼詳情。我兒子在這兒」——他指了指客廳的角落，那兒有一個孔武有力的小伙子，寬大的臉拉得老長——「他的想法跟我一樣，麥克弗森先生追求莫德的事情只能説是一種侮辱。沒錯，先生，我們從來沒聽見過『婚姻』這個字眼兒，他倆卻又是通信又是約會，還有一大堆我們兩個都沒法贊成的事情。她沒有母親，監護人只有我們兩個。我們已經決定——」

不過，女士本人突然走進了客廳，把父親的話堵了回去。毋庸置疑，她的到場足以為世上的任何聚會增輝添彩。這樣的氣候和土壤居然能養育出這樣的奇花異卉，誰能想得到呢？我這個人很少受到女人的吸引，因為我的心始終處於大腦的監管之下，然而，看到她那張輪廓分明的完美臉龐，看到她那種凝聚了這片丘原所有嫵媚的嬌豔膚色，我還是禁不住暗自感嘆，沒有哪個年輕男子能夠無動於衷地走過她的身邊。推門進來的就是這麼一位姑娘，眼下她萬分激動地站在哈羅德‧斯戴克赫斯特面前，眼睛睜得大大的。

「我已經聽到了菲茨羅伊的死訊，」她説道。「把詳情告訴我吧，不用有甚麼顧慮。」

「我們是聽你們那邊來的另一位先生説的，」做父親的解釋道。

「沒理由把我妹妹跟這件事情扯在一起，」做兒子的嘟噥了一句。

做妹妹的橫了哥哥一眼。「這是我自己的事情，威廉。麻煩你讓我按我自己的方法來處理吧。各種跡象都表明這事情牽涉到一起罪行，如果我能幫着查出罪犯的話，也不過是對逝者聊表寸心而已。」

她聽我同伴簡短地講了講事情的經過，神情又專注又鎮定，讓我覺得她不僅容貌出眾，性格也很堅強。我始終都會記得莫德·貝拉米，記得這個完美無缺、非同凡響的女人。她似乎是認得我的長相，因為我同伴剛剛講完，她立刻轉過頭來衝我說話。

「把他們緝拿歸案吧，福爾摩斯先生。不管他們是誰，我都會支持您、幫助您。」按我的感覺，說這話的時候，她還挑釁地看了看自己的父親和兄長。

「謝謝您，」我說道。「在這樣的事情上，我非常看重女人的直覺。剛才您用了『他們』這個字眼兒，是因為您覺得兇手不止一個人嗎？」

「我非常了解麥克弗森先生，他是個又勇敢又強壯的人。單獨的一個人是沒法對他實施這樣的暴行的。」

「我可以單獨跟您說句話嗎？」

「我跟你說了，莫德，別把你自己跟這件事情扯到一起。」她的父親氣沖沖地喊道。

她無可奈何地看着我。「您瞧，我有甚麼辦法呢？」

「這些事情馬上就會鬧得滿城風雨，照這麼看，就在這兒討論也沒有甚麼關係，」我說道。「我本來希望私下談，不過，既然您的父親不肯同意，那我也只好讓他列席旁聽了。」接下來，我說起了死者衣兜裏的那張字條。

「死因調查的過程當中，他們肯定會把這張字條拿出來討論的。能不能請您盡量解釋一下呢？」

「我倒不覺得這有甚麼可隱瞞的，」她回答道。「我倆已經訂下了婚約，之所以沒有公佈，只是因為菲茨羅伊的叔叔年紀大了，據說是已經不久於人世，要是菲茨羅伊違抗他的意願跟我結婚的話，他可能會剝奪菲茨羅伊的繼承權。就這麼一個原因，沒有別的。」

「你應該早點兒告訴我們，」貝拉米先生嘟噥了一句。

「我也想啊，父親，可您不是從來都不贊成嘛。」

「我只是不贊成我們家的姑娘跟門不當戶不對的男人來往。」

「就是因為您對他有偏見，我們才不敢告訴您。至於約會的事情嘛」——她從衣兜裏掏出了一張皺巴巴的字條——「那張字條是我寫給這一張的答覆。」

她拿出來的字條內容如下：

最親愛的：

　週二太陽剛下山的時候，海灘上老地方見。只有這個時候我才脫得開身。

菲·麥

「今天就是週二，今晚我本來是要去見他的。」

我把字條翻過來看了看。「這張字條可沒有到過郵局啊。您是怎麼收到的呢？」

「這個問題我不想回答，它跟您正在調查的事情真的是一點兒關係也沒有。不過，只要是有關係的問題，我一定會痛痛快快回答您的。」

她果然是說到做到，可我們還是沒打聽到甚麼有助於調查的情況。她並不覺得自己的未婚夫有甚麼潛在的敵人，不過她也承認，她身邊確實有幾個狂熱的追求者。

「我能不能問一問，伊恩·默多克先生也是其中之一嗎？」

她立刻臉泛紅暈，看起來還有點兒迷惑。

「有那麼一段時間，我覺得他確實是。不過，等他知道我和菲茨羅伊的關係之後，情況就完全不同了。」

我又一次覺得，籠罩這個怪人的那團疑雲有了更加清楚的形狀。我們一定得查查他的來歷，還得悄悄地搜查一下他的房間。斯戴克赫斯特跟我一拍即合，因為他也對這個傢伙產生了懷疑。從港灣別墅回來的時候，我們心裏充滿了希望，覺得自己已經給這團亂麻理出了一個頭緒。

一個星期過去了。死因調查沒有澄清任何疑點，只好暫時押後，等有了進一步的證據再說。斯戴克赫斯特偷偷地查了查他那個下屬的底細，下屬的房間也經過了一番粗略的搜查，結果是一無所獲。我呢，又動腿又動腦，把整個兒的案情重新研究了一遍，但卻拿不出甚麼新的結論。讀者諸君，就算是翻遍我所有的探案記錄，你們也找不出來，有哪件案子曾經把我逼到這種山窮水盡的地步。面對這個謎題，不要說演繹法，就連我的想像力都提不出一個答案來。接下來，小狗事件發生了。

首先聽說這個事件的人是我的老管家，她的情報來源則是某個奇特的無線網絡，他們那樣的人就是通過那個網

絡來搜集鄉間的小道消息的。

「可憐哪，先生，麥克弗森先生的狗真可憐，」一天傍晚，她這麼告訴我。

我一向不提倡這一類的談話，這一次卻對她的話產生了興趣。

「麥克弗森先生的狗怎麼啦？」

「死啦，先生，為它的主人傷心死的。」

「誰告訴你的呢？」

「咳，先生，大家都在議論這件事呢。它難過極了，一個星期都沒吃東西。到了今天，山牆補習所的兩個小伙子發現它死了——死在海灘上，先生，就在那個地方，它的主人遇害的地方。」

「就在那個地方」，這句話給我留下了格外鮮明的印象。我模模糊糊地感覺到，這一點非常關鍵。小狗死亡的事情倒不奇怪，因為這符合犬類那種馴良忠實的天性。奇怪的是，「就在那個地方」！那片荒涼的海灘為甚麼能把它置於死地？難道說，它也是某種刻毒仇恨的犧牲品嗎？會不會——？是的，這只是一種模模糊糊的感覺，儘管如此，它終歸已經在我的腦子裏生根發芽。幾分鐘之後，我出發前往山牆補習所。接下來，我和斯戴克赫斯特在他的書房裏見上了面。應我的請求，他打發人去叫來了薩德伯里和布隆特，也就是發現小狗的那兩個學生。

「是的，小狗就躺在池子邊上，」其中一個說道。「它一定是循着過世主人的氣味跑過去的。」

我跑去看了看那隻埃爾戴爾㹴犬 *，那個忠實的小東西就躺在門廳的草墊子上。狗的屍體硬梆梆的，雙眼凸出、四肢扭曲，全身上下都呈現着巨大的痛苦。

離開山牆補習所之後，我走到了那個游泳的池子跟前。太陽已經落山，巍峨的峭壁把黝黑的陰影投在水面，水面像鉛板一般泛着暗淡的光澤。四下無人，唯一的生命跡象只是在我頭頂盤旋尖叫的兩隻海鳥。借着漸漸昏暝的天光，我依稀看見了那隻小狗留在沙地上的爪印，爪印就在它主人擺放浴巾的那塊岩石周圍。我站在那裏久久沉思，腦子裏裝滿了各種倏來倏往的想法，與此同時，周圍的陰影越來越暗。你們肯定知道那種夢魘一般的滋味，你明明感覺到了某件至關緊要的東西，你一直在找那件東西，也知道它確實存在，可它始終都停留在你剛好夠不着的地方。當天晚上，獨自站在那片死亡之地的時候，我心裏就是這樣的一種滋味。到最後，我轉過身來，慢慢地往家裏走。

剛剛走到小徑頂端，那個想法就鑽進了我的腦袋。電光石火之間，我想到了我搜腸刮肚都沒有想到的那樣東西。如果華生的故事沒有白寫的話，那你們肯定知道，我掌握了一大堆冷門知識，這些知識雖然不成體系，但卻給我的工作提供了莫大的便利。我的腦子就像是一個滿滿當當的雜物間，裏面堆放着各式各樣的包裹，包裹的數量實在是太多，以致我自己對它們也只有一個模糊的概念。到這會兒，

---

* 埃爾戴爾㹴犬 (Airedale terrier) 是一種粗毛㹴犬，體型在㹴犬之中數一數二，因起源於英格蘭約克郡的埃爾戴爾而得名。

我已經意識到那個雜物間裏有一樣東西與眼前的事情息息相關，雖然說還是不太清楚，可我至少知道該用甚麼方法來把它弄清楚。這種可能性雖然怪誕至極、匪夷所思，終歸也不失為一種可能性。我一定要對它進行徹底的驗證。

我那座小房子的頂上有一間寬敞的閣樓，裏面裝滿了各種書籍。於是我一頭扎進閣樓，在裏面翻尋了整整一個鐘頭，最後才拿着一本咖啡色和銀色封皮的小書走了出來。我急不可耐地翻到了我依稀有點兒記憶的那個章節，沒錯，這的確是一種相當牽強、很不可靠的假設，可我必須確定它是不是果真如此，要不就死不了心。我一直熬到深夜才睡，熱切地期待着第二天的工作。

沒想到，第二天的工作遇上了一次惱人的攪擾。我剛剛把早茶咽到肚裏，正準備到海灘上去，薩塞克斯警局的巴德爾督察已經找上門來。他是個穩重踏實、反應遲鈍的人，眼下正若有所思地看着我，神情苦惱之極。

「我知道您見多識廣，先生，」他說道。「當然嘍，我這次完全是私人訪問，沒必要傳揚出去。不過，麥克弗森的這件案子確實讓我非常頭疼。問題是這樣的，我是應該下手抓人，還是應該按兵不動呢？」

「您是要抓伊恩·默多克先生嗎？」

「是的，先生。說老實話，你怎麼想也想不出別的甚麼人。地方偏僻也有地方偏僻的好處，因為我們可以把調查目標收縮到一個非常小的範圍之內。兇手如果不是他的話，又能是誰呢？」

「您手裏有甚麼指控他的證據呢？」

督察已經把我撿過的那些麥穗又撿了一遍，提出的證據無非是默多克的性格、他身上那團若有若無的疑雲、他通過小狗的事情表現出來的火爆脾氣、他曾經跟麥克弗森發生爭執的事實，此外還有一點，那就是大家有理由認為，他會為貝拉米小姐的事情對麥克弗森懷恨在心。督察想到了我想到過的所有疑點，只可惜拿不出甚麼新的東西，我不知道的事情只有一件，那就是默多克似乎已經做好了離開此地的一切準備。

「眼前有這麼多對他不利的證據，我要是讓他溜掉了的話，以後怎麼下台呢？」這個五大三粗、木頭木腦的人已經心亂如麻。

「想想吧，」我說道，「您對他的指控包含着多少要命的破綻。首先，他絕對拿得出案發當天早上不在現場的證明，因為他一直都跟他那些學生待在一起，課講完了才出門，麥克弗森爬上崖頂之後不過幾分鐘，他已經從我們背後攆了上來。其次，您可不能忘了，他一個人是絕對沒法對一個跟自己差不多強壯的人實施如此暴行的。最後還有一個問題，也就是說，究竟是甚麼樣的工具造成了死者身上的傷痕。」

「還能是甚麼工具，不就是某種軟鞭嗎？」

「您檢查過那些傷痕嗎？」我問道。

「我看見啦，醫生也看見啦。」

「可我卻用放大鏡仔仔細細地檢查過那些傷痕，那些傷痕與眾不同。」

「怎麼個不同法，福爾摩斯先生？」

我走到寫字台跟前，拿出了一張放大的相片。「這就是我處理這類案件的方法，」我解釋了一句。

「您做事情確實仔細，福爾摩斯先生。」

「不仔細的話，我是不會有今天的。好了，咱們來看看繞在右邊肩頭的這條鞭痕吧。您沒有看出它的古怪之處嗎？」

「說實話，沒看出來。」

「鞭痕各處的輕重程度不一樣，這不是一目瞭然嘛。喏，這兒有一個滲血的紅點，這兒又有一個。下方這條鞭痕也有類似的特徵。這會是甚麼意思呢？」

「我沒有甚麼概念，您呢？」

「也許有，也許沒有。過不了多久，我興許就能有更多的概念。只要能找到有助於解釋傷痕來由的線索，咱們就離兇犯近了一大步。」

「當然嘍，我這種想法非常荒唐，」警官說道，「不過，假設有人把一張燒紅的鐵絲網扣在了死者背上的話，這些特別明顯的紅點倒是可以用網子上的節點來解釋。」

「您這個比喻可真是別出心裁。又或者，咱們能不能假設，兇器是一根非常硬挺的貓爪九絓鞭 *、而且打了一些硬梆梆的小疙瘩呢？」

「老天作證，福爾摩斯先生，這回可真讓您給說中啦。」

---

* 貓爪九絓鞭 (cat o'nine tails) 是一種鞭梢分為九股的刑具，材質通常是皮條或者棉繩，英國的海軍、陸軍和司法機構都用過這種東西。

「還有可能，巴德爾先生，傷痕的來由與此大不相同。不管怎樣，您的證據總歸是太過蒼白，構不成抓人的理由。再者說，咱們還得設法解釋死者嘴裏的最後兩個詞——『獅子鬃毛』。」

「我是這麼想的，他說的沒準兒是伊恩——」

「沒錯，這我已經考慮過了。假如第二個詞能跟『默多克』稍微有點兒相似嘛——只可惜並不相似。第二個詞他幾乎是尖聲喊出來的，我敢肯定他說的是『鬃毛』*。」

「您有甚麼別的設想嗎，福爾摩斯先生？」

「興許有吧。不過，我想等證據更充分的時候再來討論這種設想。」

「那得到甚麼時候呢？」

「一個小時之後，說不定還更早。」

督察揉了揉自己的下巴，用狐疑的眼神看着我。

「我要能看穿您腦子裏的想法就好啦，福爾摩斯先生。說不定，您指的是那些漁船吧。」

「不，不是，它們離案發地點太遠了。」

「這樣的話，莫非是貝拉米和他那個大塊頭兒子？他們對麥克弗森先生可沒甚麼好感。會不會是他們下的毒手呢？」

「不，不是，我還沒準備好的時候，您是套不出我的話的，」我笑着說道。「好了，督察，咱們各有各忙。如果您中午的時候上這兒來找我的話——」

---

* 「獅子鬃毛」的英文是「lion's mane」，「lion」（獅子）的發音與「Ian」（伊恩）多少有點兒相似，「mane」（鬃毛）則與「Murdock」（默多克）不太一樣。

我的話還沒有說完，一場沸反盈天的亂子便找上門來，本案的結局由此拉開序幕。

房子的大門被人一把推開，走廊裏傳來了跌跌撞撞的腳步聲，轉眼之間，伊恩·默多克跟跟蹌蹌地衝進了房間，臉色慘白、頭髮蓬亂、衣服也亂七八糟。他用瘦骨伶仃的雙手死死地摳着屋裏的傢具，為的是保持站立的姿勢。「白蘭地！白蘭地！」他氣喘吁吁地喊道，跟着就栽倒在沙發上，痛苦地呻吟起來。

他不是一個人來的，斯戴克赫斯特接踵而至，光着腦袋、氣喘吁吁，形象幾乎跟他的同伴一樣狼狽。

「對，對，快給他白蘭地＊！」他大聲嚷嚷。「他就剩一口氣啦。我費盡全力才把他帶到這兒，路上他暈了兩次。」

半杯烈酒下肚之後，默多克發生了奇跡般的變化。他用一隻胳膊支起身子，甩掉了搭在肩頭的外套。「看在上帝份上，快拿油來，還有鴉片，嗎啡！」他叫道。「只要能減輕這種要命的疼痛就行！」

看到他的模樣，我和督察不由得失聲驚叫。詭異的紅腫傷痕在他裸露的肩頭交織成了網格的圖案，跟菲茨羅伊·麥克弗森身上的死亡印跡一模一樣。

疼痛顯然是十分劇烈，並且不是局限於傷處，因為傷者額上汗流如注、呼吸斷斷續續、臉色陣陣發黑，還時不時地一邊大聲吸氣、一邊用手按住胸口。看樣子，他隨時都有喪命的可能。一口接一口的白蘭地灌進了他的喉嚨，

＊　維多利亞時代的人們認為白蘭地是一種具有滋補作用的藥劑。

每一口都為他增添了些許生機。敷上浸過色拉油的棉花之後，他身上那些詭異傷口的痛楚似乎有所減輕。到最後，他的腦袋重重地落到了墊子上。枯竭的生機已經到最後的活力源泉去圖謀恢復，由此而來的雖然只是一種半睡眠半昏迷的狀態，好歹也可以讓他忘記疼痛。

想問他話已經不可能了，不過，確定他性命無虞之後，斯戴克赫斯特立刻轉向了我。

「我的天！」他叫道，「這到底是怎麼回事，福爾摩斯？怎麼回事？」

「你是在哪裏找到他的呢？」

「海灘上，就在可憐的麥克弗森遇害的那個地方。要是他心臟跟麥克弗森一樣不濟的話，那他肯定是到不了這兒的。帶他過來的路上，我不止一次地以為他已經斷了氣。山牆補習所離得太遠，所以我就上你這兒來了。」

「你看見他在海灘上的情況了嗎？」

「當時我正在崖頂上走，忽然聽見了他的叫喊。他就在岸邊，像醉漢一樣東倒西歪。我跑了下去，給他裹了幾件衣服，然後就把他帶了上來。看在老天爺份上，福爾摩斯，用你全部的本事和力氣來解除我們這裏的詛咒吧，這樣的日子可沒法過啊。難道說，你這麼一個名滿天下的人物都幫不了我們嗎？」

「我看我幫得了，斯戴克赫斯特。跟我走吧！還有您，督察，一起去！咱們馬上就會知道，我能不能把兇手交到您的手裏。」

把昏迷不醒的默多克託付給我的管家之後，我們三個

一起走到了那個致命的潟湖旁邊。卵石灘上擺着一小堆浴巾和衣物，正是傷者留下的東西。我貼着岸邊緩步前行，兩位同伴則在我身後排成了一列縱隊。潟湖裏大部分的地方都很淺，峭壁底部的空腔則有四、五英尺深。游泳的人自然會選擇這個位置，因為海水在這裏形成了一個美麗的碧色水潭，像水晶一般清澈。峭壁底部有一道突出在水潭上方的石梁，我帶領他們沿着這道石梁往前走，急切地窺視着下方的深潭。走到潭水最深最靜的地方之後，我猛然瞥見了我尋找的目標，忍不住得意洋洋地喊起來。

「霞水母！」我叫道。「霞水母！看哪，這就是獅子鬃毛！」

我指給他們看的那個東西確實像一團從雄獅脖子上扯下來的凌亂鬃毛。這個毛茸茸的奇異生物躺在水下三英尺左右的一塊礁石上，飄來擺去、顫顫悠悠，黃色的髮綹之間夾雜着一道一道的銀色。它的身體不停地收縮舒張，節奏又緩慢又沉重。

「這東西已經惡貫滿盈，它的日子到頭啦！」我大喊一聲。「幫幫忙，斯戴克赫斯特！咱們把這個兇手結果了吧。」

正對水底礁石的地方有一塊大石頭，我們合力把它推進水潭，濺起了巨大的水花。水波平靜之後，我們發現石頭剛好落在那塊礁石上，周圍露着一圈兒抖顫的黃色粘膜，說明我們的目標已經被壓在了下面。一股油乎乎的濃稠液體從石頭底下湧了出來，染污了四周的海水，緩緩地升上水面。

「呃，這可真把我弄迷糊啦！」督察叫道。「這是甚麼東西，福爾摩斯先生？我生在這裏，長在這裏，可我從來都沒看見過這樣的東西。這肯定不是薩塞克斯的土產。」

「不是更好，」我如是說道。「它興許是被西南的狂風吹過來的。跟我回家吧，你們兩個都來，我給你們看看另一個人記述的可怕遭遇，那個人在海上遇到過同樣的危險，留下了難以磨滅的記憶。」

回到我書房裏的時候，我們發現默多克好了很多，已經可以坐起來了。他腦子裏仍然稀裏糊塗，時不時還會爆發出一陣痛苦的痙攣。他斷斷續續地告訴我們，他不知道之前是怎麼回事，只知道自己突然覺得全身劇痛，用盡了全部的意志力才掙扎到了岸上。

「喏，這兒有本書，」我一邊說，一邊拿起了昨夜找到的那本小書，「我最初就是從這本書裏面得到了提示，由此解開了一個有可能永遠都解不開的謎團。這本書名叫『戶外』，作者是著名的博物學家 J.G. 伍德 *。伍德本人差點兒就死在了這種邪惡生物手裏，所以寫得格外翔實。這種禍害全名『髮狀霞水母』†，致命程度跟眼鏡蛇不相

---

* 即約翰・喬治・伍德 (John George Wood, 1827–1889)，英國著名的自然史通俗作家，《戶外：實用自然史原創文選》(*Out of Doors: A Selection of Original Articles on Practical Natural History*) 是他 1874 年的作品。

† 原文是這種水母的拉丁學名「*Cyanea capillata*」。髮狀霞水母俗名獅鬃水母 (lion's mane jellyfish)，主要分佈在北冰洋、北大西洋和北太平洋等冷水海域，是世界上體型最大的水母之一，體長可達 30

上下，給人造成的痛苦卻比眼鏡蛇大得多。我簡單地念這麼一段吧：

> 倘若在水裏看到一個由茶色粘膜和細絲組成的蓬鬆團塊，樣子像是一大把獅鬃和一張銀紙的混合體，游泳者必須格外當心，因為它就是「髮狀霞水母」，一種可怕的螫刺動物。

「關於咱們這位兇險的新相識，還有比這更清晰的描述嗎？

「接下來，伍德講述了自己遇上這種動物的經過，當時他正在肯特郡*的海濱游泳。他發現，這種動物會向四面八方伸出幾乎無法看見的絲狀體，伸展的距離可達五十英尺，如果你離那個要命的本體不到五十英尺，那便會面臨死亡的威脅。伍德跟它還隔着一定的距離，但卻還是險些喪命。

> 不計其數的細絲在我的皮膚上留下了一道道淡紅色的痕跡，細看則是一個個的小點或者小庖，實實在在地說，每個小點都像是一根燒紅的鋼針，正在猛扎我的神經。

「按他的說法，這樣的折磨極其酷烈，傷處的疼痛還只是最輕微的部分而已。

> 陣陣劇痛擊穿了我的胸膛，我像中槍的人一樣搖搖欲倒。心臟時不時地停止搏動，跟着又會瘋狂地跳上那麼六七次，就跟它打算強行衝出胸腔一樣。

多米，具有毒性，毒性大小則說法不一。名字當中的「霞」是因為它的傘狀體泛着如同雲霞的光澤，「獅鬃」則是形容它的觸手。
*　肯特郡 (Kent) 是英格蘭東南部的一個郡。

「他差一點兒就一命嗚呼，儘管他是在洶湧的大海當中碰上它的，還不是在空間狹窄、平靜無波的游泳池裏。按他的説法，事後他簡直認不出自己，因為他的臉煞白如紙、皺紋滿佈、枯槁乾癟。他大口大口地猛灌白蘭地，一口氣灌了一整瓶，似乎是靠這個保住了性命。這本書給您，督察。您拿去看看吧，毫無疑問，它可以圓滿地解釋麥克弗森的慘死。」

「還可以捎帶着洗清我的嫌疑，」伊恩·默多克苦笑着説了一句。「我不怪您，督察，也不怪您，福爾摩斯先生，你們的疑心都是情理中事。我只是覺得，我一隻腳已經踏進了監獄，眼下能夠撇清自己，完全是因為我分享了我那個不幸朋友的厄運。」

「不是這樣的，默多克先生。之前我已經查到了這條線索，還有啊，今天我要是能按原計劃一早出門的話，您多半就不會有這次可怕的遭遇。」

「可您是怎麼查到的呢，福爾摩斯先生？」

「我是個甚麼書都讀的人，對各種瑣事的記性又好得出奇。這之前，『獅子鬃毛』這個字眼兒一直在我腦子裏翻來覆去，我確信自己在某個完全不相干的場合看見過它。你們肯定都明白了吧，這個字眼兒確實是這種動物的真實寫照。毫無疑問，麥克弗森看到了這種動物在水裏漂浮的模樣，只有這個字眼兒才能讓他傳神地表達心裏的印象，警告我們當心這種致他於死的動物。」

「照這麼看，我的嫌疑好歹是不復存在啦，」默多克一邊説，一邊慢慢地站了起來。「我還得跟你們解釋一

兩句，因為我知道你們調查過一些甚麼事情。沒錯，我愛過那位女士，不過，從她選擇我朋友麥克弗森的那一天開始，我唯一的願望就變成了幫助她得到幸福。我完全滿足於退到一邊，充當他們兩個的信使。我經常幫他倆傳書遞信，還有啊，正是因為我知道他倆的事情、因為她是我珍愛的人，我才趕緊跑去通報我朋友的死訊，免得有人搶先告訴她這件事情，説的時候不知道婉轉，也不知道照顧她的情緒。她不肯向您透露我們的關係，先生，是怕您不贊成這樣的事情，弄得我日子不好過。好了，恕我失陪，我得一步步捱回學校去啦，因為我必須上床休息。」

斯戴克赫斯特伸出了一隻手。「這段時間，我們大家都有點兒神經過敏，」他説道。「過去的事情就這麼一筆勾銷吧，默多克。到以後，咱們肯定會對彼此更加了解的。」他倆像朋友一樣手挽手地出了門，督察則留在房間裏，瞪大了一雙牛眼，一聲不響地盯着我看。

「要我説，您可真行！」他終於喊了出來。「以前我讀到過您的事跡，可我一直都不相信。真是了不起！」

我不得不搖了搖頭。要是接受這樣的恭維，無異於降低對自己的要求。

「剛開始我非常遲鈍——遲鈍到了犯罪的程度。要是屍體在水裏的話，我肯定不會漏過這條線索。都得怪那條浴巾，把我引到了錯誤的方向。可憐的小伙子壓根兒就顧不上擦乾身體，結果呢，我以為他壓根兒就沒有下過水。既然如此，我怎麼想得到水生動物的攻擊呢？我就是這麼馬失前蹄的。好啦，好啦，督察，以前我經常大着膽子開

你們這些官方警探的玩笑,這一回,髮狀霞水母差一點兒就替蘇格蘭場報了仇啦。」

戴面罩的房客

　　歇洛克‧福爾摩斯先生的偵探生涯持續了整整二十三年，而我忝為他合作者和事跡記錄者的時間也長達十七年，由此可知，我手裏的素材顯然是浩如煙海。讓人頭疼的問題始終都是如何揀選，並不是如何發掘。書架上那一長排按年份彙編的案卷，再加上一個個裝滿文件的公文箱，匯成了一座應有盡有的資料庫，對於研究犯罪行為的學者來說是如此，對於研究維多利亞時代晚期社交界和政界醜聞的學者來說也是如此。關於後一類資料，我可以這麼保證，曾以痛切信函籲請保密的先生女士大可放心，家族的榮譽或是著名先輩的聲望當可無虞。審慎的態度和高度的職業榮譽感一直是我朋友獨樹一幟的高貴品質，同樣的品質也會體現在我挑選回憶錄素材的過程之中，我們絕不會辜負任何信任。與此同時，我極度鄙視最近發生的一些旨在攫取並銷毀此類文件的未遂圖謀。這些可恥行徑的源頭並不是甚麼秘密，在此我代表福爾摩斯先生宣佈，類似行徑一旦重演，關於某位政客、某座燈塔以及某隻馴養鸕鶿的全部真相就會公之於眾。我這些話的用意，至少有一位讀者心知肚明。

　　撰寫回憶錄的時候，我一直在盡力展現福爾摩斯神乎其技的直覺和觀察力，然而，大家絕不能想當然地認為，

所有的案子都給了他大顯身手的機會。有些時候，勝利的果實來得千辛萬苦，也有些時候，果實自然而然地落到了他的膝頭。不過，最恐怖的人間慘劇往往出現在最沒有他個人用武之地的案子當中，我即將形諸筆墨的案子便是其中一例。案子當中的人名和地名略有改動，其餘則都是事情的原貌。

一八九六年年末的一天上午，我收到了福爾摩斯匆匆寫就的一張便條，叫我去他那裏報到。到了之後，我發現房間裏煙霧騰騰，他和一位上了年紀的慈祥婦人相對而坐，後者體態豐滿，一看就是房東一類的人物。

「這位是南布萊克斯頓街區的莫瑞羅太太，」我朋友擺了擺手，介紹了一句。「莫瑞羅太太不反對煙草，華生，你不妨盡量滿足你的污穢嗜好。她帶來了一個有趣的故事，多半會引出一些需要你參與的下文。」

「如果我幫得上忙的話──」

「您明白吧，莫瑞羅太太，要去見榮德太太的話，我希望帶上一個見證。我們去之前，您得跟她講明這一點。」

「願上帝保佑您，福爾摩斯先生，」我們的客人說道，「她非常想見到您，哪怕您把整個教區的人都帶去呢！」

「那好，我們今天下午早一點兒去。動身之前，咱們不妨核對一下相關的事實。把這些事實過一遍，華生醫生就可以對形勢有個概念。您剛才說，榮德太太在您那裏當了七年房客，她的臉您卻只看見過一次。」

「老天爺，我巴不得我沒看見！」莫瑞羅太太說道。

「按您的說法，她的臉毀得非常厲害。」

「是這樣，福爾摩斯先生，那壓根兒就不能算是一張臉。您叫以想想那是甚麼模樣。有一次，送牛奶的工人偶然瞥見她從樓上的窗子裏往外看，立刻嚇得打翻了奶罐子，弄得我前門的花園裏到處都是牛奶。您可以想想，那是一張甚麼樣的臉。我看見她的時候——我是冷不防撞見的——她趕緊放下了面罩，然後就對我說，『好啦，莫瑞羅太太，我為甚麼從來都不把面罩掀起來，現在你終於明白了吧。』」

「您了解她的身世嗎？」

「一點兒也不了解。」

「剛搬到您那裏的時候，她沒有拿出甚麼證明材料嗎？」

「沒有，先生，可她拿出了現錢，而且是大把的現錢。她根本沒有討價還價，直接把一個季度的預付租金甩在了桌子上。這年月，我這樣的窮苦女人可不能拒絕這樣的機會。」

「她有沒有說她為甚麼選擇您的房子呢？」

「我的房子離大路遠，比大多數房子都要清靜。還有呢，我只收一個房客，家裏又沒有別人。按我看，之前她也找過其他家，最後還是覺得我的房子最合適。她看重的是隱私，願意花錢買個清靜。」

「照您剛才的說法，不算那次意外的話，她自始至終都沒有暴露過自己的臉。呃，這事情確實很不一般，非常地不一般，您希望我去查一查，我倒是也不覺得奇怪。」

「我並不希望您去查，福爾摩斯先生。只要能拿到房

租，我也就知足啦。再說了，像她那麼又安靜又好伺候的房客可不好找。」

「既然如此，是甚麼事情逼得您出此下策呢？」

「她的健康，福爾摩斯先生。她似乎一天比一天衰弱，心裏還藏着某種可怕的秘密。『殺人啦！』她這麼嚷嚷。『殺人啦！』有一次，我還聽見她這麼喊，『你這個殘忍的野獸！你這個畜生！』那是夜裏的事情，聲音大得滿屋子都能聽見，嚇得我心驚肉跳。所以呢，第二天早上我就去找她。『榮德太太，』我跟她說，『你要是有事情壓在心裏的話，可以去找牧師啊，』接着我又說，『找警察也可以。他們都會幫你的。』她就說，『上帝啊，找警察可不行！牧師也改變不了過去的事情。話又說回來，』她接着說，『要是能在死之前把真相告訴別人的話，我心裏倒是能好受點兒。』於是我就說，『呃，你要不樂意找正規警察的話，我們倒是讀到過這麼一個搞偵探的』——您多多包涵，福爾摩斯先生。聽了這話，她簡直是迫不及待。『這個人正合適，』她這麼說。『真是怪了，以前我怎麼沒想到呢。帶他來吧，莫瑞羅太太，他要是不肯來的話，你就跟他說我是馬戲班主榮德的妻子。你把這個告訴他，再跟他提一提阿巴斯·帕爾瓦這個地名 *。』喏，她把那個地名寫給了我，阿巴斯·帕爾瓦。『如果他這個人跟我想像的一樣的話，這個地名就能請到他。』」

「沒錯，能請到，」福爾摩斯如是説道。「就這樣

---

* 這篇故事首次發表於 1927 年 2 月；阿巴斯·帕爾瓦 (Abbas Parva) 是作者虛構的地名。

吧，莫瑞羅太太。我打算跟華生醫生聊幾句，這一聊就該到午飯時間啦。大概三點鐘的時候，我們就能趕到布萊克斯頓，到您家裏去找您。」

我們的客人剛剛像鴨子一樣——其他的字眼兒都形容不了莫瑞羅太太的行進方式——扭出房間，歇洛克·福爾摩斯立刻勁頭十足地扎進了放在牆角的一堆剪貼簿。翻頁的聲音沙沙沙地響了好幾分鐘，接下來，他找到了自己要找的東西，心滿意足地哼了一聲。他實在是興奮得不行，根本等不及站起身來，直接盤腿坐在地板上，變成了一尊古怪的佛像，周圍都是大本大本的剪貼簿，膝蓋上也攤着一本。

「當時我就覺得這件案子很不對勁，華生，我寫在頁邊的這些筆記就是證明。坦白説吧，那時我一點兒頭緒也沒有。即便如此，我仍然確信驗屍官的説法並不符合事實。你還記得阿巴斯·帕爾瓦慘案嗎？」

「不記得，福爾摩斯。」

「怪了，當時你明明跟我在一起嘛。當然嘍，我自個兒的印象也很淡了，因為這案子沒有線索可查，也沒有誰請我去查。你願意看看這些剪報嗎？」

「你給我講講要點不就行了嗎？」

「這倒是非常容易。聽我講的時候，你自己多半也能回想起來。當然嘍，榮德的大名家喻戶曉，他是烏姆威爾和桑格爾*的競爭對手，算得上他那個時代數一數二的馬

---

* 烏姆威爾 (George Wombwell, 1777–1850) 和桑格爾兄弟都是十九世紀英國著名的馬戲班主。桑格爾兄弟分別是約翰·桑格爾 (John

戲班主。不過，有跡象表明，到那場大慘案發生的時節，他已經沾上了酒癮，連同他的馬戲班一起走上了下坡路。那一天，馬戲班的篷車停在伯克郡＊小村阿巴斯‧帕爾瓦過夜，慘案就發生在那個時候。當時他們正在從陸路前往溫布爾登†，停下來只是為了紮營歇腳，並不是為了表演，原因是村子太小，不值得他們費這個力氣。

「馬戲班擁有一頭非常雄壯的北非獅子，名字叫做『撒哈拉之王』，榮德兩口子總是一起在獅籠裏表演。喏，這兒有一張他倆表演的相片，看相片你就知道，榮德是個肥豬一般的大塊頭，他妻子則是個非常漂亮的女人。死因調查過程當中，有人曾經宣誓作證，出事之前，那頭獅子已經表現出了一些相當危險的徵兆。只不過，按照熟不拘禮的人間常例，大家並沒有把這些徵兆當回事。

「一般來說，夜裏都是由榮德兩口子去給獅子餵食，有時候一個人去餵，有時候兩個人一起。不過，他倆從來都不讓別人去餵，因為他倆覺得，只要他倆扮演着餵食者的角色，獅子就會把他倆當作恩人，不會尋他倆的晦氣。七年之前的那天夜裏，他倆一起去餵獅子，一場十分恐怖的慘禍隨之而來，相關的細節到現在也沒弄清楚。

「情形大致是這樣的，將近午夜的時候，動物的吼聲和女人的尖叫驚動了整個營地。馬夫和工人紛紛拎着提燈從各個帳篷裏衝了出來，燈光照出了一幅慘不忍睹的場

Sanger, 1816–1889) 和喬治‧桑格爾 (George Sanger, 1825–1911)。

＊　伯克郡 (Berkshire) 是英格蘭中南部的一個郡。

†　溫布爾登 (Wimbledon) 是倫敦西南部的一片區域，當時是薩里郡的一個區。

景。榮德趴在離敞開的獅籠大約十碼的地方，後腦勺陷了進去，上面有深深的爪印。榮德太太仰面躺在籠門附近，獅子蹲在她的身上，正在大聲咆哮。她的臉已經被獅子撕扯得不成樣子，誰都沒想到她居然能活下來。在大力士列奧納多和小丑格里格斯的帶領之下，馬戲班裏的幾個男的拿着竿子去趕獅子。獅子跳回了籠子裏，他們立刻把籠子鎖了起來。沒有人知道獅子是怎麼跑出來的，根據大家的猜測，榮德兩口子準備進去餵食，籠子剛一打開，獅子就撲到了他倆身上。證詞當中只有一點值得注意，那就是榮德太太一直在尖叫，『孬種！孬種！』那時她已經痛得神智不清，人們正在把她往他們兩口子住的篷車裏抬。她過了半年才恢復到可以作證的程度，死因調查卻還是在事發當時如期舉行，並且順理成章地得出了意外致死的結論。」

「還能有甚麼別的結論呢？」我說道。

「你這麼説也很自然。不過，還是有那麼一兩個地方讓伯克郡警局的埃德蒙茲覺得不對勁。這個小伙子可真有腦子！到後來，他們把他派到阿拉哈巴德* 去了。我之所以會接觸到這件案子，就是因為他來看過我一次，跟我聊了那麼一兩斗煙的工夫。」

「他是個黃頭髮的瘦子，對嗎？」

「一點兒不錯。剛才我不是説了嘛，你很快就能回想起來。」

「可是，他覺得甚麼地方不對勁呢？」

「呃，我們兩個都覺得不對勁。事情的經過真是太讓

---

*　阿拉哈巴德 (Allahabad) 為印度東北部城市，印度當時是英國殖民地。

人難以想像了。咱們不妨從獅子的角度來看一看。首先，它得到了解放。接下來，它幹了些甚麼呢？它往前躥了六七步，撲到了榮德面前。榮德轉身就跑——爪印是在他後腦勺上的——可獅子還是撲倒了他。然後呢，獅子本來應當歡蹦亂跳地逃往別處，可它偏偏沒有這麼做，反而回到籠子旁邊去找那個女人，把女人撲倒在地，啃掉了她的臉。除此之外，從那個女人神智不清的叫喊來看，她似乎是責怪丈夫不該撇下她不管。可是，那個可憐的傢伙拿甚麼來管她呢？你看出破綻來了嗎？」

「差不多吧。」

「還有一件事情，想到這兒我想起來了。相關的證據表明，就在獅子開始咆哮、女人開始尖叫的時候，有個男人也發出了驚駭的叫喊。」

「不用說，肯定是榮德這個傢伙。」

「呃，既然他的頭骨已經塌陷，你多半是不會再聽見他吭氣兒的。至少有兩個證人說，男人的叫喊是跟女人的尖叫夾雜在一起的。」

「依我看，到了那個時候，整個營地的人應該都在叫喊吧。至於其他那些疑點嘛，我倒有一種解釋。」

「洗耳恭聽。」

「獅子出籠的時候，兩口子是站在一起的，都離籠子有十碼遠。男的轉身就跑，跟着就被獅子撲倒在地。女的想到了一個主意，打算跑進籠子，然後再把籠門關上，因為她只能到籠子裏去避難。於是她往籠子那邊跑，剛要跑到的時候，獅子追上去撲倒了她。她之所以生丈夫的氣，

是怪丈夫不該轉身逃跑、惹得獅子兇性大發。要是他倆一起跟獅子對峙的話，興許是可以把獅子鎮住的。這就是她嚷嚷『孬種！』的原因。」

「簡直是靈光四射，華生！你這顆鑽石只有一個瑕疵。」

「甚麼瑕疵，福爾摩斯？」

「他倆都離籠子有十碼遠的話，獅子又是怎麼出來的呢？」

「會不會是某個仇人放出來的呢？」

「還有啊，獅子已經習慣了跟他倆玩耍、跟他倆一起在籠子裏面表演，為甚麼會突然發起狂暴的攻擊呢？」

「興許是那個仇人預先用甚麼方法激怒了它吧。」

福爾摩斯若有所思地沉默了一陣。

「是這樣，華生，你這種解釋還是有那麼一點可取之處的。榮德確實是個樹敵很多的人，埃德蒙茲曾經告訴我，他喝多了的時候是非常可怕的。他本來就是個橫行霸道的大塊頭，喝多了更是見人就罵。剛才那位客人說起了榮德太太叫罵『畜生』的事情，照我看，這肯定是因為榮德太太在午夜夢回之中見到了那位親愛的逝者。不過，拿到所有的事實之前，咱們這些推測都是白費。食櫥上擱着一盤冷拼山鷸，華生，還有一瓶蒙哈榭*。動用咱們的能量之前，咱們還是先補充一點兒吧。」

出租馬車把我們放在了莫瑞羅太太那座簡陋卻不失幽

---

*　蒙哈榭 (Montrachet) 是法國勃艮第產區蒙哈榭葡萄園出產的一種白葡萄酒。

靜的寓所跟前，那位體態豐盈的女士已經站在了門口，身子把敞開的房門堵得水洩不通。顯而易見，她最擔心的事情是失去一位難得的好房客，於是便懇求我們，千萬不要有任何足以導致如此惡果的言行，然後才領着我們往樓上走。給她吃過定心丸之後，我們跟着她走上地毯破舊的直式樓梯，踏進了那位神秘房客的房間。

這是個通風條件很差的房間，空氣憋悶、霉味衝天。考慮到房客幾乎是足不出戶，這倒也不足為奇。看樣子，命運讓這個女人嘗到了某種報應，以前她看管籠中的野獸，事到如今，她自己也變成了籠中的野獸。昏暗的角落裏有一把破爛的扶手椅，她這會兒就坐在那把椅子上。多年的怠惰生活已經破壞了她身體的線條，可她顯然是有過身姿宛妙的時候，眼下也依然豐滿誘人。厚厚的黑色面罩遮住了她的臉，但卻從緊靠上唇的地方攔腰截去，露出了輪廓完美的嘴和嬌小圓潤的下巴。我完全可以想像，以前她確實是一個容色出眾的女人。除此之外，她的嗓音也抑揚有度、悅耳動聽。

「您肯定聽說過我的名字，福爾摩斯先生，」她說道。「我就知道，我的名字能把您請來。」

「您說得對，夫人，可我不太明白，您怎麼知道我對您的案子感興趣呢。」

「我是聽郡裏的探員埃德蒙茲先生說的，我身體復原之後，他曾經盤問過我。不瞞您說，當時我跟他撒了謊。沒準兒啊，我還是跟他說實話比較好。」

「通常都是説實話比較好。不過，您為甚麼要跟他撒謊呢？」

「因為這關係到另一個人的命運。我雖然知道那個人一文不值，可我還是不想把他的毀滅變成我良心上的包袱。畢竟我曾經跟他走得那麼近——那麼近啊！」

「那麼，這方面的障礙消失了嗎？」

「是的，先生。我説的那個人已經死了。」

「既然如此，您幹嗎不把您知道的事情告訴警察呢？」

「因為我還有一個人需要考慮，那個人就是我自己。警察的訊問必然帶來沸沸揚揚的醜聞，這我可受不了。我雖然沒有多久好活，死的時候也想落個清靜。話説回來，我還是想找個明白事理的人，跟他講講我的恐怖經歷，這樣的話，等我走了之後，事情照樣會水落石出。」

「您過獎了，夫人。明白事理之外，我還是一個有責任感的人。聽您講完之後，我興許會覺得我有義務通知警方。我不能保證我不這麼做。」

「我知道您不能保證，福爾摩斯先生。我非常了解您的為人，還有您做事的方式，因為我一直都在關注您的事跡，已經有好些年啦。閱讀是命運留給我的唯一一點兒樂趣，我從來不會錯過世上的任何新聞。不管怎麼樣，我願意冒這個險，無論您打算拿我的慘痛經歷去派甚麼用場。講出來之後，我心裏就會好受一些。」

「我和我朋友都會洗耳恭聽。」

女人站起身來，從抽屜裏拿出了一張相片。相片裏是

一個體格健美的男人，一看就是專業的雜技演員，他粗壯的雙臂交叉在肌肉隆起的胸前，濃重的髭鬚之下綻着一個獵豔無數的得意笑容。

「這就是列奧納多，」她説道。

「就是那個曾經出庭作證的大力士列奧納多嗎？」

「沒錯。還有這張——這張是我丈夫。」

相片裏的臉令人作嘔，活像一頭人形豬玀——應該説是人形野豬才對，因為它不光獸欲橫流，而且兇悍可怖。你完全可以想像，那張下流的嘴巴如何在盛怒之中吧唧作響、白沫橫飛，也可以想像，那雙歹毒的小眼睛如何帶着十足的惡意掃視整個世界。流氓、惡霸、畜生，所有這些字眼兒都明明白白地寫在了這張下巴層疊的臉上。

「看了這兩張相片，先生們，你們就能對我的經歷有點兒概念。我是個苦命的馬戲班姑娘，踩着鋸末長大 *，不到十歲就開始表演跳圈。我剛剛長大成人，這個人就愛上了我，如果他那種貪慾也叫愛的話。在某個不幸的時刻，我成了他的妻子，從此就過上了地獄一般的生活，忍受着這個魔鬼的折磨。他是怎麼對待我的，馬戲班裏沒有哪個人不知道。他經常扔下我去找其他的女人，我要是膽敢抱怨，他就會把我綁起來，用他的馬鞭子抽我。他們都同情我，也都憎恨他，可他們又能怎麼辦呢？他們都怕他，沒有哪個不怕，因為他平常就兇神惡煞，喝醉了之後更是殺氣騰騰。他一次又一次地因為打人和虐待動物受到控告，可他有的是錢，根本不把罰款當回事。好演員都走

---

* 這個説法是因為當時的馬戲班會在表演的場地上鋪一層鋸末。

了，我們的戲班每況愈下，全靠列奧納多和我撐着台面，再加上小個子吉米·格里格斯，也就是那個小丑。可憐的傢伙啊，他壓根兒就沒有甚麼可樂的事情，可他還是盡量逗樂，幫我們維持局面。

「然後呢，列奧納多跟我越來越近乎。他是個甚麼模樣，你們也都看見了。現在我當然知道他只是虛有其表，當時呢，跟我的丈夫相比，他簡直就是大天使加百列 *。他同情我，幫助我，到最後，我倆的親密關係終於發展成了愛情——非常深摯、非常熾烈的愛情，我曾經日夜夢想卻從來不敢奢求的愛情。我丈夫起了疑心，可我覺得他不光是個惡霸，同時又是個孬種，而列奧納多恰恰是唯一的一個能叫他害怕的人。他按他自個兒的方法進行報復，那就是變本加厲地折磨我。有一天夜裏，我的喊叫聲讓列奧納多忍無可忍地衝到了我們的篷車門口，差一點兒就釀成了慘劇。沒過多久，我和我的情人就明白過來，慘劇終歸是無法避免。我丈夫不配活在世上，我倆得給他安排一條死路。

「列奧納多腦子聰明，主意很多，我倆的計劃就是他想出來的。我這麼說，並不是為了把責任推到他的頭上，因為我自始至終都心甘情願地跟着他幹，只不過我沒有他那個腦子，永遠也想不出這麼巧妙的計劃。我倆做了一根棒子——應該說是列奧納多做的——然後呢，他在棒子的鉛頭上安了五根長長的鋼釘，釘尖朝外，排列的方式跟獅

---

* 　加百列 (Gabriel) 是《聖經》當中提及的七個大天使之一，多次向世人傳達上帝的旨意。

子的爪子一模一樣。我倆打算用這根棒子把我丈夫送上西天，然後再把獅子放出來，製造出獅子傷人的假象。

「那是個漆黑的夜晚，我和我丈夫照常去給獅子餵食，手裏拿着一個裝了生肉的鋅桶。列奧納多躲在我們那輛龐大篷車的拐角，我和我丈夫去獅籠的時候必須得從那裏經過。他動作不夠快，眼睜睜地看着我和我丈夫走了過去。還好，他躡手躡腳地跟了上來，跟着我就聽見一聲悶響，棒子把我丈夫的腦袋打開了花。聽到這個聲音，我的心高興得怦怦直跳。於是我立刻衝到那頭大獅子的籠子跟前，拔掉了籠子的門閂。

「接下來，可怕的事情發生了。你們興許聽說過，野獸對人血的氣味特別敏感，聞到之後就會變得特別興奮。憑借某種奇異的本能，那頭畜生已經在刹那之間覺察到有人被殺的事情。我剛剛拔掉門閂，它就從籠子裏跳了出來，撲到了我的身上。列奧納多本來是救得了我的，如果他衝上來給獅子一棒的話，興許能把獅子鎮住。事實呢，他當場就嚇破了膽。我聽見他發出驚駭的叫喊，跟着就看見他轉過身去、逃之夭夭。就在這個瞬間，獅子的牙齒咬穿了我的臉。我已經被獅子嘴裏那股熱烘烘的臭氣熏得暈頭轉向，一時間竟然不覺得疼痛。我一邊用雙手使勁兒地推那張熱氣騰騰、鮮血淋漓的大嘴，一邊尖聲呼救。我意識到整個營地都已經騷動起來，後來又模模糊糊地意識到周圍來了一群人，有列奧納多，有格里格斯，還有其他的一些人，他們一起把我從那頭畜生的利爪下面拖了出來。再後來的事情我就不記得了，福爾摩斯先生，因為我

暈了過去，好幾個月都不省人事。醒來之後，我從鏡子裏看到了自己的模樣，心裏真是恨透了那頭獅子——噢，我恨它恨得要死！——不是恨它奪走了我的美貌，而是恨它沒有奪走我的生命。當時我只剩下一個願望，福爾摩斯先生，而且有足夠的錢來實現它。我的願望就是把自己遮蓋起來，再也不讓我這張慘不忍睹的臉暴露人前，與此同時，我還要搬到一個所有熟人都沒法找到的地方去住。我只有這點兒事情可做，眼下也實實在在地做到了。我好比是一頭身負重傷的可憐野獸，只能躲在自個兒的洞穴裏等死——這就是尤金妮婭·榮德的結局。」

聽完這個不幸女人的故事之後，我們一聲不吭地坐了一會兒。接下來，福爾摩斯伸出一隻長長的胳膊，拍了拍這個女人的手，流露出了我很少在他身上看見的深切同情。

「苦命的姑娘啊！」他說道。「苦命的姑娘！命運的安排真叫人無法理解。要是將來也沒有甚麼補償的話，塵世的一切就只能說是一場殘酷的玩笑。先不說這個，列奧納多這傢伙後來怎麼樣了呢？」

「出事之後，我再也沒有看見過他，也沒有收到過他的任何音訊。說不定，我這麼恨他也是不對的。與其愛這麼一個獅口餘生的醜八怪，他還不如去愛那些跟着我們四處賣藝的畸形兒呢。然而，女人是不會輕易放下自己的愛情的。他讓我獨自面對那頭畜生的利爪，在我需要照顧的時候也對我不聞不問，即便如此，我還是不忍心把他送上絞架。我倒不是擔心我自己，因為我壓根兒就不在乎自己會有甚麼樣的結局。還有甚麼事情能比我真實的生活更可

怕呢？可是，我到底還是替列奧納多擋掉了厄運。」

「他已經死了，對嗎？」

「上個月在馬蓋特 * 附近游泳淹死的，我在報紙上看到了他的死訊。」

「在您的故事當中，最為奇特、最為新穎的部分就得算那根五爪的棒子，完事之後，他是怎麼處理它的呢？」

「我不知道，福爾摩斯先生。營地附近有個白堊礦坑，礦坑底部是一個水色墨綠的池塘，要是去池塘深處找找的話——」

「算了，算了，這一點已經沒有甚麼意義啦。這件案子到此為止。」

「沒錯，」女人說道，「這件案子到此為止。」

我們已經站起身來，正準備往外走，女人這句話的腔調卻引起了福爾摩斯的注意。於是他飛快地回過身去，再一次面對着她。

「您的生命並不屬於您自己，」他說道。「麻煩您高抬貴手。」

「難道說，它對別的人還有甚麼益處嗎？」

「有還是沒有，您怎麼知道呢？在一個急不可耐的世界當中，一個人能夠坦然地面對磨難，這種耐性本身就足以成為一個最可取法的榜樣。」

女人的回答令人驚駭。她掀起面罩，上前一步，站到了光亮的地方。

---

* 　馬蓋特 (Margate) 是肯特郡東部的一個海濱小鎮。《第二塊血跡》當中也說到了這個地方。

「我倒想看看，您受不受得了，」她說道。

這真是可怕至極。任何言辭也形容不出，僅餘骨架的面孔究竟有多麼恐怖。那片駭人的廢墟之中有兩隻哀戚的褐色眼睛，又是靈動又是美麗，但卻只是把眼前的景象襯托得更加怵目驚心。福爾摩斯抬手做了個混合着憐憫與義憤的手勢，我倆便一起走出了房間。

兩天之後，我又去探訪福爾摩斯，他不無自豪地指了指壁爐台上的一個藍色小瓶。我拿起瓶子看了看，瓶身貼着警示毒性的紅色標籤。瓶蓋揭開之後，空氣中漾起了一股芬芳的杏仁味道。

「普藍酸？*」我問道。

「沒錯。瓶子是郵差送來的，附言寫的是，『專此寄上誘惑我犯罪的東西，我會聽從您的建議。』依我看，華生，咱們不用問也知道，寄來瓶子的是哪一位勇敢女性。」

---

* 普藍酸 (Prussic acid) 是氫氰酸的舊稱，氫氰酸為氰化氫 (HCN) 水溶液，為無色易揮發液體，有杏仁氣味，劇毒。氰化氫最初由普藍顏料 (即普魯士藍，Prussian blue) 分離制得，「普藍酸」這個名稱由此而來。

肖斯科姆老宅

歇洛克·福爾摩斯已經弓着腰在一台低倍顯微鏡*跟前待了好長一段時間,這會兒才直起身來,洋洋自得地扭頭看我。

「這肯定是膠,華生,」他説道。「毫無疑問是膠。來瞧瞧顯微鏡下的這些零碎玩意兒吧!」

我俯身湊到目鏡跟前,調好了焦距。

「那些細毛是一件花呢外套的纖維,不規則的灰色團塊則是塵土。左邊那些是皮屑,中間那些褐色的鼓包呢,毫無疑問是膠。」

「好吧,」我笑着説道,「我舉雙手贊成你的結論。這個結論能派甚麼用場呢?」

「這是一條非常有力的證據,」他回答道。「你興許記得吧,在聖潘克拉斯†那件案子當中,人們在死去的警員身邊找到了一頂帽子。被告至今都不承認帽子是他的,可他剛好是一個長年跟膠打交道的裝裱匠。」

---

* 這篇故事首次發表於 1927 年 4 月,是發表時間最晚的一篇福爾摩斯探案故事;在所有的福爾摩斯探案故事當中,只有這個故事提到貝克街有顯微鏡。在《三個加里德布》當中,內森·加里德布的家裏有一台「高倍顯微鏡」,是全集當中提及的除貝克街之外唯一一個有顯微鏡的地方。

† 聖潘克拉斯 (St. Pancras) 當時是倫敦的一個區,區內有以「聖潘克拉斯」為號的火車站、教堂等等所在,不能確知所指。

「這案子是你經手的嗎？」

「不是，這只是因為我朋友梅里威爾請我幫忙，他是蘇格蘭場的人。自從我通過袖口線縫裏的鋅屑和銅屑認定一個傢伙鑄造假幣之後，他們就意識到了顯微鏡的重要性。」說到這裏，他很不耐煩地看了看錶。「有個新主顧要來，約定的時間已經過啦。對了，華生，你對賽馬有甚麼了解嗎？」

「不了解也不應該啊，我把大概一半的負傷撫恤金扔在了這上面。」

「那你就權且充當我的『賽馬便覽』好了。你知道羅伯特·諾伯頓爵士嗎？這個名字有沒有讓你想到甚麼呢？」

「呃，有所耳聞吧。他住在肖斯科姆老宅，有一年夏天我在那一帶住過，所以對那座宅子很熟悉。有一次，諾伯頓差一點兒就落進了你的業務範圍。」

「怎麼回事呢？」

「事情發生在紐馬基特荒地*，他用馬鞭子猛抽柯曾街†那個著名的放債人山姆·布魯爾，差一點兒就打死了對方。」

「是嗎，這個人還挺有意思的嘛！他經常都是這麼放肆嗎？」

---

* 紐馬基特荒地 (Newmarket Heath) 指的是英格蘭著名賽馬中心紐馬基特周圍的荒地，其中有兩座著名的賽馬場。紐馬基特為英格蘭東部城鎮，1889 年之後屬於自薩福克郡分離出來的西薩福克郡，1974 年迄今屬於重新合併的薩福克郡。

† 柯曾街 (Curzon Street) 是倫敦市中心的一條上流街道。

「這麼説吧，他確實有危險分子的名聲。他差不多可以算是英格蘭最不要命的騎手，幾年前還在全國大獎賽*當中得過亞軍呢。他屬於那種生錯了時代的人，活脱脱是一個攝政時期†的花花公子——他集拳擊手、運動員、賽馬場上的濫賭鬼和女人堆裏的花蝴蝶於一身，還有啊，大家都説他已經債台高築，再也翻不了身啦。」

「説得好，華生！這真是一幅傳神的速寫，簡直讓我如見其人。好了，你能給我講講肖斯科姆老宅的情況嗎？」

「我只知道它坐落在肖斯科姆庭園的中央，著名的肖斯科姆馬房和練馬場也在庭園裏面。」

「還有呢，馬房的首席練馬師名叫約翰·梅森，」福爾摩斯説道。「你用不着表現得那麼驚訝，華生，我知道這件事情，不過是因為我手裏的這封信正好是他寫來的而已。先不説這個，咱們還是再聊聊肖斯科姆的事情吧。看樣子，我面前擺着一座富礦哩。」

「那裏有肖斯科姆斯班尼犬，」我説道。「隨便哪次狗展都少不了這種狗。它是全英格蘭身價最高的一種斑尼犬，也是肖斯科姆老宅女主人最大的驕傲。」

「你説的女主人肯定是羅伯特·諾伯頓爵士的妻子，錯不了！」

---

* 全國大獎賽 (the Grand National) 是馳名世界的傳統障礙馬賽之一，自 1839 年開始在利物浦附近的安垂馬場 (Aintree Racecourse) 逐年舉行 (兩次世界大戰期間曾有例外)。

† 英國的攝政時期 (Regency) 是指 1811 至 1820 年，其間尚未登基的英國國王喬治四世因父親喬治三世的瘋病而代行王政。

「羅伯特爵士沒結過婚，考慮到他的前景，我倒是覺得這樣更好。他跟他寡居的姐姐比阿特麗斯·福德夫人住在一起。」

「你的意思是他姐姐跟着他住，對吧？」

「不，不是，老宅原本屬於他已故的姐夫詹姆斯爵士，諾伯頓沒有任何產權。他姐姐也只有那座宅子的終身產權，他姐姐去世之後，宅子就會復歸*到他姐夫的弟弟手裏。除此之外，他姐姐還可以終身享有這片產業帶來的地租。」

「按我看，你說的地租全都讓這位羅伯特兄弟給花了吧？」

「差不多吧。他這個人完全是個禍害，肯定沒少讓他姐姐煩心。話說回來，我倒是聽說他姐姐非常疼他。可是，肖斯科姆究竟出了甚麼事呢？」

「哦，我也想問這個問題呢。好了，據我看，知情的人已經來啦。」

房門已經打開，小聽差把一個臉刮得乾乾淨淨的高個兒男人領了進來。這個人的神情又堅定又嚴厲，只有那些以管教馬匹或者男童為業的人才有這種神情。需要約翰·梅森先生管教的馬匹和男童都很多，而他也十足是一副堪當此任的模樣。他不動聲色地鞠了一躬，在福爾摩斯指給他的那把椅子上坐了下來。

---

* 　復歸 (reversion) 是一個法律名詞，大致意思是依照法律或相關契約，某項產業由某人終身或暫時享有，此人死亡或權益滿期之後，該產業將會被「歸還」給另一個人，或者是另一個人的繼承人。《垂死的偵探》當中亦曾提及此種情形。

「我的信您收到了吧，福爾摩斯先生？」

「收到了，信裏甚麼也沒説啊。」

「事情太過敏感，我不能把細節寫到紙上。再者説，事情還非常複雜，只有面對面才能講清楚。」

「好吧，我們洗耳恭聽。」

「首先我想説，福爾摩斯先生，我認為我的東家羅伯特爵士已經瘋了。」

福爾摩斯挑了挑眉毛。「我這裏可是貝克街，並不是哈萊街 * 啊，」他説道。「不過，您為甚麼這麼説呢？」

「是這樣，先生，人要是幹了一件莫名其妙的事情，甚至是兩件，沒準兒還可以解釋，可是，要是椿椿件件都莫名其妙的話，那你就不得不犯嘀咕啦。依我看，他的腦子肯定是讓『肖斯科姆王子』和德比大賽† 給搞壞啦。」

「那個『王子』是您訓練的小公馬嗎？」

「全英格蘭最好的小公馬，福爾摩斯先生。不管別人知不知道，我反正是知道的。好了，我這就跟您實話實説，因為我知道你們兩位都是君子，不會把我的話往外傳。羅伯特爵士必須贏下這次德比大賽，他的債已經堆到了脖子上，這是他最後的一次機會。他把自己弄得來、借得到的所有東西都押在了這匹馬身上——還有啊，賠率也非常不錯！眼下的賠率是一賠四十，可是，在他剛開始往這匹馬

---

* 哈萊街 (Harley Street) 是倫敦醫家麇集的地方，至今猶然。

† 德比大賽 (the Derby) 是英國最重要的年度平地馬賽，始於 1780 年，因創始人第十二世德比伯爵 (Edward Smith–Stanley, 12th Earl of Derby, 1752–1834) 而得名，舉辦地為薩里郡的埃普索姆鎮 (Epsom)，限三歲小馬參加 (騸馬除外)。

身上下注的時候，賠率差不多有一賠一百呢 *。」

「既然你們的馬這麼優秀，情形為甚麼會是這樣呢？」

「公眾並不知道這匹馬的底細，羅伯特爵士非常精明，沒讓那些馬探子套到情報。他每天都把王子的同父異母兄弟牽出去遛。旁人看不出它跟王子之間的區別，可要是跑起來的話，王子在一弗隆 † 的距離之內就能把它甩下兩個馬身。爵士一心只想着馬兒和馬賽，因為他整個兒的前途都在這上面。眼下他還可以把那些猶太佬 ‡ 擋在門外，王子要是失利的話，他可就沒救啦。」

「聽您這麼說，這可真是一場孤注一擲的賭博，不過，他瘋了的事情又是從何說起呢？」

「這個嘛，先不說別的，你看看他的樣子就知道啦。要我看，他壓根兒就沒睡過覺，日日夜夜都在馬房裏守着。他的眼神非常瘋狂，這些事情超過了他的負荷。還有啊，瞧瞧他對待比阿特麗斯夫人的方式吧！」

「啊！甚麼方式呢？」

「他倆一直都非常要好，兩個人志趣相投，夫人對馬匹的愛好跟他不相上下。在以前，夫人每天都會準點坐車去馬房看馬，最重要的是，她也對王子特別寵愛。一聽到

---

* 「一賠四十」的意思是下注一鎊，所押馬匹獲勝之後就可以得到四十鎊。賠率如此之大，說明這匹馬是莊家不看好的大冷門，一旦勝出，在它身上下注的人就會大有斬獲。賠率從接近一賠一百變為一賠四十，說明這匹馬雖然漸趨熱門，但卻依然不受莊家青睞。

† 弗隆 (furlong) 為英制長度單位，等於八分之一英里，約等於 201 米。

‡ 這裏的「猶太佬」代指爵士的債主，由於歷史原因，西方人長期把猶太人和高利貸聯繫在一起。

夫人的馬車碾過礫石路面，王子就會把耳朵支棱起來，還有啊，它每天早上都會一溜小跑湊到夫人的馬車旁邊，等着夫人給它一塊糖。可是，到眼下，這些事情都已經一去不復返啦。」

「為甚麼？」

「呃，夫人似乎對馬匹完全喪失了興趣。前面這一個星期，她天天都坐車從馬房旁邊經過，但卻連個招呼都不打！」

「您是覺得他倆吵架了嗎？」

「不光是吵了架，肯定還吵得不可開交、耿耿於懷。要不然，爵士幹嗎要把夫人當孩子一樣寵愛的那隻斯班尼犬送出去呢？幾天之前，他把狗送給了老巴恩斯。巴恩斯是綠龍客棧的老闆，酒館在克倫道爾*，離老宅有三英里。」

「聽上去確實有點兒古怪。」

「夫人心臟不好，又有水腫病，當然不能跟着他到處去跑，不過，他以前倒是每晚都會到夫人的房間去待上兩個小時。這也是他分內的事情，因為他的好朋友寥寥可數，夫人就得算上一個。可是，這樣的情形也已經一去不復返啦。他再也不肯靠近夫人，傷透了夫人的心。夫人成天悶悶不樂，而且沾上了酒癮，福爾摩斯先生，喝起酒來就跟喝水一樣。」

「他倆疏遠之前，夫人喝酒嗎？」

「呃，她也會喝那麼一杯半杯，眼下呢，她經常是一晚上就幹掉一整瓶。我這是聽管家斯蒂芬斯說的。所有的

---

* 克倫道爾 (Crendall) 是作者虛構的地名。

事情都變樣啦，福爾摩斯先生，而且有一股很不對勁的味道。還有啊，我這個東家深更半夜跑到老教堂的地穴裏去幹甚麼呢？在那裏跟他接頭的人又是幹嗎的呢？」

福爾摩斯興奮得搓起手來。

「接着說，梅森先生。您的故事可真是越來越精彩啦。」

「他夜裏出去的事情是管家看見的，當時是夜裏十二點，而且下着大雨。聽說這件事情之後，第二天夜裏我就上宅子裏去了一趟，果不其然，東家又跑出去了。我和斯蒂芬斯跟在了他的後面，心裏頭卻不停地打鼓，要是被他發現的話，我們可就吃不了兜着走啦。一旦發起火來，他就會變成一個喜歡動拳頭的蠻子，誰犯在他手裏都是一樣。所以呢，我們不敢靠得太近，即便如此，我們還是牢牢地盯住了他。他去的是那個鬧鬼的地穴，有個男的在那裏等他。」

「甚麼叫做鬧鬼的地穴呢？」

「是這樣，先生，庭園裏有一座已經荒廢的小教堂，那個教堂非常古老，誰也說不出它的年代。教堂下面有個地穴，是我們那邊出了名的鬧鬼地方。那個地穴白天就是個又黑又潮、荒涼慘淡的去處，要是到了晚上，整個郡也沒有幾個人敢到它周圍去。不過，我們的東家就有這個膽子，他這輩子從來沒怕過任何東西。可是，他夜裏去地穴幹甚麼呢？」

「等一等！」福爾摩斯說道。「您剛才說那兒還有一個人，那個人肯定是你們馬房的伙計，要不就是宅子裏的

人！您只要認清楚他是誰，回頭再問問他不就行了嗎？」

「那個人我不認識。」

「這話怎麼説呢？」

「因為我看見他啦，福爾摩斯先生，就在我們跟過去的那天夜裏。那時候，羅伯特爵士回過身來，從我們身邊走了過去——那天夜裏有點兒月光，所以我和斯蒂芬斯躲在灌木叢裏瑟瑟發抖，活像是兩隻小兔子。然後呢，我們聽見了後面那個人的動靜，那個人我們是不怕的。這麼着，羅伯特爵士走遠之後，我們就站起身來，假裝在月下散步，追上他的時候也顯得純屬偶然、全無心機。『嘿，伙計！你是誰啊？』我問了一句。他多半是沒聽見我們的腳步聲，這時就猛一回頭，臉上的神情就跟活見了鬼似的。他大叫一聲，撒開兩腿，以最快的速度在黑暗中跑了起來。他還真能跑！——我得誇他一句。還不到一分鐘，人沒了影兒，腳步聲也聽不見啦，到頭來，我們還是不知道他是誰，也不知道他是幹嗎的。」

「既然有月光，他的模樣您總歸看清楚了吧？」

「是的，我牢牢地記住了他那張黃臉——要我説，他一看就是個下等人。他跟羅伯特爵士能有甚麼共同語言呢？」

福爾摩斯坐在那裏沉思了一會兒。

「跟比阿特麗斯·福德夫人作伴的是誰呢？」他終於開口發問。

「是夫人的女僕卡麗·埃文斯，她服侍夫人已經有五年了。」

「不用説，肯定是個忠心耿耿的僕人嘍？」

梅森先生不安地晃了晃身子。

「她確實忠心耿耿，」他勉強擠出了一個回答。「忠於誰就不好説了。」

「哈！」福爾摩斯説道。

「我可不能到處宣揚別人的隱私。」

「可以理解，梅森先生。當然嘍，形勢已經是一清二楚。從華生醫生對羅伯特爵士的描述來看，哪個女人也逃不出他的魔掌。按您的意見，他們姐弟倆會不會是為這件事情吵架呢？」

「不會吧，這件醜事老早就已經傳得有鼻子有眼的啦。」

「也沒準兒，夫人是剛剛才注意到呢。咱們不妨假設，她突然發現了這件事情，而且打算趕走女僕，做弟弟的卻不肯答應。夫人心臟不好，行動也不方便，因此就沒法實現自個兒的意願。可惡的女僕仍然留在她的身邊，所以她不肯跟人説話，悶悶不樂地喝起酒來，羅伯特爵士則在一怒之下奪走了她心愛的斯班尼犬。這些事情不都可以對得上嗎？」

「呃，興許吧——到現在為止都對得上。」

「沒錯！到現在為止都對得上。可是，這一切跟夜間探訪古老地穴的行動有甚麼關係呢？咱們的假設解釋不了地穴的事情。」

「是啊，先生，除此之外，解釋不了的事情還有一件。羅伯特爵士幹嗎要把一具屍體挖出來呢？」

福爾摩斯猛然坐直了身子。

「我們昨天才發現屍體的事情——在我給您寫過信之後。昨天，羅伯特爵士上倫敦來了，我和斯蒂芬斯就到地穴裏去看了看。別的都還正常，先生，就是角落裏有一小堆死人的骸骨。」

「你們肯定已經報警了吧？」

我們的客人陰沉地笑了笑。

「是這樣，先生，我覺得它引不起警察的興趣。我們看到的僅僅是一具乾屍的頭顱，再加上幾根骨頭，沒準兒是一千年前的東西呢。話又說回來，那堆東西以前是不在那兒的，這我可以打包票，斯蒂芬斯也是一樣。有人把那堆東西藏在了角落裏，還蓋上了一塊板子，以前呢，那個角落一直都是空的。」

「你們是怎麼處理那堆骸骨的呢？」

「呃，我們沒有動它。」

「明智之舉。您剛才說羅伯特爵士昨天出了門，他回去了嗎？」

「我們估計他今天回去。」

「羅伯特爵士是甚麼時候把他姐姐的狗送走的呢？」

「剛好是上週的這個日子。那天早上，狗兒在古老的井房外面狂叫，又趕上羅伯特爵士心情特別不好。他一把抄起了狗兒，我還以為他打算宰了它呢。接下來，他把狗兒交給了騎師桑迪·貝恩，吩咐貝恩把狗兒送給綠龍客棧的老巴恩斯，意思是他再也不想看到它了。」

福爾摩斯沉思了一會兒。在此之前，他已經點上了他

那隻年份最長、氣味最大的煙斗。

「到現在我還是沒聽明白，梅森先生，您究竟想讓我採取甚麼措施，」他終於開了口。「您能說得再明白一點兒嗎？」

「這東西興許能把事情說得明白一點兒，福爾摩斯先生，」我們的客人說道。

他從衣兜裏掏出一個紙包，小心翼翼地打開了它，裏面是一塊燒焦的骨殖。

福爾摩斯興致勃勃地看了一陣。

「這是從甚麼地方找來的呢？」

「比阿特麗斯夫人的房間下方有個地窖，集中供暖的鍋爐就在地窖裏。鍋爐已經有段時間沒生火了，羅伯特爵士卻抱怨房間裏不暖和，讓人把鍋爐重新生了起來。

「負責燒鍋爐的哈維是我手底下的小伙計，就在今天早上，哈維拿着這件東西跑來找我。他掏爐灰的時候發現了這件東西，覺得它很不吉利。」

「我也這麼覺得，」福爾摩斯說道。「你怎麼看呢，華生？」

骨頭已經燒成了一塊黑炭，解剖學特徵卻依然毫無疑義。

「這是人的股骨上髁*，」我說道。

「沒錯！」福爾摩斯的神情已經變得十分嚴肅。「這個小伙計是甚麼時間去燒鍋爐呢？」

「他每天傍晚去燒鍋爐，燒好之後就離開。」

---

* 髁（kē）指的是骨頭兩端的圓形突起。

「這麼說的話，到了夜裏，誰都可以到鍋爐跟前去嘍？」

「是的，先生。」

「從宅子外面能進去嗎？」

「地窖有一道衝着宅子外面的門，另一道門則連着一段樓梯，樓梯又連着比阿特麗斯夫人房間門口的那條過道。」

「這件事情非常複雜，梅森先生，又複雜又醜惡。按您剛才的説法，羅伯特爵士昨天夜裏並不在家，對嗎？」

「不在，先生。」

「如此説來，燒骨頭的人肯定不會是他。」

「您説得對，先生。」

「您剛才説的那家客棧叫甚麼來着？」

「綠龍客棧。」

「你們那片伯克郡地面有甚麼理想的釣魚場所嗎？」

聽了這個問題，老實巴交的練馬師神色大變，顯然是已經據此斷定，又有一個瘋子闖進了他本已煩擾不堪的生活。

「呃，先生，我聽説磨房上面的急流當中可以釣到鱒魚，霍爾湖裏面可以釣到狗魚*。」

「這就行啦，我和華生都是釣魚名手——對吧，華生？接下來，您可以在綠龍客棧找到我們，因為我們今晚就會趕到那裏。不用説，我們不打算跟您見面，梅森先生，

---

* 狗魚是一種大型食肉淡水魚，長有鴨嘴似的長吻。在《巴斯克維爾的獵犬》當中，福爾摩斯曾經將斯泰普頓比喻成一條狗魚。

不過，您可以給我們遞條子，還得讓我隨時可以找到您。等我們的調查有了進展之後，我就會給您一點兒考慮周詳的意見。」

於是乎，一個晴朗的五月傍晚，我和福爾摩斯佔據了一個頭等車廂，向着「招手停」*的肖斯科姆車站進發。一大堆蔚為壯觀的釣竿、魚線和籃子把我倆頭上的行李架塞得滿滿當當。列車到站之後，我們坐上馬車，不一會兒就抵達了那家古樸的客棧。聽說我們打算肅清左近的魚類，愛好運動的客棧老闆約西亞·巴恩斯非常熱心地幫我們出謀劃策。

「霍爾湖的情況怎麼樣，釣到狗魚的希望大嗎？」福爾摩斯問道。

客棧老闆臉色一沉。

「那兒可不行，先生。說不定，釣着釣着，您自個兒就到湖裏去啦。」

「為甚麼呢？」

「因為羅伯特爵士，先生。他對馬探子格外警惕，那個湖又離他的練馬場非常近。看到兩個生人在那裏出現的話，他絕對不會手下留情的。他不會留下任何隱患，羅伯特爵士就是這麼個人。」

「我聽說他送了匹馬去參加德比大賽。」

「是的，一匹非常不錯的小公馬。我們的錢都押在了

---

* 「招手停」(halt–on–demand) 的意思是車站很小，路過的列車要在預先得到通知的情況下才會停。

它的身上，羅伯特爵士也是一樣。對了」——他疑神疑鬼地看着我們——「要我説，你們兩位該不會也是馬場上的人吧？」

「不是，絕對不是。我們兩個都是身心疲憊的倫敦居民，迫切地需要一點兒伯克郡的新鮮空氣，僅此而已。」

「是嗎，那你們可就來對了地方，這周圍有的是新鮮空氣。不過，你們千萬要把我關於羅伯特爵士的這些話記在心上。他向來是個先動手後講理的人，你們還是離那個庭園遠點兒吧。」

「您放心，巴恩斯先生！我們肯定會聽您的話。對了，在門廳裏哼哼的那隻斯班尼犬可真漂亮啊。」

「它確實非常漂亮，因為它是真正的肖斯科姆種，全英格蘭也找不出更好的來。」

「我也是個狗迷，」福爾摩斯説道。「好啦，有個問題不知道當問不當問，那樣的名犬得要多少錢呢？」

「我反正是買不起的，先生。那隻狗是羅伯特爵士本人送我的，所以我才不得不把它拴在皮帶上。我要是放開它的話，它一轉眼就會跑回爵士的宅子裏去。」

「咱們手裏已經有幾張牌了，華生，」客棧老闆離開之後，福爾摩斯説道。「這手牌並不好打，不過，咱們應該能在一兩天之內理出頭緒。對了，我聽説羅伯特爵士還在倫敦，所以啊，今晚咱們興許可以闖一闖那片禁地，用不着擔心皮肉吃苦。有那麼一兩個細節，我想要確認一下。」

「你有甚麼想法了嗎，福爾摩斯？」

「只有一點，華生，也就是説，大概一個星期之前，

某件事情對肖斯科姆這戶人家的生活造成了嚴重的影響。究竟是甚麼事情呢？咱們只能根據它的後果來進行推測。種種後果雖然形成了一個成份複雜的古怪組合，終歸也可以給咱們一些提示。只有那些波瀾不驚、毫無特色的案子才讓人無從措手。

「咱們來分析一下現有的資料吧。做弟弟的不再去探視他一向敬愛的病弱姐姐，還把姐姐的愛犬送給了別人。送走了她的**狗**，華生！你有沒有從中得到甚麼提示呢？」

「提示就是弟弟非常惡毒，沒甚麼別的。」

「是嗎，也許吧。要不就是——呃，還有一種解釋也是說得通的。先不說這個，咱們接着分析姐弟倆吵架之後的情形，如果他倆真的吵過架的話。夫人閉門不出，生活習慣大有改變，露面的場合只限於跟女僕坐車兜風的時候，路過馬房的時候也不停車招呼她最喜歡的那匹馬兒，與此同時，她顯然是沾上了酒癮。全部的事實就是這些，對吧？」

「此外還有教堂地穴的事情。」

「那件事情屬於另外一條思路。思路一共有兩條，你可別混為一談。思路 A，也就是關於比阿特麗斯夫人的這條思路，帶着一縷模模糊糊的不祥氣息，對嗎？」

「我一點兒頭緒都沒有。」

「這樣啊，好吧，咱們再來看思路 B，也就是關於羅伯特爵士的這條思路。他非常想贏下這次德比大賽，已經達到了走火入魔的程度。他的命脈落在了那些猶太佬的手裏，財產隨時可能被債主強行變賣，馬房也隨時可能被債

主沒收。他是個膽大包天的傢伙，眼下又走投無路。姐姐是他的收入來源，姐姐的女僕則是他忠心耿耿的爪牙。這些事情都可以說是有憑有據，對嗎？」

「可是，教堂地穴的事情呢？」

「噢，可不是嘛，你就知道教堂地穴！咱們不妨假設，華生——這是個出自小人之心的假設，僅僅是為了說明問題——假設羅伯特爵士幹掉了他的姐姐。」

「親愛的福爾摩斯，這事情絕對不可能。」

「你這話很有道理，華生。羅伯特爵士可是個家世高貴的人哩。話又說回來，老鷹窩裏鑽出個吃腐肉的烏鴉也是常有的事情。咱們不妨暫且認定這個假設，接着往下分析。他不能逃往國外，因為他必須先得到他那筆橫財，要想得到那筆橫財，他必須保證他那條關於肖斯科姆王子的妙計圓滿成功。這樣一來，他只能堅守陣地。既然不能走，他就得把受害人的屍體處理掉，還得找個替身來假扮受害人。女僕既然是他的心腹，這些都不是辦不到的事情。他可能是把姐姐的屍體送進了絕少有人踏足的教堂地穴，也可能是趁着夜深人靜的時候把屍體偷偷地送進了鍋爐，由此留下了咱們已經看到的那件證物。你覺得這種解釋怎麼樣，華生？」

「呃，既然你那個駭人聽聞的初始假設都可以當真，其餘的事情還有甚麼不可能的呢。」

「依我看，華生，明天咱們可以做一個小小的實驗，看看能不能有所發現。好啦，為了演好咱們的角色，我提議借花獻佛，請客棧的老闆過來喝一杯，好好地聊一聊鰻

魚和鱸魚的事情，這似乎是一條讓他對咱們青眼相看的捷徑。聊天的過程當中，咱們沒準兒還能聽到一些用得着的本地新聞哩。」

第二天早上，福爾摩斯發現我們沒帶釣狗魚用的匙形假餌*，釣魚的任務由此暫時免除。大概十一點鐘的時候，我們一起出門散步。徵得客棧老闆同意之後，他還帶上了那隻黑色的斯班尼犬。

「就是這兒，」他說道，這時我們已經走到了高高的庭園大門跟前，大門頂端矗立着獅鷲†形狀的族徽。「巴恩斯先生告訴我，老夫人每天中午都會坐馬車出來兜風，到這裏就得慢下來等人開門。華生，等馬車剛剛出門、速度還沒提起來的時候，你得攔住那個車夫，隨便問個甚麼問題。不用管我。我就在這叢冬青背後站着，能看見多少算多少。」

這一次的等待並不漫長。還沒到一刻鐘，我們就看見長長的林蔭道上駛來了一輛敞着頂篷的四輪大馬車，馬車是黃顏色的，車轅上套着兩匹步伐矯健的灰色駿馬。福爾摩斯牽着狗兒躲進了冬青樹叢，而我站在大路當中，若無其事地晃動着一根手杖。看門的人跑了出來，打開了庭園的大門。

---

* 匙形假餌 (spoon–bait) 是一種形似小勺子的金屬片，借由反光和抖動來招引魚類。

† 獅鷲 (griffin) 是西方神話中的動物，獅子的軀體上長着老鷹的頭和翅膀，集獸王與鳥王於一身，象徵着非凡的力量。

馬車已經放慢到步行的速度，所以我可以把車上的人看個清清楚楚。坐在左邊的是一個濃妝豔抹、眼色輕佻的年輕女子，長着亞麻色的頭髮，右邊則是一個彎腰駝背的老人，臉和肩膀都被披肩捂得嚴嚴實實，顯然是那位病弱的夫人。馬車剛剛走上大路的時候，我抬起手來，不容分說地比劃了一下。車夫勒住了韁繩，於是我開口動問，羅伯特爵士在不在宅子裏。

與此同時，福爾摩斯走出樹叢，放開了那隻斯班尼犬。狗兒歡叫一聲，衝到馬車跟前，跳到了踏板上。轉眼之間，熱情的歡迎變成了狂暴的怒火，它張嘴咬向上方的黑色裙擺。

「快走！快走！」有人用粗礪的嗓音尖叫起來。車夫揚鞭打馬，絕塵而去，只剩下我們兩個還站在大路上。

「看見了吧，華生，這就算有了定論，」福爾摩斯一邊說，一邊把皮帶拴到那隻狂躁狗兒的脖子上。「它本來以為車上的是女主人，結果卻發現是個陌生人。狗是不會認錯人的。」

「那明明是男人的聲音啊！」我大喊一聲。

「一點兒不錯！咱們手裏又多了一張牌，華生，即便如此，出牌的時候還是得多加小心。」

這一天，我同伴似乎沒有甚麼進一步的安排，於是我們假戲真唱，拿起漁具跑到了磨房上面，結果就是晚飯吃上了鱒魚。吃完晚飯之後，福爾摩斯終於再一次進入了躍躍欲試的狀態。於是我們把上午走過的路重新走了一遍，再一次來到了庭園的大門跟前。等在那裏的是一個黑黢黢

的頎長身影，正是我們在倫敦結識的那位熟人、練馬師約翰·梅森先生。

「晚上好，兩位，」他説道。「您的條子我收到啦，福爾摩斯先生。羅伯特爵士還沒回來，可我聽説他今天夜裏就能到家。」

「那個地穴離宅子有多遠呢？」福爾摩斯問道。

「足足有四分之一英里。」

「這樣的話，咱們只管去那裏看看，完全不用操心他回不回來。」

「我不操心可不行啊，福爾摩斯先生。他一回來就會找我，讓我匯報肖斯科姆王子的最新情況。」

「明白！那我們只好單獨行動了，梅森先生。把我們領進地穴之後，您就自便吧。」

這是個沒有月光的漆黑夜晚，梅森領着我們穿過了一片又一片草地。到最後，我們的前方出現了一大堆黑咕隆冬的東西，正是那座古老的小教堂。走進那個曾經是門廊的缺口之後，我們的嚮導在一堆堆斷石殘磚之間跟蹌尋路，帶着我們走進教堂一隅，通過一段陡峻的樓梯下到了地穴裏。他劃燃一根火柴，照亮了這個淒涼的所在——這裏陰森可怖、氣味瘆人，四周都是石料粗糙、搖搖欲倒的古老牆壁，無數或鉛或石的棺材貼着一邊的牆壁堆疊起來，一直伸向隱沒在上方暗影之中的穹棱 * 拱頂。福爾摩斯已經點亮提燈，一道纖細的明亮黃光劃破了這幅慘淡的畫面。棺材的飾牌反射着提燈的光線，許多飾牌都刻着獅

---

* 穹棱 (groin) 為建築學術語，指的是由交叉的拱形肋形成的結構。

鷲和王冠圖案的族徽，即便是到了死神的面前，這個古老的家族也沒有撇下自身的榮耀。

「您說過這兒有一些骸骨，梅森先生。臨走之前，您能帶我們去看看嗎？」

「就在那個角落裏。」練馬師大步走了過去，等我們把燈光轉到那個角落之後，他驚得呆了一呆。「骸骨不見了，」他說道。

「果然不出我的預料，」福爾摩斯說道，吃吃地笑了幾聲。「依我看，即便是到了現在，我們仍然可以在那個鍋爐裏找到骸骨的餘燼。」

「可是，究竟是為了甚麼，有人要去燒一具千年之前的枯骨呢？」約翰‧梅森問道。

「我們到這裏來，正是為了尋找這個問題的答案，」福爾摩斯說道。「這個過程沒準兒會相當漫長，我們就不耽誤您啦。據我看，答案應該會在天亮之前揭曉。」

約翰‧梅森離去之後，福爾摩斯開始仔仔細細地檢查地穴裏的棺材。棺材來自各個不同的時代，中央的一具非常古老，似乎屬於撒克遜人的時代，接着就是一長溜來自諾曼征服時期的棺材，主人都是些「雨果」和「奧多」*，

---

* 撒克遜人 (Saxon) 是在公元五、六世紀入侵不列顛的日耳曼人；如文中所述，這個家族姓「福德」(Falder)，「雨果」(Hugo) 和「奧多」(Odo) 則可能是諾曼征服時期常見的人名。「諾曼征服」指的是法國諾曼底公爵「征服者」威廉 (William the Conqueror, 1028 ？－1087) 於 1066 年率軍入侵並最終征服英格蘭的事件。威廉麾下有兩個重要人物，一個是威廉的同母異父兄弟、後來受封為肯特伯爵的奧多 (Odo, Earl of Kent, ？－1097)，另一個是後來受封為切斯特伯爵的雨果 (Hugh d'Avranches , Earl of Chester, 1047 ？－1101)，此人名字當中的「Hugh」可以寫作「Hugo」。

年代最近的兩具則分別屬於十八世紀的威廉‧福德爵士和鄧尼斯‧福德爵士。一個多鐘頭之後，福爾摩斯開始檢查立在地穴入口的一具鉛製棺材。只聽他輕輕地歡呼一聲，跟着就忙而不亂地行動起來，我立刻意識到，他已經找到了目標。他舉起放大鏡，迫不及待地檢了一遍沉重棺蓋的邊緣，然後就掏出一根開箱子用的短撬棍，把撬棍插進一道縫隙，一下子撬動了整個棺蓋，因為固定棺蓋的東西似乎只是兩枚卡釘。棺蓋慢慢旋開，發出了撕心裂肺的吱呀聲，可是，棺蓋還沒有完全打開，裏面的東西也沒有完全顯露出來，我們就遇上了一次出乎意料的干擾。

有人已經走進了我們頭頂的小教堂，腳步又快又穩，顯然是個目的明確、熟門熟路的角色。一束燈光順着樓梯漸次下行，頃刻之間，燈光的主人已經出現在了哥特式*的拱門之中。這是個令人生畏的傢伙，身材魁梧、氣勢洶洶。他把一盞馬廄裏用的大號提燈舉在身前，燈光映出了他那張髭鬚濃密的強悍面孔，還有他那雙怒火熊熊的眼睛。他氣沖沖地掃視着地穴裏的各個角落，游移的眼神最終變成了刻毒的凝視，死死地定在了我和我同伴身上。

「你們究竟是甚麼人？」他咆哮如雷。「在我的地頭上幹甚麼？」福爾摩斯沒有應聲，於是他上前兩步，舉起了他那根沉重的手杖。「聽見我說話沒有？」他吼道。「你是誰？在這裏幹甚麼？」他的手杖在空中抖個不停。

福爾摩斯毫不示弱地迎了上去。

---

* 哥特式 (Gothic) 是十二至十五世紀之間流行於西歐的一種建築風格，典型特徵之一為尖形拱門。

「我也有個問題要問您，羅伯特爵士，」他用上了最為嚴厲的口吻。「這個人是誰？為甚麼會在這裏？」

他轉過身去，一把拉開了背後的棺材蓋子。借着明亮的燈光，我看到了一具從頭到腳都裹着布的屍體，五官像巫婆一般可怕，鼻子和下巴整個兒地歪到了一邊，剝落變色的臉上嵌着一雙呆滯無神的眼睛，眼睛還瞪得大大的。

從男爵 * 大叫一聲，踉踉蹌蹌地倒退幾步，靠在了一口石棺上。

「這你是怎麼知道的？」他喊道。轉眼之間，他多少恢復了一點兒好勇鬥狠的常態：「你打的是甚麼算盤？」

「我的名字是歇洛克・福爾摩斯，」我同伴說道。「您聽着興許有點兒耳熟。不管您熟不熟，總而言之，我的算盤跟所有的正派市民一樣，無非是維護法紀而已。照我看，您身上的罪責可不輕哪。」

羅伯特爵士惡狠狠地瞪着福爾摩斯，僵持片刻之後，福爾摩斯的平靜語調和沉穩神態終於見到了成效。

「老天作證，福爾摩斯先生，我甚麼也沒幹，」爵士說道。「表面看來，我確實是罪責難逃，這一點我並不否認，不過，我真的是別無選擇。」

「我也希望您甚麼都沒幹，不過，恐怕您必須到警察面前去解釋。」

羅伯特爵士聳了聳寬闊的肩膀。

---

* 這個「從男爵」(baronet) 頭銜顯然屬於羅伯特爵士。從男爵是英格蘭最低的一種世襲爵位，擁有此頭銜的人不在貴族之列，稱謂為「爵士」(Sir)，跟其他獲得騎士勳位的平民一樣。

「好吧，非得那樣的話，我也沒甚麼可說的。跟我上宅子裏去吧，您可以親眼看看到底是怎麼回事。」

一刻鐘之後，我們走進了老宅裏的一個房間，從玻璃櫥櫃裏的一排排鋥亮槍管來看，這應該是爵士家裏的槍械室。房間佈置得相當舒適，羅伯特爵士讓我們稍坐片刻，然後就走了出去。再次進屋的時候，他帶來了兩個同伴，一個是我們在馬車上看到過的那個濃妝豔抹的年輕女子，此外就是一個獐頭鼠目的矮小男人，神態鬼鬼祟祟、令人生厭。兩個人都是一臉驚駭，說明從男爵還沒來得及跟他們解釋之前的事情。

「這兩位，」羅伯特爵士擺了擺手，「就是諾萊特夫婦。諾萊特太太在我姐姐身邊當了多年的心腹女僕，平常用的是『埃文斯』這個娘家姓。我帶他倆過來，是因為我覺得實話實說才是上策，與此同時，這世上只有他倆可以幫我作證。」

「有這個必要嗎，羅伯特爵士？您好好掂量過這麼做的後果嗎？」女人叫了起來。

「要問我的話，我是不會承擔任何責任的，」她丈夫說道。

羅伯特爵士鄙夷地瞥了他一眼。「所有的責任都歸我，」爵士說道。「好了，福爾摩斯先生，聽聽這些毫無修飾的事實吧。

「顯而易見，您已經刨出了我的很多底細，要不我是不會在那個地方碰見您的。如此說來，您十有八九已經知道，我送了一匹冷門馬去參加德比大賽，我的前途完全取

決於它能否獲勝。我要是贏了的話，自然是萬事大吉，要是輸了呢——呃，我想都不敢去想！」

「我知道您的處境，」福爾摩斯說道。

「我全部的生計都得靠我姐姐比阿特麗斯夫人，可是，大家都知道，她對這座宅子只有終身的產權。我自己呢，已經徹底落入了那些猶太佬的手掌。我早就知道，一旦我姐姐離開人世，我那些債主就會像一群禿鷲一樣撲向我名下的財產，收走我所有的東西，我的馬房，我的馬，甚麼也不會給我留下。然後呢，福爾摩斯先生，整整一個星期之前，我姐姐**真的**離開了人世。」

「而您沒跟任何人說！」

「我還能怎麼辦呢？等着我的可是徹底的毀滅啊。只要我能把事情瞞上三個星期，那就甚麼問題也不會有了。她女僕的丈夫——就是在場的這個人——是個演員，所以我們想到了一個主意——我想到了一個主意——讓他冒充我的姐姐，把這段短暫的時間應付過去。他只需要每天坐馬車出去亮個相就行了，原因是除了女僕之外，誰也不會到我姐姐房裏去。所以呢，這件事情並不難辦。我姐姐是得水腫病死的，這種病糾纏了她好些年。」

「死因得由驗屍官說了算。」

「她的醫生可以作證，好幾個月之前，她的病情就已經預告了這個結局。」

「那麼，接下來您是怎麼幹的呢？」

「屍體不能留在這兒。我姐姐剛剛去世的那天夜裏，我和諾萊特就把屍體抬進了那間老井房——井房已經沒人

用了。沒想到，我姐姐養的斯班尼犬跟上了我們，還衝着井房的門狂叫不止，所以我只好去找一個更保險的地方。我趕走了那隻狗，我們把屍體抬進了教堂的地穴。我們可沒有甚麼冒犯或者不敬的地方，福爾摩斯先生，我並不覺得我虧欠了死者。」

「在我看來，您的行為無論如何也說不過去，羅伯特爵士。」

從男爵不勝其煩地搖了搖頭。「漂亮話誰都會說，」他說道。「可您要是處在了我的位置，感覺沒準兒就不一樣啦。誰也不可能眼睜睜地看着自己所有的希望和籌劃功虧一簣，怎麼也得掙扎掙扎吧。我是這麼想的，我們把她暫時放進她丈夫某位祖先的棺材，讓她待在一個到現在也仍然是聖地的地方，這樣的安息之所絕不能說是有失體面。於是我們打開了一口這樣的棺材，把裏面的東西掏了出來，然後就把她放了進去，正像您看見的那樣。拿出來的那把老骨頭嘛，我們也不能任由它躺在地穴的地面上。我和諾萊特帶走了骸骨，他又趁夜裏溜進地窖，在集中供暖的鍋爐裏燒掉了它。我的故事已經講完了，福爾摩斯先生，只不過我完全想不出來，您是怎麼把我逼到不得不講的田地的。」

福爾摩斯坐在那裏沉思了一陣。

「您這番說辭有個破綻，羅伯特爵士，」他終於開了口。「即便您那些債主沒收了您的財產，您下在馬場上的賭注，換句話說也就是您的前途，依然不會受到影響。」

「我的馬也是我財產的一部分。他們難道會關心我

下沒下注嗎？很有可能，他們壓根兒就不會送它去參加比賽。不巧的是，我最大的債主恰恰是我最大的仇人——就是山姆‧布魯爾那個無賴，有一次我迫不得已，在紐馬基特荒地上用馬鞭子抽了他一頓。您說說看，他會想辦法救我嗎？」

「呃，羅伯特爵士，」福爾摩斯一邊說，一邊站了起來，「可想而知，這件事情必須得讓警方來處理。我的責任僅限於查明事實，剩下的都是別人的事情。您的行為是不是符合道德要求和社會規範，輪不到我來發表意見。快到午夜啦，華生，依我看，咱們還是趕回咱們那個簡陋的住處去吧。」

大家都已經知道，這段奇譚的結局要比羅伯特爵士該得的報應歡快一些。肖斯科姆王子真的贏下了德比大賽，孤注一擲的馬主真的拿到了八萬鎊的彩頭，債主們也真的是高抬貴手，一直等到比賽結束才去討賬。足額清償所有債務之後，羅伯特爵士手裏還有不少剩餘，足以重建一種相當優裕的生活。處理這件事情的時候，警方和驗屍官都採取了一種寬大為懷的態度，僅僅是輕描淡寫地申斥他沒有及時申報夫人的死亡。這樣一來，幸運的馬主竟然從這次離奇事件當中全身而退，眼下已經擺脫了前塵歲月的重重陰影，可望迎來一個體面的晚年。

退休的顏料商

　　這天上午，歇洛克·福爾摩斯顯得鬱鬱寡歡、神思不屬。他雖然天性機敏、腳踏實地，情緒卻往往會有諸如此類的波動。

　　「你看見他了嗎？」他問道。

　　「你說的是剛剛出去的那個老頭嗎？」

　　「沒錯。」

　　「看見了，我在門口撞見了他。」

　　「印象如何？」

　　「一個慘狀可憫、一事無成、一蹶不振的傢伙。」

　　「一點兒不錯，華生。慘狀可憫，一事無成。可是，所有人的生活不都是慘狀可憫、一事無成嗎？他的生活不就是人類生活的一個縮影嗎？我們拼命攫取，我們死不撒手，到頭來，手裏又能剩下些甚麼東西呢？幻影而已。要不就是比幻影還要糟糕的東西——苦難。」

　　「他是你的主顧嗎？」

　　「呃，說是主顧也可以吧。是蘇格蘭場打發他來的，情形就跟正經八百的醫生偶爾也會把自己治不了的病人打發給江湖郎中一樣。那些醫生之所以這麼做，理由是他們已經束手無策，病人的情況又達到了無論如何也不可能更糟的地步。」

「究竟是怎麼回事呢？」

福爾摩斯從桌上拿起了一張相當污穢的名片。「約西亞·安伯萊。他自稱是布瑞克孚－安伯萊商行的小股東，那家商行是生產藝術用品的，你可以在顏料盒子上看到他們的名字。他攢了一小筆錢，在六十一歲的年紀退了休，到劉易舍姆＊那邊買了座房子，過上了勞碌一生之後的安閒生活。誰都會覺得，他的晚年應該是過得去的。」

「是啊，確實如此。」

福爾摩斯看了看他草草寫在信封背面的幾條記錄。

「他退休是一八九六年的事情，華生。一八九七年初，他娶了個比自己小二十歲的女人，如果相片沒有誇大的話，還是個相當漂亮的女人哩。生計無憂，又有了家室和閒暇，他未來的日子似乎是一馬平川。可是，剛才你也看見啦，還不到兩年的時間，他已經變成了天底下最最潦倒、最最悲慘的可憐蟲。」

「出了甚麼事情呢？」

「老掉牙的事情，華生。一個背信棄義的朋友，再加一個水性楊花的妻子。情形似乎是這樣的，安伯萊這輩子有個最大的嗜好，那就是下象棋。劉易舍姆那邊有個也喜歡下象棋的年輕醫生，住處離他家不遠。我這兒有記錄，這個醫生名叫雷·歐內斯特。歐內斯特經常去安伯萊家串門，跟安伯萊太太搭上關係也是理所當然的事情，因為你必須承認，咱們這位倒霉的主顧不知道內在如何，外在的

＊　這篇故事首次發表於 1927 年 1 月；劉易舍姆 (Lewisham) 是倫敦南部的一個區。

魅力是肯定沒有的。上個星期，這對男女一起跑了——不知道去了哪裏。更糟糕的是，這個不忠不義的妻子還把老頭的票據箱子收進了自己的隨身行李，老頭的畢生積蓄有一多半都在那個箱子裏。咱們能找到這位女士嗎？能把錢要回來嗎？就目前的情況而言，這只是一個普普通通的問題，站在約西亞·安伯萊的立場上看，這就是一件生死攸關的大事了。」

「你打算怎麼辦呢？」

「是這樣，親愛的華生，迫在眉睫的問題恰恰是，**你**打算怎麼辦？——願不願意充當我的替身。你知道吧，眼下我正在辦兩位科普特牧首*的案子，這件案子到今天就會發展到緊要關頭。我實在沒工夫去劉易舍姆，與此同時，現場搜集的資料又具有不可替代的價值。那個老伙計非得讓我去，可我跟他講明了我的難處，所以他已經同意，我可以派個代表過去。」

「沒問題，」我回答道。「說老實話，我並不覺得我能幫上你多大的忙，只不過，我一定會竭盡全力。」

於是乎，一個夏日的午後，我啟程前往劉易舍姆。當時我萬萬沒有想到，用不了一個星期，我涉入的這件案子就會成為全英格蘭街談巷議的話題。

---

* 科普特教會 (Coptic Church) 全稱為亞歷山大科普特正教會，為基督教支派之一，據說由《馬可福音》的作者聖馬可 (St. Mark) 於公元一世紀在埃及的亞歷山大城創立。伊斯蘭教傳入之前，基督教曾經是埃及的主要宗教。直至今日，科普特教會仍然是埃及和中東地區影響最大的基督教會。牧首 (Patriarch) 是科普特教會當中最高的教階。

入夜時分，我終於回到貝克街，開始講述我執行任務的情況。福爾摩斯那精瘦的身軀四仰八叉地攤在他那把深深的椅子上，一個個嗆人的煙圈從他嘴裏的煙斗裊裊上升。他的眼皮無比慵倦地耷拉在眼睛上，看起來就跟睡着了一樣，可是，一旦我中途停頓，或者是講到了甚麼值得推敲的細節，他的眼皮就會微微抬起，鋒芒如劍的灰色眼睛也會投來探詢的目光，一下子把我扎個透心涼。

　　「約西亞·安伯萊先生的宅子名叫『港灣』*，」我解釋道。「我覺得你應該會有興趣，福爾摩斯。這座宅子就像是一位潦倒的貴族，淪落到了跟下層民眾為伍的地步。那一帶的情形你肯定知道，全都是些千篇一律的磚壩街道，再不就是沉悶乏味的市郊公路。沒想到，這些東西當中居然藏着這麼一座老宅，藏着這麼一座古風猶存的宜人小島，周圍是一堵飽經風吹日曬的高牆，壁上地衣斑駁，牆頭苔色青青，這種牆——」

　　「收起你的詩興吧，華生，」福爾摩斯毫不客氣地説道。「我知道啦，你説的是一堵很高的磚牆。」

　　「沒錯。虧得我向一個在街上抽煙的閒人打聽了一下，要不還真不知道哪一座是『港灣』呢。這個閒人我得説上兩句，他個子很高，膚色黝黑，蓄着濃密的髭鬚，很有點兒軍人氣派。我跟他打聽的時候，他只是衝房子的方向偏了偏腦袋，還用一種古怪的疑問眼神瞥了我一眼。他當時的那種眼神，稍後我又想了起來。

---

*　這個名字跟《獅子鬃毛》當中貝拉米家的別墅一樣。

「剛剛走進宅子大門，我就看到安伯萊先生順着馬車道走了過來。今早我只是匆匆一瞥，叫他已經給我留下了怪物的印象，這會兒我看得清清楚楚，他的長相就更顯得奇形怪狀。」

「當然嘍，他的長相我已經研究過了，可我還是想聽聽你的感覺，」福爾摩斯說道。

「按我的感覺，他實實在在是一個被憂慮壓彎了腰的人。他的脊背高高拱起，就像是背着一個沉重的包袱。可他的身板並不像我剛開始想的那麼羸弱，因為他的肩膀和胸膛都擁有堪比巨人的規模，只不過越往下越細，最後就變成了兩根豆芽似的細腿。」

「他左腳的鞋子皺巴巴的，右腳的鞋子則平平展展。」

「這我倒沒留意。」

「是啊，你確實留意不到。我已經看出他裝了假腿。好了，你接着講吧。」

「他那頂舊草帽下面露着盤曲如蛇的花白髮綹，臉上溝壑縱橫，表情又猙獰又急切，真讓我吃了一驚。」

「很好，華生。他說了些甚麼呢？」

「他一上來就跟我大倒苦水。我倆在馬車道上邊走邊聊，當然嘍，我仔細地觀察了一下周圍的情況。我從來都沒見過比他那裏更沒收拾的地方。花園裏一片荒蕪，讓我覺得他們壓根兒是不管不顧，任由那些植物按自然的方式亂長，無所謂美不美觀。注重體面的女人怎麼能忍受這樣的狀況，我實在想像不出。宅子本身也邋遢得無以復加，

不過，這個可憐的傢伙似乎是意識到了這一點，正在設法補救，因為門廳中央擺着一大罐綠漆，他的左手也握着一把大刷子。我去之前，他一直在油漆屋子裏的木結構。

「他把我領進黑沉沉的書房，我倆聊了很長一段時間。可想而知，你本人沒有去，他感到非常失望。『我自個兒也明白，』他這麼說，『像我這麼個微不足道的小人物，經濟上又蒙受了這麼大的損失，確實沒資格得到歇洛克‧福爾摩斯先生這種名人的全力關注。』

「我叫他儘管放心，這件事情跟經濟沒有關係。『是啊，當然嘍，他是個為藝術而藝術的人，』他說，『可是，即便是從犯罪藝術的角度來考慮，這件案子興許也值得他研究一番啊。再說還有人性，華生醫生——忘恩負義的黑暗人性！我甚麼時候拒絕過她的任何要求呢？這世上有過比她更受寵的女人嗎？還有那個年輕男人——我簡直把他當成了自己的親兒子，由得他在我的房子裏自由出入。可是，瞧瞧他們是怎麼對我的吧！噢，華生醫生，這世道真是可怕、真是可怕！』

「他滔滔不絕地說了一個多鐘頭，大致就是這麼個主題。現在看來，他似乎完全沒有察覺他倆的私情。他們兩口子是宅子裏僅有的住客，此外還有一個按日計酬的女傭，每天都是六點鐘走。出事的那天晚上，老安伯萊想讓他妻子高興高興，所以就買了兩張干草市劇院的三樓戲票 *。剛要出門的時候，他妻子突然說自己頭疼，不能去

---
* 干草市劇院 (Haymarket Theatre) 是倫敦西區的一家劇院，歷史可追溯到 1720 年，因位於曾經是干草市場的干草市街而得名；三樓

看戲，於是他只好獨自前往。這件事情似乎無可置疑，因為他給我看了他妻子那張沒用過的戲票。」

「這可真是不一般——很不一般，」福爾摩斯說道。看樣子，他對這件案子的興趣越來越濃。「麻煩你接着講吧，華生，我覺得你講的事情非常地引人入勝。你親自檢查過那張戲票嗎？有沒有碰巧記下座位號呢？」

「事實上，我的確記下了座位號，」我不無自豪地回答道。「座位號是三十一，剛好跟我以前的學號一樣，所以我記得特別牢。」

「好極了，華生！如此說來，他自己的座位號要麼是三十，要麼就是三十二。」

「確實如此，」我回答道，心裏多少有點兒莫名其妙。「還有啊，是三樓的第二排。」

「再好不過了。他還跟你說了些甚麼呢？」

「他帶我參觀了一下他稱之為『保險庫』的那個房間，那倒是一座貨真價實的保險庫——跟銀行差不多——門板和窗板都是鐵的——按他的說法，甚麼樣的竊賊也奈它不何。可是，他妻子似乎配了把鑰匙，伙同那個醫生從裏面拿走了總值大概七千鎊的現金和證券。」

「證券！那樣的東西怎麼脫得了手呢？」

「安伯萊跟我說，他已經把失竊證券的清單交給了警察，目的是讓那些證券無法轉手。出事的那一天，他大概十二點才從劇院回到家裏，一回家就發現屋裏遭了劫，門

(upper circle) 即英國劇院中樓座第二層的座席，位置不算太好，參見《布魯斯－帕廷頓圖紙》當中關於「二樓」的注釋。

窗都敞着，兩名逃犯已經不見蹤影。他倆沒留下任何書信或者字條，從此就杳無音訊。發現出事之後，他立刻通知了警方。」

福爾摩斯沉思了幾分鐘。

「你剛才說他正在油漆東西。他究竟在油漆甚麼呢？」

「呃，他正在油漆過道。不過，保險庫的門和木結構都已經油漆完了。」

「考慮到他眼下的處境，你不覺得這樣的舉動有點兒蹊蹺嗎？」

「『為了撫慰創痛的心，人總得找點兒事情來幹。』這就是他自個兒的解釋。這樣的舉動確實古怪，可他本來就是個顯而易見的怪物。他當着我的面撕掉了他妻子的一張相片——當時他急火攻心，瘋狂地撕掉了相片，而且尖着嗓子吼了一句，『我再也不想看見她這張該死的臉啦。』」

「還有別的嗎，華生？」

「有的，有件事情給我留下了尤其深刻的印象。離開他那裏之後，我坐馬車去了布萊克希斯車站*，趕上了回程的火車。火車剛要開動的時候，我看見一個男的衝進了我旁邊的那個車廂。福爾摩斯，我特別擅長辨認人臉，這你是知道的。毫無疑問，衝進車廂的就是我在街上搭過話的那個皮膚黝黑的高個子。火車開到倫敦橋車站的時候，我又看見了他，可他很快就消失在了人群之中。不過我可以肯定，他一直都在跟蹤我。」

「錯不了！錯不了！」福爾摩斯說道。「你說他是個

---

* 布萊克希斯車站 (Blackheath Station) 在劉易舍姆。

高個子，皮膚黝黑，蓄着濃密的髭鬚，還戴着一副灰色的太陽鏡，對吧？」

「福爾摩斯，你可真是跟巫師一樣。剛才我並沒有説太陽鏡的事情，可他**確實**戴着一副灰色的太陽鏡。」

「外加一枚帶有共濟會 * 徽記的領針？」

「福爾摩斯！」

「其中的道理簡單之極，親愛的華生。不過，咱們還是來説點兒實際的吧。坦白説吧，剛開始我覺得這件案子簡單到了荒唐的程度，根本不值得我耗費精神，眼下呢，它已經迅速地表現出了一種跟我原來的判斷大不相同的特性。説實在的，雖然你執行任務的時候漏掉了所有的重要情況，但是，即便是只看那些明顯得讓你沒能漏掉的情況，這件案子也顯得非同小可。」

「我漏掉了甚麼？」

「別難過，親愛的伙計。你應該知道，我這是對事不對人。其他的人都不會比你強，有一些興許還不如你呢。話又説回來，你顯然是漏掉了一些至關重要的情況。左鄰右舍對安伯萊兩口子有些甚麼看法呢？不用説，這一點非常重要。歐內斯特醫生怎麼樣呢？他真的像大家據理推測的那樣，是個放蕩不羈的羅薩里奧 † 嗎？憑借你天生的有

---

* 共濟會 (Freemasonry) 是一個類似於兄弟會的國際性團體，歷史悠久，帶有一定的秘密性。可參見《暗紅習作》和《紅髮俱樂部》當中的相關注釋。

† 羅薩里奧 (Lothario) 是英國劇作家尼古拉斯‧羅 (Nicholas Rowe, 1674–1718) 的戲劇《悔罪佳人》(*The Fair Penitent*, 1703) 當中的角色，因勾引他人之妻而在決鬥之中喪生。這部戲劇風靡一時，這個人名由此變成了登徒子的代稱。

利條件，華生，所有女士都會變成你的助手和同謀的。幹嗎不去問問郵局的姑娘，問問雜貨鋪的老闆娘呢？你肯定可以用軟綿綿的無聊廢話跟『藍錨』酒館那位年輕女士換點兒硬梆梆的有用情報，那樣的場景我完全可以想像。可是，這些事情你一件都沒做。」

「真要做也來得及。」

「已經做完啦。靠着電話和蘇格蘭場的幫助，我通常都可以在足不出戶的情況下掌握主要的案情。事實上，我的情報證實了安伯萊的説辭。他是那一帶出了名的吝嗇鬼，同時也是出了名的刻薄丈夫。可以肯定，他那間保險庫裏確實存放着大筆的錢財。同樣肯定的是，年輕的單身漢歐內斯特醫生確實跟安伯萊下過象棋，也很有可能給他的妻子下過迷藥。所有這些都顯得順理成章，誰都會覺得這事兒沒甚麼可説的了——然而！——然而！」

「講不通的地方在哪裏呢？」

「興許只是在我的腦子裏。好啦，今天就到此為止吧，華生。咱們不妨用上音樂這道側門，逃離這個令人厭倦的凡俗世界。阿爾伯特音樂廳今晚有卡琳娜的演出 *，咱們還來得及換身衣服、吃頓晚飯，然後就去享受音樂的樂趣。」

第二天，我一大早就起了床，不過，餐桌上已經有了

---

* 　阿爾伯特音樂廳 (Albert Hall) 即皇家阿爾伯特音樂廳，緊鄰海德公園，建於 1871 年，由維多利亞女王命名，意在紀念亡夫阿爾伯特親王；卡琳娜 (Carina) 不詳所指。

一些麵包屑和兩個空蛋殼，說明我同伴起得比我還早。除此之外，桌子上還有一張草草寫就的字條。

親愛的華生：

　　我想通過一兩個中間人跟約西亞‧安伯萊先生聯繫聯繫。聯繫完之後，咱們就可以拋開這件案子——也可能還得接着辦。我只要求你三點左右在家等我，因為我可能會需要你的幫助。

歇‧福

福爾摩斯一整天不見蹤影，但卻在字條上說的時間趕了回來，表情肅穆、神思恍惚、拒人千里。趕上這樣的時候，讓他自個兒待着才是上策。

「安伯萊到了嗎？」

「沒有。」

「啊！我等着他呢。」

他倒也沒有白等，老傢伙沒過多久就來了，峻刻的面孔顯得十分焦慮、十分迷惑。

「我收到了一封電報，福爾摩斯先生，可我一點兒也看不明白。」他把電報遞給了福爾摩斯，福爾摩斯大聲地念了出來。

即刻前來，切切。足下新近所罹損失，來此即有線索可得。

埃爾曼

牧師住宅

「兩點十分從小珀靈頓發的，」福爾摩斯說道。「據

我所知，小珀靈頓在埃塞克斯，離弗林頓不遠 *。呃，您當然應該立刻動身。發電報的人是當地的教區牧師，顯然不會胡說八道。我的《克羅克福德名錄》† 呢？有了，喏，他的名字就在這兒：『J.C. 埃爾曼，文學碩士，供職於慕斯莫爾及小珀靈頓。』查一查火車時刻吧，華生。」

「利物浦街車站有一班五點二十的火車。」

「好極了。你最好陪他去一趟，華生，他興許會需要幫助或者建議呢。顯而易見，咱們這件事情已經到了緊要關頭。」

可是，我們的主顧似乎一點兒都不着急動身。

「簡直是太荒唐了，福爾摩斯先生，」他說道。「這個人怎麼可能知道這件事情呢？這完全是浪費時間和金錢嘛。」

「他既然給您發了電報，肯定是知道甚麼情況。您趕緊給他發封電報，說您馬上就去。」

「我看我沒必要去。」

福爾摩斯換上了他最為嚴厲的表情。

「咱們眼前有了這麼明顯的一條線索，安伯萊先生，您要是拒絕追查的話，我和警方就會對您產生再惡劣不過的印象。我們都會覺得，您壓根兒就沒打算好好調查。」

聽了他的話，我們的主顧似乎慌了神。

---

* 埃塞克斯 (Essex) 是英格蘭東部的一個郡，弗林頓 (Frinton) 為該郡濱海小鎮，西南距倫敦約 100 公里。小珀靈頓 (Little Purlington) 和下文中的慕斯莫爾 (Moosmoor) 都是虛構地名。

† 《克羅克福德名錄》全稱為《克羅克福德神職人員名錄》(*Crockford's Clerical Directory*)，為英國國教神職人員名錄，自 1858 年開始刊行，因出版人克羅克福德而得名。

「咳，您既然是這麼一種看法，那我當然得去，」他說道。「表面上看，這位牧師根本不可能知道甚麼情況，可您要是認為——」

「我**確實**這麼認為，」福爾摩斯加重語氣，就這麼替我倆定下了行程。我倆出門之前，福爾摩斯特意把我拉到一旁叮囑了一番，顯然是對這件事情十分重視。「不管你用甚麼方法，總之得確保他**真的**去了那裏，」他說道。「要是他半路脫逃，或者是動身返回，你就得到最近的電話所去給我報信，不用多說甚麼，說一聲『跑了』就行。我會在這邊作好安排，以便隨時隨地接收你的消息。」

小珀靈頓可不是那麼好去，因為它坐落在一條支線上。我對這趟旅程的回憶並不是特別愉快，原因是天氣很熱、火車很慢，同伴又悶悶不樂，幾乎是從頭到尾一聲不吭，偶爾說那麼一兩句，也不過是諷刺我們的行動有多麼徒勞無益。抵達那個小站之後，我們坐馬車趕到了兩英里之外的牧師住宅。神色肅穆、自命不凡的大塊頭牧師在書房裏接待了我們，我們的電報就擺在他的面前。

「好了，兩位，」他問道，「有何貴幹？」

「我們這次來，」我解釋道，「是因為我們收到了您的電報。」

「我的電報！我沒發過甚麼電報。」

「我說的是您發給約西亞·安伯萊先生的那封電報，電報裏提到了他的妻子和家產。」

「就算是開玩笑，先生，這麼開也是很成問題的，」教區牧師氣沖沖地說道。「我從來沒有聽說過您說的那位

先生，也沒有給任何人發過電報。」

我和主顧面面相覷，驚詫莫名。

「興許是搞錯了吧，」我說道，「這兒會不會有兩處牧師住宅呢？您瞧，電報就在這裏，署的是『埃爾曼』這個名字，留的地址則是『牧師住宅』。」

「這兒只有一處牧師住宅，先生，也只有一個教區牧師。這封電報是一份令人髮指的偽造文件，我肯定會讓警方把它的來歷查清楚。與此同時，照我看，我們沒有必要再往下談了。」

於是乎，我和安伯萊先生站在了大路邊，周圍是一片村莊，落後的程度據我看堪稱全國之最。我倆去了一趟電報所，卻發現那裏已經關門下班。還好，名為「鐵道紋章」的那家小客棧裝有一部電話，我總算是聯繫上了福爾摩斯。等我匯報完此行成果之後，他的口氣也是十分驚詫。

「奇怪極了！」來自遠方的聲音說道。「蹊蹺極了！照我看，親愛的華生，今晚恐怕沒有回程的火車啊。一不小心，我就害得你被迫忍受鄉村客棧的種種折磨啦。還好，華生，你身邊肯定少不了自然風光——自然風光和約西亞·安伯萊——你可以近距離地體會這兩樣東西的妙處。」他掛斷電話的時候，我聽見了他嗤嗤的乾笑。

很快我就發現，我同伴的吝嗇鬼名聲絕非虛傳。之前他就抱怨這次旅程花費太高，硬是選擇了三等車廂，眼下又開始大聲訴說他對客棧賬單的不滿。第二天早上，我倆終於回到了倫敦，到了這個時候，我們兩個之中，哪一個心情更糟已經不好說了。

「您最好順道去一趟貝克街，」我說道。「福爾摩斯先生沒準兒又有新的指示。」

「如果新的指示並不比前面那些高明的話，我看也派不上甚麼用場，」安伯萊板着臉，惡狠狠地說了一句。話是這麼說，他還是跟我去了。我提前發過電報，把我們的到達時間告訴了福爾摩斯，到貝克街的時候卻只看到了一張字條，叫我們到劉易舍姆去找他。這已經是一個意外，可我們很快就碰上了一個更大的意外，因為福爾摩斯並不是獨自待在主顧的起居室裏，身邊還坐着一個長相嚴厲、神情淡漠的男人。這個人膚色黝黑，戴着一副灰色的太陽鏡，領帶上戳着一枚帶有共濟會徽記的碩大領針。

「這位是我的朋友巴克爾先生，」福爾摩斯說道。「他跟我一樣，約西亞·安伯萊先生，一直都對您的事情很感興趣，只不過我和他各自為戰，並沒有聯合行動。可是，我和他都要問您同一個問題！」

安伯萊先生重重地坐了下來，從他緊張的眼睛和抽搐的面容來看，他已經意識到了迫在眉睫的危險。

「甚麼問題，福爾摩斯先生？」

「問題非常簡單：屍體你是怎麼處理的？」

這個人發出一聲嘶啞的尖叫，一下子跳了起來。他瘦骨嶙峋的雙手在空中亂抓一氣，大張着嘴巴，一時間真有點兒像是一隻可怕的猛禽。電光石火之間，我們瞥見了約西亞·安伯萊的本相，瞥見了一個奇形怪狀的妖魔，靈魂跟身體一樣扭曲。頹然坐回椅子上面的時候，他把一隻手伸到了嘴邊，似乎是想要抑制咳嗽。福爾摩斯立刻像猛虎

一般撲了過去，扼住他的喉嚨，把他的臉摁向地面，一粒白色的小藥丸從他那張呼哧呼哧的嘴裏掉了出來。

「想抄近道可不行，約西亞·安伯萊。事情必須照規矩辦，一樣一樣地來*。你是怎麼安排的，巴克爾？」

「我叫了一輛出租馬車在門口等着，」我們這位沉默寡言的同伴說道。

「這裏離警局只有幾百碼，咱倆可以一起去。你在這兒等着吧，華生，我半個鐘頭之內就能回來。」

老顏料商雖然身軀粗壯，還有一把獅子一般的蠻力，落到兩位經驗豐富的擒拿專家手裏也只能徒喚奈何。他雖然拼命掙扎，但卻還是被塞進了等在門外的馬車，留下我一個人看守這座凶宅。不過，福爾摩斯沒到半個鐘頭就趕了回來，同來的還有一名模樣精明的年輕督察。

「我讓巴克爾留在警局辦手續，」福爾摩斯說道。「巴克爾這個人你以前還沒見過，華生，他是我最可恨的競爭對手，平常都在薩里郡的河岸活動。聽你說到黑臉高個子的時候，我自然可以毫不費力地補充其餘的特徵。他名下可有好幾件辦得不錯的案子呢，對吧，督察？」

「他確實搗過幾回亂，」督察不以為然地回答道。

「毫無疑問，他的方法確實不夠正規，跟我自個兒的一樣。可你肯定知道，有些時候，不正規也有不正規的好處。比方說吧，你有義務警告這個惡棍，他所說的一切都

---

* 語出《聖經·新約·哥林多前書》：「凡事都要照規矩辦，一樣一樣地來。」

可能成為呈堂證供，那樣的話，你永遠也不可能唬得他做出這種相當於認罪的舉動。」

「也許不能。可我們照樣達到了目的，福爾摩斯先生。您可不要以為我們對這件案子沒有自個兒的看法，也不要以為我們沒有能力抓到犯人。您憑借我們不能使用的方法硬闖進來，把我們的功勞通通搶走，那就不能怪我們心裏有氣。」

「沒有搶功勞這一說，麥金農。我可以跟你保證，我從現在開始就不會再露面，至於巴克爾嘛，他幹的事情都是我交代給他的，別的他甚麼也沒幹。」

督察似乎大大地鬆了一口氣。

「您的肚量可真大，福爾摩斯先生。好話壞話都不會對您產生任何影響，我們就不一樣啦，那些報紙會追着我們問問題的。」

「的確如此。不過，隨便案子辦成甚麼樣，他們總歸是要問問題的，所以呢，你最好還是把答案準備好。比方說吧，要是有某個膽大心細的記者問你，究竟是甚麼東西讓你猜到了真正的事實，最後又讓你形成了確定不移的結論，你打算怎麼回答呢？」

看樣子，督察覺得這個問題很難回答。

「咱們好像沒掌握甚麼真正的事實啊，福爾摩斯先生。您只是說犯人當着三名證人的面企圖自殺，等於是承認自己謀殺了妻子和奸夫，除此之外，哪有甚麼其他的事實呢？」

「你安排人來搜查房子了嗎？」

「有三名警員正在往這邊趕。」

「這樣的話，你很快就能掌握再清楚不過的事實。受害人的屍體肯定在這附近，你們可以到地窖和花園裏去找找。找到可能的藏屍地點之後，挖掘工作也用不了太長的時間。這座宅子的年代比自來水管要早，宅子裏肯定有廢棄的水井，你們可以到那裏去試試運氣。」

「可是，您怎麼知道他殺了人，他殺人的手段又是甚麼呢？」

「我打算先讓你看看他殺人的手段，然後再補上相關的解釋，我確實應該向你解釋，尤其應該向我這位堅忍卓絕、自始至終居功至偉的朋友解釋解釋。不過，在此之前，我倒想跟你們介紹一下這個傢伙的精神狀態。他的精神狀態十分反常，以至於我覺得他的歸宿不是絞架，多半是布羅德摩爾*。從很大程度上說，他的心理更接近於中世紀的意大利人，而不是現代的英國人。他是個無藥可救的吝嗇鬼，吝嗇得讓他的妻子苦不堪言、隨時可能成為不軌之徒的俘虜。在他看來，那個喜歡下棋的醫生就是這樣的一個不軌之徒。安伯萊下棋下得很好——這一點，華生，剛好說明他精於算計。跟所有的吝嗇鬼一樣，他的嫉妒心也很重，而且達到了瘋狂的程度。有憑有據也好，無緣無故也好，總之他懷疑他倆之間關係曖昧，於是就起意報復，並且憑着惡魔一般的狡詐制訂了報復的計劃。過來吧！」

---

* 布羅德摩爾 (Broadmoor) 即位於英格蘭伯克郡的布羅德摩爾醫院（最初名為「布羅德摩爾犯罪瘋人院」），建於 1863 年，是一所戒備森嚴的精神病院。

福爾摩斯領着我們穿過過道，看他那副胸有成竹的架勢，你還以為他在這座宅子裏住過呢。保險庫的門開着，福爾摩斯在門邊停了下來。

「啐！油漆味兒可真難聞！」督察叫道。

「油漆味兒就是咱們的第一條線索，」福爾摩斯説道。「這得歸功於華生醫生的實地觀察，儘管他沒能看出其中的意義。正是這種氣味讓我找到了正確的方向。這樣的一個時候，這個傢伙為甚麼要讓自己的宅子裏充滿濃烈的氣味呢？顯然是為了掩蓋別的某種氣味、某種惹人猜疑的罪惡氣味。然後呢，我想到了這個房間，你們也看見了，這個房間的門窗都是鐵的，簡直是密不透風。結合這兩個事實，咱們能得到甚麼結論呢？要確定這一點，我只能親自搜查一下這座宅子。之前我已經斷定案情重大，因為我查過干草市劇院的售票記錄——劇院的事情是華生醫生的又一個精準發現——由此確定了一個事實，案發當晚，三樓第二排的三十號和三十二號座位都是空着的。這樣看來，安伯萊根本就沒去劇院，他的不在場證明根本就站不住腳。他居然讓我這位目光如炬的朋友看清了他妻子那張票的座位號，實在是大錯特錯。到了這個時候，我面臨的問題就是如何才能搜查這座宅子。我把一名助手派到了我所能想到的跟本案最不搭界的那個村子，又把我的目標召了去，還把他的行程安排在了一個無法當天返回的時間。為防計劃流產，華生醫生陪着他上了路。至於那位可敬牧師的名字嘛，當然是從《克羅克福德名錄》當中查來的嘍。我說明白了嗎？」

「真是大師手筆，」督察的口氣充滿崇敬。

「干擾排除之後，我闖進了這座宅子。只要有這個心，我隨時都可以改行從事入室行竊，而且敢打包票，我一定能成為行業之中的翹楚。瞧瞧我有些甚麼發現吧。先來看看這根貼着牆裙的煤氣管。很好。管子一直延伸到了牆角，在那裏折向上方，牆角還有個閥門。你們再看，管子穿進了保險庫，末端就藏在天花板中央的石膏花飾裏面，從外面是看不見的。管子的末端是敞着的，只要有人打開保險庫外面的閥門，煤氣就會湧進保險庫。據我看，在門窗緊閉、閥門大開的情況之下，關在這個小小房間裏的人必定會在兩分鐘之內失去意識。我倒不知道他是用甚麼樣的鬼蜮伎倆把他倆騙進去的，不過，一旦踏進了這道門，他倆就只能任他宰割啦。」

督察興致勃勃地檢查了一下煤氣管。「我們的一名警員確實提到過煤氣味兒的事情，」他說道，「只不過，到了那個時候，保險庫的門窗當然是開着的，油漆——至少是一部分油漆——也已經刷上啦。按他自個兒的說法，他的油漆工作是從出事的前一天開始的。接下來您又是怎麼做的呢，福爾摩斯先生？」

「呃，接下來發生了一件大大出乎我意料的事情。那時候天剛剛亮，我正在從餐具室的窗子往外爬，突然感覺到一隻手伸進了我的衣領，跟着就聽見一個聲音：『好你個無賴，你在裏面幹了些甚麼？』我掙扎着扭過頭去，立刻看見了那副帶顏色的眼鏡，看見了我的朋友兼對手巴克爾先生。這樣的邂逅真是非比尋常，我倆都笑了起來。情

形大致是這樣的，雷·歐內斯特醫生的家人請他來調查這件事情，而他跟我一樣，也得出了事有蹊蹺的結論。前面幾天他都在監視這座宅子，還在這裏看見了幾個顯然是形跡可疑的人物，華生醫生就是其中之一。他找不到逮捕華生的理由，這一次呢，眼看有人明目張膽地從餐具室的窗子往外爬，他的忍耐終於達到了極限。當然嘍，我跟他講明了眼前的情況，我倆就聯合起來，接着辦案。」

「為甚麼選擇他？為甚麼不選我們？」

「因為我想把那個效果如此奇妙的小小測試付諸實施。照我看，你們恐怕走不了那麼遠吧。」

督察笑了起來。

「呃，恐怕不行。我沒聽錯的話，福爾摩斯先生，剛才您已經作出了保證，從現在開始，您就會放下這件案子，把所有的成果交給我們。」

「沒問題，我一直都是這麼幹的。」

「那好，我代表警方向您表示感謝。聽您這麼一說，這件案子似乎非常清楚，尋找屍體也不會是一件特別困難的事情。」

「我這就給你看一件怵目驚心的小小證物，」福爾摩斯說道，「可以肯定的是，安伯萊自個兒始終都沒有發現它。督察啊，只要你時時刻刻為他人設身處地，想想自己在同樣的情況之下會怎麼做，成果就會手到擒來。這雖然需要你付出一點兒想像力，可你的付出是有回報的。好了，咱們不妨這麼假設，你被人關進了這個小房間，只剩下不到兩分鐘的性命，與此同時，門外的那個惡魔多半是

正在拿你取笑，而你一心想向他討還公道。這樣的情形之下，你會怎麼做呢？」

「寫張條子。」

「沒錯。你當然想讓大家知道自己是怎麼死的。寫在紙上不行，肯定會被仇人看見。還是寫在牆上比較好，遲早會有一雙眼睛落在上面。好啦，瞧！牆裙上邊一點點的地方有一行潦草的字跡，是用防塗改的紫色鉛筆 * 寫的：『我們是——』沒了。」

「您覺得這是甚麼意思呢？」

「是這樣，字跡離地面只有一英尺，寫字的時候，那個可憐的傢伙肯定是奄奄一息地倒在了地上。還沒來得及寫完，他已經失去了知覺。」

「他應該是想寫，『我們是被人謀殺的。』」

「我也這麼覺得。你要是能在屍身上找到一支防塗改鉛筆的話 † ——」

「不用說，我們會去找的。可是，證券的事情該怎麼解釋呢？這件案子顯然與盜竊無關，可他**確實**擁有那麼一些證券，我們核實過的。」

「不用說，他肯定是把證券藏在了某個安全的地方。

---

* 防塗改鉛筆 (indelible pencil) 是指筆芯加有硝酸銀等原料、筆跡無法塗改的鉛筆，出現在十九世紀早期，用於書寫重要文件，替代不便攜帶的水筆。在此基礎之上，十九世紀中葉還出現了筆芯加有苯胺染料、同樣無法塗改的複寫鉛筆 (copying pencil)。

† 這句話不太符合情理，死者沒寫完就失去了知覺，不太可能把鉛筆裝回口袋，安伯萊也不太可能幫死者裝回去，如果是安伯萊裝回去的，鉛筆出現在死者身旁的事實必然會讓他產生懷疑、進而發現牆上的字跡。

等所謂的私奔事件成為定論之後，他就會突然找到證券，聲稱那對負罪的男女把贓物掉在了逃跑的路上，要不就是良心發現，把贓物寄了回來。」

「看樣子，您確實已經解決了所有的難題，」督察說道。「他跑來找我們，當然是一件不得不然的事情，可我想不明白，他幹嘛要去找您。」

「還能幹嘛，賣弄唄！」福爾摩斯回答道。「他覺得這事情辦得聰明極了、穩當極了，誰也沒法傷到他半根汗毛。要是有哪個鄰居覺得蹊蹺的話，他可以這麼說，『瞧瞧吧，辦法我已經想盡啦。我不光找了警察，甚至還找了歇洛克·福爾摩斯哩。』」

督察大笑起來。

「我們沒法不原諒您這個『甚至』，福爾摩斯先生，」他說道，「照我的記憶來看，真沒有哪件案子辦得比這件還漂亮。」

兩天之後，我朋友把一份名為「北薩里觀察家」的雙週刊扔到了我的面前。映入我眼簾的是一長溜聳人聽聞的大字標題，始於「『港灣』慘案」、迄於「警方妙手」，標題下方則是一篇排得密密麻麻的報道，首次披露了這件案子的前因後果。至於報道的具體內容，結尾的段落足見一斑：

> 憑借精敏卓識，麥金農督察揣知室中油漆氣味暗藏玄機，其意或為遮蓋煤氣之類其他氣味，由是大膽假設，保險庫即為命案現場，繼而細心勘查，自狗屋之

下覓得掩蔽巧妙之廢棄水井，並於井中尋獲受害人屍身。此等事跡必將載入探案青史，垂範後世，永昭我國官方探員之聰明才智。

「好啦，好啦，麥金農這個人也還不錯，」福爾摩斯說道，臉上帶着寬厚的笑容。「你不妨把這件案子收入咱們的卷宗，華生。總有一天，真相將會大白於天下。」

譯後記

遵囑譯此巨帙，雖自知才學寡淺，亦勉力而為，惟願不負讀者及出版各方之望。此帙成書已久，英文文本大致定型，慮或有脫漏異文，故採蘭登書屋、牛津大學出版社、美國 Wings Books 出版社紙本及古騰堡計劃電子版本參照校譯。如此費時雖久，亦得多見各家論說，於譯事大有裨益也。

所幸賦閑無事，兼之每日焚膏繼晷，一載之間，終告功成。雖曰苦辛，亦有見聞增廣之趣，雕琢文字，究不失為賞心樂事。

此譯本與前賢譯本多有不同，非欲標新立異、故為怪誕，實因原作文字所限、不得不然。略舉數例如下：

與舊譯相異之書名及篇名（括弧中為此本所用譯名）：

A Study in Scarlet（《暗紅習作》），舊譯或作「血字的研究」，或作「暗紅色的研究」。故事當中，在解釋本篇得名緣由的時候，福爾摩斯說道：「……咱們就叫它"A Study in Scarlet"，怎麼樣？用那麼一點兒藝術詞藻，我看也無傷大雅。生活的亂麻蒼白平淡，兇案卻像一縷貫串其中的暗紅絲線，咱們的任務就是找到這縷絲線，將它孤立出來，讓它纖毫畢現地暴露人前……」由此可知，這裏的"A Study in Scarlet"是借用藝術術語，而在藝術術語當

中，"study" 有「習作」的意思，故此譯為「暗紅習作」。藝術作品如此命名在在多有，比如同時期美國著名畫家惠斯勒 (James McNeill Whistler, 1834–1903) 的《玫瑰色及褐色習作》(*A Study in Rose and Brown*) 以及法國著名畫家夏加爾 (Marc Chagall, 1887–1985) 的早年作品《綠色背景之粉色習作》(*A Study in Pink on Green Background*)，音樂之中的「練習曲」英文亦為 "study"。除此而外，"A Study in Scarlet" 是柯南 · 道爾爵士創作的第一篇福爾摩斯故事，亦暗合「習作」之意。

His Last Bow (《福爾摩斯謝幕演出》)，此書名來自集中同名故事，以故事發生時間而論，該篇為全集六十案當中的最後一案，故此譯為「福爾摩斯謝幕演出」。

The Case-book of Sherlock Holmes (《福爾摩斯舊案鈔》)，直譯可為「福爾摩斯案件簿」，集中所有故事皆發生於「福爾摩斯謝幕演出」之前，同時又發表於「福爾摩斯謝幕演出」之後，故此譯為「福爾摩斯舊案鈔」。

The Blue Carbuncle (《藍色石榴石》)，舊譯或作「藍寶石案」。"carbuncle" 一詞為泛泛統稱，幾乎可指任何橢圓形無琢面紅色寶石，尤指紅色石榴石。此處冠以 "blue"（藍色），正為說明其稀有珍貴（世間似無藍色石榴石，然則此為小說家言，不可拘執），故照字面譯為「藍色石榴石」。

The Beryl Coronet (《綠寶石王冠》)，此據字面直譯，舊譯或作「綠玉皇冠案」，然則玉文化似為我國獨有，且英國君主通常稱「王」，甚少稱「皇」。

譯後記

Silver Blaze（《白額閃電》），舊譯「銀色馬」或「銀斑駒」。此英文短語為故事中熱門賽馬之名，字面上可以表示馬的額頭帶有銀白色斑點，也可以直譯為「銀色烈焰」，暗示馬的速度非常快。由故事情節可知此馬毛色棗紅，僅僅是額頭白色、前腿有斑。"Silver Blaze" 既為馬名，譯名或以無「馬」字為佳，故譯為「白額閃電」。

Abbey Grange（《福田宅邸》），舊譯「格蘭其莊園」。此英文短語本義為附屬於修道院的田莊，故事中為事發宅邸，為免文字繁冗，故取寺院田產之稱謂「福田」，譯為「福田宅邸」。

The Bruce-Partington Plans（《布魯斯－帕廷頓圖紙》），舊譯「布魯斯－帕廷頓計劃」，"plan" 雖有「計劃」之意，然亦有「設計圖」之意，此處 "plan" 為複數，由故事情節可知此 "plans" 實為十張潛水艇圖紙之統稱，故譯為「布魯斯－帕廷頓圖紙」。

The Three Gables（《三尖別墅》），舊譯「三角牆山莊」或「三面人形牆案」。這個英文短語是故事中一座別墅的名稱，"gable" 指三角形山牆，故事中有云：「頂層窗戶的上方有三個小小的尖頂，勉強可以證明房子的名字不是胡謅。」別墅得名因由既然如此，故譯為「三尖別墅」。

The Mazarin Stone（《馬澤林鑽石》），舊譯「王冠寶石案」。這篇故事發表於 1921 年，改編自柯南·道爾同年早些時候推出的獨幕劇《王冠鑽石》(The Crown Diamond)，故事中並多處以 "diamond"（鑽石）取代泛稱寶石之 "stone"。篇名 "The Mazarin Stone" 借自意大利

裔法國樞機主教儒勒‧馬澤林 (Jules Mazarin, 1602–1661)，此人將自己收藏的珠寶遺贈法國王室，其中包括 18 顆鑽石，統稱「馬澤林鑽石」(Mazarin Diamonds)。自從法國大革命之後，這些鑽石流離失散，按照盧浮宮以及法國國家自然史博物館網站的説法，部分鑽石如今保存在盧浮宮。參照前述事實，故取「馬澤林鑽石」之譯名。

The Sussex Vampire（《薩塞克斯吸血鬼》），舊譯「吸血鬼」或「吸血鬼案」。柯南‧道爾爵士之所以如此命名，用意或係以西方讀者耳熟能詳之古老地名「薩塞克斯」與離奇怪誕之「吸血鬼」並置，由此造成一種動人心魄的對比。由於文化差異，此種意蘊不易為我國讀者察覺，儘管如此，中文篇名似亦以保留「薩塞克斯」為好。

……

與舊譯相異之書中名物（括弧中為此本所用譯名）：

全集中多處出現 "the City"（故城），通常譯名為「倫敦城」，特指倫敦市中心一小片歷史悠久的區域，有時也稱「方里」(the Square Mile)，因為這片區域的面積恰好是一平方英里左右。為免與泛指倫敦全城的「倫敦城」發生混淆，此本均譯作「故城」，舊譯或徑以「市區」代之，似嫌不妥。出現在《巴斯克維爾的獵犬》當中的「故區」(the Borough) 正與「故城」隔泰晤士河相望，名字亦與「故城」相對而言。除此而外，「故城」不在蘇格蘭場管轄範圍之內，《證券行辦事員》當中即有相關敍述，若不以專名譯出，此事實無從體現。

全集中多處出現的 "gorse" 及 "furze"（荊豆），舊

譯「金雀花」，然則"gorse"與"furze"意義相同，皆為豆科蝶形花亞科一屬常綠灌木的統稱，原產於西歐及北非，開黃花，中文作「荊豆」。荊豆與同屬蝶形花亞科的金雀花（英文為"broom"）親緣相近且形態相似，但卻不能混為一談，區別在於荊豆長有大量棘刺。

全集中多處出現的"tin box"（馬口鐵箱子），舊譯或作「錫箱子」，或作「鐵皮箱」，或作「鐵箱子」，然則故事當中的"tin"指的是經過鍍錫防銹處理的薄鋼板或鐵板，常用於製造各種容器。這種材料的確切名稱應為「鍍錫薄板」，慮及此書時代，仍採「馬口鐵」之通用舊名。

全集中多處提及遮窗之物，有"curtain"（窗簾）、"blind"（百葉簾）和"shutter"（窗板）三種說法，分別指紡織品製作的普通簾子、百葉簾子（維多利亞時代的百葉窗簾通常為木片串成，縱向開合，故施於百葉簾之英文動詞常帶狀語"down"）以及遮光兼防盜的木板或金屬板，舊譯或未作區分，不盡妥帖。

《巴斯克維爾的獵犬》當中的"moor"（荒原），舊譯或作「沼地」。"moor"雖有「沼地」之意，故事中的"moor"則指高地荒原，迥異於通常與「沼澤」意義相近的「沼地」。譯為「沼地」，則與故事中環境描寫有所牴牾。又如 The "Gloria Scott"（《「蘇格蘭之星號」三桅帆船》）當中的"the Broads"（諾福克濕地），舊譯或作「布羅德」，或作「博洛茲郊區」，然則"the Broads"為專有名詞，特指主要位於英格蘭諾福克郡東部的一大片水道縱橫的濕地，若不譯為「濕地」，故事中的一些環境描寫便無着落。

全集當中惟一的一個有名有姓的我國同胞出現在《顯赫的主顧》當中，英文作"T'ang Ying"，中文應為「唐英」，舊譯「唐寅」不確。據譯者有限見聞，舊式及新式拼音皆未有將「唐寅」拼作"T'ang Ying"之例。唐英(1682–1756) 為清代雍正乾隆年間陶瓷藝術家，曾任景德鎮督陶官，並曾奉敕編寫講述制瓷工藝的《陶冶圖》，恰與故事情節相符。唐英的《陶冶圖》在十九世紀即已由英國漢學家及中國陶瓷鑒賞權威卜士禮 (Stephen Wootton Bushell, 1844–1908) 譯成英文，可為柯南·道爾爵士所知。

《恐怖谷》當中的"the scowrers"（掃魂幫），"scowrer"為"scourer"的異體，曾經指夜間在街上四處遊蕩、為非作歹的流氓。故事中為黑幫名稱，故音義兼取譯為「掃魂幫」。

The Devil's Foot (《魔鬼之足》) 當中的拉丁文"Radix pedis diaboli"（魔鬼之足根），舊譯或作「魔鬼之足」，或作「魔鬼的腳」，省略了「根」字，不盡妥帖。這個拉丁短語是作者臆造的一個草藥拉丁學名，"Radix"的意思是「根部」，"pedis diaboli"的字面意思是「魔鬼之足」，連起來表示這種草藥來源於拉丁學名為"pedis diaboli"的植物，入藥部位為根部。叫這個名字的源植物既然不存在，這種草藥自然出於虛構，與此同時，這個臆造的名字確乎符合草藥命名規範。中草藥也使用這樣的學名，比如強筋活血的刺五加根，拉丁學名即 Radix Acanthopanacis Senticosi。

《魔鬼之足》當中的"Cornish"為"Cornwall"（康

沃爾郡）的形容詞形式，徑譯「康沃爾」即可，比如
"Cornish language" 即為「康沃爾語」，無需另行音譯為
「科尼什語」。

　　《失蹤的中衛》當中的 "Gray's Inn Road"（格雷學院
路），舊譯「格雷旅店路」或「格雷旅館路」，然則此路
因 "Gray's Inn" 而得名，"Gray's Inn" 與《波希米亞醜聞》
當中的 "Inner Temple"（內殿律師學院）同在倫敦四大律
師學院之列，並非旅舍，應譯為「格雷學院」。

　　《失蹤的中衛》當中的 "undertaker's mute"（專業吊
客），舊譯或作「殯儀館的工人」，或作「葬儀館的工人」，
然則 "undertaker's mute" 指的是受僱在別人家的葬禮上哭
喪的人，今日亦有此種職業，故此譯為「專業吊客」。

　　《布魯斯－帕廷頓圖紙》當中的圖紙失竊地點
"Woolwich"（伍利奇），舊譯或作「烏爾維奇」，或作「烏
爾威奇」，然則 "Woolwich" 當中的 "w" 並不發音，類
似例子尚有《跳舞小人》當中的 "Norwich"（諾里奇）、
《福爾摩斯謝幕演出》當中的 "Harwich"（哈里奇）以及
多處出現的 "Greenwich"（格林尼治）。次如《福田宅邸》
當中的倫敦區域名 "Sydenham"（希登訥姆），舊譯「西
頓漢姆」，然則 "Sydenham" 當中的 "h" 亦不發音。又
如全集中多有出現之 "Sussex"（薩塞克斯），舊譯「蘇塞
克斯」，然以發音而論，應以「薩塞克斯」更為接近。再
如《四簽名》等故事當中的 "Langham Hotel"（朗廷酒店），
舊譯或作「蘭海旅館」，或作「朗厄姆旅館」，然則該旅
舍真實存在，中文自稱「朗廷酒店」，自應名從主人，《獅

子鬃毛》當中服飾品牌"Burberry"之譯名「博柏利」亦同此理。

《布魯斯－帕廷頓圖紙》當中，福爾摩斯提及其兄服務於"British Government"（中央政府），此英文短語雖可直譯為「英國政府」，然則福爾摩斯本人即為英國人，此種說法略嫌不近情理（同理可知，全集中所有"pound"都不宜譯為「英鎊」）。由此看來，這裏的"British"應該是強調其兄服務於大英帝國政府，而非帝國境內某地之地方政府，故譯為「中央政府」。

《波希米亞醜聞》當中的"spirit case"（酒樽）指的是一種可以上鎖的玻璃酒瓶，"gasogene"（蘇打水瓶）則是維多利亞時代晚期一種製造蘇打水的家用裝置，通常由上下相連的兩個玻璃瓶構成，上面的瓶子裝的是產生碳酸氣的化學品，下面的瓶子裝的是需要加氣的水或其他飲料。

《紅髮俱樂部》當中的共濟會標記"arc-and-compass"（圓規加量角器），舊譯或為「弓形指南針」，不確。共濟會通常標誌為「圓規加曲尺」(square-and-compass)，「圓規加量角器」為資深會員標記。

《空屋子》結尾處的塞巴斯蒂安·莫蘭上校簡歷中有"despatches"（軍令嘉獎）一詞，舊譯「派遣」，不確。此"despatches"實為"mentioned in despatches"之省寫，指的是軍人因表現卓異而名登戰報。

《白化士兵》當中的"the Spectator"（《旁觀者》週刊），舊譯「觀察家」，然則「觀察家」是英國週報 The

Observer 的通用譯名，這種譯法容易引起誤解。此外，當時的《觀察家》是大開本的報紙，與上下文所説不符。

......

凡此種種，皆非為考據而考據，更無賣弄之意，學海無涯，賣弄只可覆舟。所以如此，但為盡一己之所知所能、如實反映作品原貌及時代特徵而已。書中千餘條注釋，用意無非簡略説明相關歷史及文化背景、為讀者省卻翻檢參考書籍之勞，絕非故為障礙、令讀者不得暢快淋漓之樂也。柯南‧道爾爵士志趣宏遠，不以此著自矜，書中敍述遂屢有明顯謬誤及自相矛盾之處。此類牴牾凡有發現，譯者亦盡己之力，一一注明，其餘揣測懸想之偵探趣味，則留待讀者諸君自行發掘。譯者單拳隻手、才具有限，譯文及注釋之中倘有失於考訂之處，尚祈高明指正、發我愚蒙。

有鑒於原作時代，譯文之中雜有少許淺易文言，用意但為稍添閱讀之樂、聊助思古幽情，設若弄巧反拙，諸君海涵。

此帙我所深愛，以故搜刮枯腸，務求文氣貫通、字句優美。文章得失，各人所見或不盡同，倘有片言隻字能得讀者諸君嘉賞，是我之幸。

囉嗦至此，方家或已忍俊不禁，先此告罪。

李家真
二千零十二年四月二十四日

ISBN 978-0-19-399549-9